安徽大学文学院

文典学术论丛

学的跨界诠释

王泽庆 著

凤凰出版社

图书在版编目（CIP）数据

文学的跨界诠释 / 王泽庆著. -- 南京 : 凤凰出版社, 2019.12（2024.10重印）
（安徽大学文学院文典学术论丛）
ISBN 978-7-5506-3089-5

Ⅰ. ①文… Ⅱ. ①王… Ⅲ. ①中国文学－文学研究－文集 Ⅳ. ①I206-53

中国版本图书馆CIP数据核字(2020)第017046号

书　　名	文学的跨界诠释
著　　者	王泽庆
责任编辑	徐珊珊
装帧设计	徐　慧
责任监制	程明娇
出版发行	凤凰出版社(原江苏古籍出版社) 发行部电话025-83223462
出版社地址	江苏省南京市中央路165号,邮编:210009
照　　排	南京凯建文化发展有限公司
印　　刷	唐山楠萍印务有限公司 河北省唐山市芦台经济开发区场部
开　　本	718毫米×1005毫米　1/16
印　　张	13.75
字　　数	191千字
版　　次	2019年12月第1版
印　　次	2024年10月第2次印刷
标准书号	ISBN 978-7-5506-3089-5
定　　价	66.00元

(本书凡印装错误可向承印厂调换,电话:022-69381996)

安徽大学文学院文典学术论丛

总　　序

吴怀东

这套丛书是安徽大学文学院一批在岗教授各自的专题论文集，内容涵盖文艺学、现当代文学、古代文学、古代汉语、现代汉语等学科，是诸位专家多年研究心血的沉淀，其学术质量、学术贡献都得到各自学术领域同行专家的认可，对此读者自有公论，无需辞费。我们集中推出，既是学术积累的需要，也是对我们这个团队多年科学研究和学科建设工作的一个小结，在此我们郑重感谢诸位专家的辛苦劳动，感谢凤凰出版社的大力支持！这套丛书以刘文典先生的名讳命名，至关这套丛书的撰述动机乃至我们学院的学术追求，值得郑重说明。

如果将民国时期建立于当时安徽省会安庆的安徽大学算作1958年重建于今天省会合肥的安徽大学的前身，安徽大学的校史已近百年。出生于合肥的刘文典与安徽大学及安徽大学文学院有着深刻的渊源：早在1927年，刘文典就受邀主持安徽大学的筹建工作；1928年，安徽大学正式成立并招生，刘文典任预科主任兼文学院院长，并实际主持校政。刘文典主政安徽大学，是安徽大学的荣幸和精彩开始，而刘文典主政文学院，更给文学院的建设、发展奠定了崇高的起点和正确的方向。

刘文典，原名文聪，字叔雅。原籍安徽怀宁，1889年出生于合肥。1906年入芜湖安徽公学学习，为该校教师陈独秀、刘师培所欣赏。1907年加入中国同盟会，1909年赴日本留学。辛亥革命爆发后，他于1912年回国，在上海于右任、邵力子等主办的《民立报》担任编辑。1913年再度赴日本，1914 年加入中华革命党，任孙中山先生秘书。1916 年，刘文典回国，一直在北京大学任教，研究诸子著作。1923 年出版专著《淮南鸿烈集解》，后从事《庄子》、《说苑》等书的校勘，撰写了《三余札记》。1927 年参与筹建安徽大学；1928 年 11 月，安徽发生学潮，刘文典被迫离开安徽大学，回到北京，就任清华大学中国文学系教授、主任。1939 年，刘文典完成《庄子补正》、《说苑斠补》等著述，著名学者陈寅恪为《庄子补正》作序，云："先生此书之刊布，盖将一匡当世之学风，而示人以准则，岂供治《庄子》者必读而已哉！"抗战期间，刘文典任教于昆明西南联合大学；抗战结束直到新中国成立后，他一直在云南大学任教，直至 1958 年因遭批斗而突发急症，病逝于昆明。

简单而庄重地回顾刘文典的经历是要说明，他从革命家实现华丽转身而成为杰出学者。乍看起来，这两种身份似乎没有什么相关性，其实，革命是改造社会最激烈的方式，而在大学进行学术研究、培养优秀人才、开启民智为人类生存、发展而求解，何尝不是改造社会的重要而有效的方式？放眼刘文典做出选择的那个时代，他的选择并非特例、孤例。同样是同盟会会员出身的蔡元培，于 1916 年受命出长北京大学，其就职演说明确提出"大学者，研究高深学问者也"，坚持"思想自由，兼容并包"的办学思路。1915 年，自由革命家陈独秀在上海创办《青年杂志》，因其于 1916 年受聘为北京大学文科学长而进入高等教育领域，这份杂志也随之迁到北京并易名为《新青年》出版，并立即产生巨大轰动效应。正是在刘文典所处的北大时代，开放的学术孕育了伟大的思想文化，影响中国百年命运的新文化运动因此而蓬勃展开；也正是在这种自由而激进的氛围里，推动近代以来中国实现变革、真正改变中国国运民心的伟大组织——中国共产党应运而生。

刘文典及其并世知识人，遭遇了中华民族"亡国灭种"的巨大危机。其时，传统文化面临断裂，中外交流、对撞剧烈，工具理性严重冲击价值理性。他们做出了艰难选择。他们以学术报国，努力开启民智，在学术方法上实现了古典与现代、中与西的融汇，从而走在时代前列，建构了百年来中国学术乃至思想的基本框架，这种学术精神、学术品格和学术方法具有超越时空的意义。我们不排除学术研究对于个人具有劳动交换而谋生的性质与功能——"著书都为稻粱谋"（龚自珍《咏史》），但是，社会之所以需要知识和思想，需要我们知识分子这个群体，根本上需要我们像马克思那样"为人类而工作"（《青年在选择职业时的考虑》），正因如此，马克思才说"在科学的入口处，正像地狱的入口处一样"（《政治经济学批判序言》）。在英国伦敦海格特公墓马克思的墓碑上，便镌刻着马克思的名言："哲学家们只是用不同的方式解释世界，而问题在于改变世界。"（《关于费尔巴哈的提纲》）知识者正是通过科学地研究自然界和人类社会，"解释世界"，发现真理以影响大众从而"改变世界"。中国最伟大的思想家孔子两千多年前就倡导"为己之学"，反对"为人之学"（《论语・宪问》）。宋代著名思想家张载说，知识者应该将"为天地立心，为生民立命，为往圣继绝学，为万世开太平"（《横渠语录》）作为自己的信仰。一百年前的 1919 年，现代学术大师马克斯・韦伯说："今天，作为'职业'的科学，不是派发神圣价值和神启的通灵者或先知送来的神赐之物，而是通过专业化学科的操作，服务于有关自我和事实间关系的知识思考。"（《以学术为业》）这也正是二十世纪中国最杰出的学者、一生追求"自由之思想，独立之精神"的陈寅恪在 1927 年所说的"吾侪所学关天意"（《挽王静安先生》）的核心内涵。现代大学是现代社会生产知识与思想的专业"工厂"，是"研究高深学问"的地方，决定现代大学地位的就是其卓越知识与思想的生产能力。"大学之道，在明明德，在亲民，在止于至善。"（《大学》）大学的知识者应该具有最纯粹的学术信仰，是人类文明的研究者、创造者和守护者、传播者。学术信仰、学术精神，就是深入地研究世界、勇敢地发现真理并追求真理。清代著名学者章学诚对堪称"乾嘉学术第一人"的戴震学术特点的评论，其实可为今日学界之镜鉴："戴君学术……戒人以凿空言理，其说深探本原，不可易矣！"（《文史通义・内篇・书〈朱陆〉篇后》）在"地球村"的时代，中国亟需面对真问题的真学术，因为，没有严格的"实事求是"（《汉书・河间献王传》），必然不会有方向正确且真正有效的"经世致用"。

时间已经走到二十一世纪，可是，从人类文明发展史和中西关系史来看，我们仍然面对刘文典所面对的时代命题——国家要强大，民族要复兴，人民要幸福，人类文明要交流互鉴。如今，人类科技发展到了一个产生颠覆性突破的关键时刻，世界上的国家关系到了数百年来最大转折的十字路口，中国的发展、中国文化的发展也迎来一个重新审视的历史机遇期，创新能力的竞争更加激烈。虽然我们研究的不是现代科学技术，也不是实用的经济学、法学、社会学等，可是，我们研究的学问至关民族精神的塑造和每个人的精神生活，至关中国的“软实力”提升和中国之崛起：如果没有汉语，中国人必然无法沟通、交流，文化必然无法传承；如果缺少文学的滋养，中国人的心灵将无处安顿，人将因为单纯追求物质利益而沦落。在此背景下，研究中国语言文学，责任重大，使命崇高，任重道远，这也是我们时代所有中国语言文学研究者共同的责任和使命。

奠定刘文典在现代学术史上地位的就是《淮南鸿烈集解》，此书已被公认为《淮南子》研究的学术经典；刘文典当初受命负责筹建安徽大学，社会各界看重的正是其超卓的见识、杰出的学术成就和重要的学界地位。安徽大学文学院既然是国学大师刘文典亲手开创的学院，理当继承前辈高尚的学术品格，弘扬前辈执着的学术精神，开展“高深学问”之研究以丰富时代精神生活，甚至引领社会进步，并在此过程中确立我们学院的研究特色甚至优势，彰显我们的贡献。应该说，曾经在非常艰难的环境里，在资源严重不足的条件下，经过多年的卧薪尝胆，我们在某些研究领域所取得的成就与特色已得到学术界认可，但我们学院的整体研究特色还不够鲜明，学科的综合实力还有待于提升。如今，在伟大的新时代里，我们文学院的全体同仁必将进一步“澡雪精神”，坚守“板凳要坐十年冷，文章不写一句空”的态度，“衣带渐宽终不悔”，努力创造出能够引领学术发展、不负先贤的学术成就、思想成果。

附:《安徽大学文学院文典学术论丛》总目

王达敏《中国当代长篇小说论》
赵　凯《马克思主义文论与当代文艺批评》
欧阳友权《走进网络文学批评》
刘　飞《中国文学批评散论》
周志雄《批评之途》
王泽庆《文学的跨界诠释》

丁　放《中国词学论集》
陈道贵《六朝唐代文学论丛》
吴怀东《杜甫与唐代文学论稿》
方盛良《清代文献文学探微》
耿传友《徽学与明清文学论稿》

杨　军《汉语音韵丛考》
曾　良《俗写与历史词汇丛札》
吴早生《汉语的信息结构与主观表达研究》

2019 年 10 月 13 日于合肥

一切学问都是诠释学（代序）

随着对《精神科学引论》《真理与方法》等著作的不断研读，以及年龄的增长，我越来越强烈地认识到：一切学问都是诠释学。

对人文社会学科来说，做研究、写论文，离不开对哲学、美学和文学等文本，以及对自然、社会和历史等各种泛文本的理解和解释。如伽达默尔撰写《真理与方法》，需要对柏拉图、亚里士多德、康德和狄尔泰等人著作的理解和解释。利奥塔研究话语和图形的关系，离不开对康德、弗洛伊德、梅洛-庞蒂等文本的理解和解释。具体的文学研究，更需要对古今中外的文学文本，以及历史和社会等泛文本进行诠释。伽达默尔和利奥塔的诠释，并非只是恢复他人作品的原意，而是要结合自己的境遇和时代视域，必然产生的新观点。按照库恩的范式理论可知，人文社会学科研究范式不同于自然科学，其研究离不开对古代作品的研读，即在诠释传统学术的基础上进行创新。伽达默尔曾回答洪汉鼎"如何看待诠释学的未来"之问时说：诠释学需要一种幻想力或想象力，这句话很有深意。

经过海德格尔的努力，诠释学发生了存在论转向，诠释成为人的存在方式。诠释不仅仅是对文字文本的解释，而且是对人的存在进行解释。在海德格尔看来，理解就是与事物打交道。这种观点，为揭示自然科学研究的诠释学特点奠定了基础。自然科学研究是研究者处在与自然对象的交往中，让自然界事物客观性呈现出来。当然，自然科学的诠释，如实验数据、医学影像和太空影像等分析，所用诠释媒介除了语言文字之外，还有数字和专业符号等，其解释和表述方式不同于人文社会科学。虽然自然科学的诠释要尽量客观，但是它也是从诠释者的视角看这个世界，离不开与自然文本自身视域的融合。人文社会科学和自然科学的诠释比较研究，应该有很多课题可做。

基于以上的认识，我把十年余来的论文集命名为“文学的跨界诠释”。具体内容，有对文学跨界诠释的时代视域探讨，如《全媒体时代的审美理想变迁》《审美普遍性及其遭受的现代挑战》《多媒介的文学传播与互文阅读》等；有从图像、技术和经济等视域对当代文学进行具体诠释，如《网络超长篇小说的多维度透视》《网络文学批评的三个关键词》《图文“战争”背后的“温情”：文学与视觉艺术的互文》等；还有以胡适为个案对文学的跨界诠释进行学术史的考察，如《科学精神与人文精神的结合》《胡适的语言观念谱系》《论胡适的学术与政治关系》等。

诠释无止境。一篇论文或一部著作，或因个人原因，或因时代视域，或多或少，都有可能留下一些遗憾，需要作者自己继续或重新诠释，或者需要他人的再诠释。由于个人水平有限，本论文集所探讨的问题，更有待于继续或重新诠释。

王泽庆

2019 年 10 月 19 日于合肥

目　录

上　篇

全媒体时代的审美理想变迁

众所周知，全媒体时代的到来是个不争的事实。随着互联网的发展，从纸媒到网络，从广播到电视，全媒体时代正在到来，媒体间的界限正在逐渐被打破。各种媒体相为补充，竞相绽放。新兴媒体的出现，没有导致传统媒体的退出，反而使它们获得更强的生命力。媒体的革新，导致艺术形式的创新，即网络文学和手机文学等新媒体艺术的相继出现。不仅如此，全媒体时代的审美理想也呈现出多元化的趋势，即新旧并存，因为它不是建立在传统艺术形态的单一形态之上。虽然全媒体时代新兴的审美理想并未定型，会随着社会的发展而发展，但相对于传统艺术形态而言，毕竟呈现某些新的端倪。

一、 审美范式的可写性

审美理想，往往是指人们在一定的历史文化氛围里形成的，“由个人的审美经验和人格境界所肯定的关于美的观念尺度和范型模式”，[①]指美的内容方面的种种标准和感性形态。这两者是相辅相成的，观念尺度决定了感性形态，感性形态又是观念尺度形成的基础。在农业时代和工业时代，审美范式形成往往是人们在自觉不自觉的审美活动中形成的。其

① 顾祖钊：《文学原理新释》，北京：人民文学出版社，2002年，第59页。

中，有民族文化的熏陶，有地域环境的影响，但是这些影响基本上是通过审美主体而起作用的。所以审美理想，既有时代的共性，也有个人的差异性。究其原因，过去的文艺创作和艺术鉴赏活动，是一种审美主体具有差异的精神劳动，这与当时艺术的媒介也是有密不可分关系的。很难想象，曹雪芹在当时通过笔纸进行创作，能让许多读者都参与其创作过程。即使处在工业时代的大众媒体，也很难实现个人充分的交流。

但是现在的情形却完全不一样，随着科技的发展，信息时代的传媒革命势不可挡，艺术的媒介也随之发生了翻天覆地的变化，特别是数字媒介的迅速崛起和普及，当前媒介正向个人媒体方面发展。[①] 由“人机对话为主”发展到“人与人对话”，以由上而下传播给受者的“广播”模式，开始向传者与受众改变角色的点对点“互播”模式改变。[②] 以个人为中心的新媒体已经从边缘走向主流，信息由多数人生产、多数人消费，由所有人面向所有人进行的传播，通过双向交流方式实现个人化，满足个体差异的交流需要，而不再是由少数人生产、少数人消费或者由少数人生产、多数人消费的精英媒体时代或大众媒体时代。越来越多的“个人”将成为互联网的主体，对于文学来说，他们既是读者，又是作者。不仅如此，在网络的博客和论坛上，空间的距离被无限缩小，读者与作者实现了共时性存在，即同时在线。读者充分参与作者的写作过程，同时读者与读者之间也能尽情交流、互动。审美观念尺度的形成，不再像农业社会和工业社会中有着明显的个体差异。审美主体之间的充分互动，个体的审美观念尺度能够不断地调整，以照顾到不同审美主体的审美诉求。审美观念尺度还处于一种动态之中，审美范式一直是可写性的。

审美范式的可写性，与新媒体的超文本也有着重要的关系。美国学者纳尔逊认为，超文本是非相续性著述（non-sequential writing），即分叉的、允许读者作出选择、最好在交互屏幕上阅读的文本。1993 年版牛津

① 肖容：《新媒体时代即将到来》，《青年记者》，2005(2)。

② 东鸟：《自媒体时代》，http://www.gmw.cn/02sz/2009-09/01/content1026522.htm。

英语词典对“超文本”的解释是：“一种并不形成单一系列、可按不同顺序来阅读的文本，特别是那些以让这些材料(显示在计算机终端)的读者可以在特定点中断对一个文件的阅读以便参考相关内容的方式相互连接的文本与图像。”①所以，超文本是由于网络的超链接特性形成，读者可以方便地在不同文本或者相似文本之间穿梭。读者摆脱了线性文本的控制，可以随意地在任何地方停下来，进入另一个文本，读者与作者一道成为文本意义的生产者，超文本“将作者和读者变成了‘合-作者’(co-writer)，彻底消解了读者与作者的界限”。②

超文本的美学意义，还在于不同作者之间的审美互动在读者身上实现了，它增添审美主体互动的新形式。可以说，审美主体之间的互动，不仅仅是读者与作者的互动、读者与读者的互动，而且是作者与作者的互动，甚至读者、读者、作者、作者之间的互动。在超文本中，文本的意义永远不会指向终极的，文本是开放性的，通过各种形式的互动，文本一直被再创造。作者的唯一权威被否定，因为每个读者既是读者，又是作者，正如罗兰·巴特提所说的“作者已死”。在某种程度上说，建立在传统文艺基础上的审美理想的主体差异性被消解了。计算机的超链接技术所提供的“超文本”，让罗兰·巴特提出的“可写文本”理论付诸实践，解放了文本的意义。而这种新型的文本，则集中体现全媒体时代新兴的审美理想。所以，对于审美理想来说，意味着审美范式是可写的。

另外，探讨超文本美学意义，还离不开与超文本有着密切联系的互文性理论。在克里斯蒂娃看来，“一切时空中异时异处的文本相互之间都有联系，它们彼此组成一个语言的网络。一个新的文本就是语言进行再分配的场所，它是用过去语言所完成的‘新织体’”。③ 因此，整个世界就是

① 黄鸣奋：《超文本诗学》，厦门：厦门大学出版社，2000 年，第 12 页。

② 黄鸣奋：《后结构主义与超文本理念》，《吉首大学学报》(社会科学版)，2001(4)。

③ [比]布洛克曼：《结构主义》，李幼蒸译，北京：商务印书馆，1987 年，第 162 页。

一个最大的文本，每一学科和文类都是这个大文本之中的小文本，而每个子文本之间是相互交叉影响的。一个文本是由多种文本构成的，不存在一个单一封闭的文本，每个文本都是来自多种文化的对话和效仿，文本是由多种引证组成的编织物，它们来自文化的成千上万个源点。对于网络文学来说，因为网络平台有着超链接性，这不仅仅导致文学文本阅读的突破，更重要的是它链接了日常生活各个方面的文本。因为即使是纯文学的网站也是与其他网站超链接在一起，作者在进行网络写作的同时，还常常查询浏览文学之外的文本，做文学之外的事情。所以，艺术文本不仅仅与不同艺术门类文本超链接在一起，更是与生活中所有的文本相互影响，艺术文本的建构与各种文化文本分不开，艺术文本有着强烈的文化意味，这也使得审美范式的可写性，又在大的文化背景中进行。

二、艺术的生活化

科技的飞速发展，艺术的媒介发生了翻天覆地的变化。媒介不仅改变了艺术形式，而且改变了我们的生活，因为"一切媒介都要重新塑造它们所触及的一切生活形态"。① 不仅如此，随之而来的是艺术与生活关系的变化，使创作不再局限在象牙塔内，创作的活水源源不断。艺术创作不再单纯追求对现实的美学超越，而是与生活交融在一起。

从事传统写作的，是"文化英雄的象征"，②但是创作者的职业化也有诸多不足之处，如常常导致他们和日常生活的脱离。李寻欢曾指出，在过去的文化体制里，文学"不知不觉间离'普通人'越来越远"。③ 而网络写作者来自社会各个阶层，把写作又拉回到日常生活中，在某种程度上回到艺术的原初状态，即列斐伏尔所说的前现代社会，日常生活与其他今天看

---

① [加]埃里克·麦克卢汉，兰克·秦格龙：《麦克卢汉精粹》，何道宽译，南京：南京大学出版社，2000 年，第 205 页。

② 张永清：《新时期文学思潮》，北京：中国人民大学出版社，2003 年，第 242 页。

③ 李寻欢：《我的网络文学观》，《网络报·大众版》，2000-2-21。

来带有特殊性的人类活动，如艺术、科学或哲学等并未分离，人的所有活动都是整合并未分离的。网络平台的超链接性，不仅仅导致文学文本阅读的突破，更重要的是它链接了日常生活的各个方面，导致网络写作的生活化倾向。电子邮箱、博客和贴吧等网络平台，不是单纯地冲着文学的目的，欧阳友权对此非常清楚："网络文学是从聊天室起家的，……入网者多是怀着好奇、休闲、交友、打发无聊、排遣孤独等游戏性的心情发言的。"[①]网络写作，是当代一种全新的生活方式，让人们更方便地体验生活和表达思想。赫勒所说的科学、艺术和哲学等非日常生活，现在已不再与日常生活相对立，而是融为一体。

艺术的日常生活化，是艺术发展的趋势所在。《新周刊》以"日本艺术家的全球商业化"为题介绍了日本艺术的创意与营销的完美结合，艺术深深地渗透在日常的生活中，最大限度地贴近生活的真实。"艺术的日常生活化"，最终会取代"人生的艺术化"和"日常生活的审美化"，成为传媒时代审美理想的核心内容。

朱光潜曾以"慢慢走，欣赏啊！"为题，提出"人生的艺术化"的著名命题，他主张以美感态度看待人生，而不是以实用态度看待人生。主张"日常生活审美化"的威尔什也提出"深层的审美化"，[②]涉及到意识的审美化和对现实完整理解的审美化，与朱光潜以美感态度看待人生有异曲同工之妙。而融入到日常生活中的网络写作，伴随着生活的节奏，强烈的世俗功利性与审美性相交织，恰恰与以美感态度看人生、意识的审美化相反。再说，以美感的态度看人生，既拯救不了现代中国，又疗治不了资本主义的社会异化，只是一个审美乌托邦而已。

威尔什还认为日常生活的审美化包括"表层的审美化"：从购物中心到咖啡馆，从办公室到居家生活，物质层面的装饰和美化成为普遍潮流，让日常生活充满活力，服务于人的"体验需求"。实际上，不可能把日常生

① 欧阳友权：《网络文学论纲》，北京：人民文学出版社，2003年，第118页。

② Wolfgang Welsch, *Undong Aesthetics*. London: Sage, 1997, p. 6.

活的所有东西审美化，就像网络写作不可能都是审美的，同时也没有必要把日常生活所有的东西审美化。艺术品与实用品往往交织在一起，审美与实用性共存。把日常生活的物品变成了艺术对象，恰恰是消减了审美的力量。艺术存在于日常生活中能起功用的地方。一旦艺术脱离生活现实，会导致什么样的结果呢？用杜威最有讽刺意味的话来说，艺术变成了“文明的美丽会客室”，用一个华丽的审美外表，覆盖住它那丑恶的恐怖和残忍。[①] 杜威还指出，从艺术的产生之日起，艺术作品是栖息于生活的世界和功用之中。在古代雅典文化中，艺术整合在日常生活和民族精神之中。因此，艺术或审美应该成为生活的一部分，成为日常生活物品的一分子、一元素，而不是让生活变成艺术。

另外，日常生活审美化追求的“消解艺术和生活之间的界限”，以日常生活中的“现成物”来取代艺术品，这些主张也是欠妥的。如果艺术与生活没有界限，所有的生活都是艺术品，会导致审美的泛化或艺术的泛化，审美最终变得没有任何内涵，直至消失。知、情、意既有区别，又是融合在一起的。克劳斯·黑尔德指出：“我们作为人所进行的生活只能滞留在某些特殊世界中。但这些特殊世界并不是彼此隔绝的。如若它们真是隔绝的，那么，生活在不同特殊世界的人便无法相互交往。而实际情况却并非如此。人们意识到，特殊世界是相互指引的，并且因此构成一个唯一的、包罗万象的指引关系：即作为普全境域的这一个世界。”[②]这就告诉我们，是许多“特殊世界”构成了“普全境域”的“世界”。没有“特殊世界”，“普全境域”的“世界”是不可想象的。卢卡奇也考虑到日常生活与艺术之间的辩证关系，艺术一方面从日常生活中分离出来，形成自身的理论形态；另一方面理论形态又返回日常生活之中，不断提高日常生活质量，最终达到共同提高的目的。杜威认为艺术经验与日常生活经验、艺术与非艺术、精

① [美]理查德·舒斯特曼：《实用主义美学》，彭锋译，北京：商务印书馆，2002年，第38页。

② [德]克劳斯·黑尔德：《世界现象学》，孙周兴编，倪梁康等译，北京：生活·读书·新知三联书店，2003年，第21页。

英艺术与通俗大众艺术之间具连续性，反对将它们分隔开来。但他又认为那些松弛散漫的经验不构成“一个经验”，也就不是审美经验。在其中，审美经验和日常生活经验既有连续性，又与松弛散漫的非审美经验相区别，如此看来，艺术与生活是融合的，同时又是有界限的。

“艺术的生活化”让艺术走向生活，艺术寓于实用之中，而不是把生活都变为艺术。从理论上讲，“艺术的生活化”更符合当代艺术发展的实际，尽管它有着初期发展的不成熟。这是因为它本身有着强大的生命力，让人成为具有社会性的人。比如网络写作，是与高科技、商业和出版等方面紧密结合在一起的，是对专业分工进行反驳的。网络写作需要读者的广泛参与，由此形成新的人与人之间的关系，彰显了生活的活力，让人真正成为具有社会关系的人。除此之外，网络写作还能彰显生活的原生态。网络写作不再高高在上，是专业人士所为，它是每一个人都拥有的权利，大家都有权利及时地将自己的喜怒哀乐形成文字，让别人来了解生活的原生态。尽管日常生活有列斐伏尔所批判的虚假性，有着赫勒所说的重复、规则性等特征，有着海德格尔所说常人的平庸状态，但是不可否认，日常生活又充满着新奇性和活力。关键不在于日常生活有这样矛盾的特性，而在于我们从什么方面看待它。网络写作的生命力还在于对媒介的突破。网络写作的多媒介性，其语言文字与高科技的结合，使其魅力无穷。从文本的角度来看，网络写作的文本是与图片、声音、动画、视频等交融在一起，呈现出生活的混沌状态。网络写作中的新媒介还使传统文学的样式获得进化和突变，涌现出许多网络边缘体裁，如超文本诗歌、超文本小说和超文本戏剧等。对此，读者相应也有着新颖的审美感受。文学文本这种存在形式，拓展了文学的表现空间，它的语-图-声的互文性，又比传统写作更容易调动读者的审美兴趣，达到一种前所未有的审美通感。

三、视觉感性的偏执

20世纪30年代海德格尔曾指出：“世界图像并非意指一幅关于世界

的图像，而是指世界被把握为图像了。”[①]随着电子媒体和数字媒介的兴盛，这个世界真的被把握为图像。汉语领域里的绘本文学、摄影文学、影视文学和网络文学，风起云涌、方兴未艾。新媒体的出现，并没有取代传统的平面媒体，反而“促使旧传媒更新或丰富自己的传播方式，开辟新的生存和发展空间”，“诸多媒体相互叠加并且高度融合”，平面媒体、立体媒体和网络媒体成为三维平台组合。图像逐渐“成为主导社会生活的现存模式”，[②]形成了所谓的“景象社会”。在全球文化“视觉转向”的今天，“读图”胜于“读文”，“读屏”多于“读书”，直观遮蔽了沉思，快感冲击美感，文化符号趋于图像霸权已成为不争的事实。[③] 周宪也指出：“尽管传媒文化方式多样，但从当代发展来看，有一个明显的‘视觉文化转向’——视觉性成为传媒最有力的手段，以至于视觉性压倒了其他因素或形态成为当代中国传媒文化的‘主因’(dominant)。”“当代传媒相互竞争愈演愈烈，这种竞争在相当程度上就是视觉性或视觉资源的竞争。”[④]

视觉文化的发展，是速度解放的结果，并最终使听觉让位给视觉，文字让位给形象。[⑤] 速度的解放，主要是技术速度的诞生，如信息高速公路就是一个高速度、大容量、多媒体的信息传输网络，用户可以随时随地以声音、数据、图像或影像等多媒体方式相互传递信息。技术速度还在电视、电影、电脑等媒介中得到重要体现，不在真实的时空里以物质为载体传播，而是在虚拟空间中把物质转化为能量和光线，再把它们合成图像、文字，并通过因特网、电视、卫星等媒介传输。可以说，没有速度的解放，视觉文化中的看是不可能实现的。由于技术速度的原因，现代媒体信息容量的高速增长，让人很难有时间进行沉思，这也是造成当代审美中视觉

① [德]海德格尔：《海德格尔选集》(下卷)，孙周兴选编，上海：生活·读书·新知上海三联书店，1996年，第899页。

② [法]居伊·德波：《景象的社会》，见《文化研究》(第3辑)，天津：天津社会科学院出版社，2002年，第63页。

③ 欧阳友权：《网络文学本体论》，北京：中国文联出版社，2004年，第45页。

④ 周宪：《传媒文化：做什么与怎么做》，《学术月刊》，2010(3)。

⑤ 包兆会：《速度对“看”的影响》，《江苏社会科学》，2001(5)。

感性偏执的一个重要原因。

视觉感性的偏执，在某种程度上是有利于人对世界的把握，充分满足人的感觉需求。但是不可忽视的是，当代创作者普遍的精神萎缩。由于欲望和享乐主义的泛滥，视觉快感和视觉冲击力变成首要追求，“娱乐至死”之风盛行，导致理性原则的丧失。如奇观电影以动作奇观、身体奇观、速度奇观和场面奇观等因素吸引观众的眼球，[①]不注重主题的深刻和人物性格的鲜明，而是为了追求商业利润，注重视觉的快感和刺激。这样的艺术是残缺的。正如席勒指出，感官上的欢娱不是优美的艺术的欢娱，而能唤起感官喜悦的技能永远不能成为艺术，而真正的艺术是使我们的理智得到欢娱的、在安排上所表现的趣味那一部分，而不是肉体上的刺激本身：这种刺激只会娱乐我们的感性官能而已。尽管席勒有点过激，但是理智上的愉悦是必不可少。

在黑格尔看来，艺术从象征型、古典型发展到浪漫型，绝对精神不断克服外在形式的阻碍而回复到自身的本性。精神内容超出物质形式，进一步的发展必然造成作为主体的精神的超越和作为客体的物质形式之间的决裂。依黑格尔看，这种分裂不但导致浪漫艺术的解体，而且也要导致艺术本身的解体。艺术的解体是因为精神超越了它的载体，但是当代并不是这样，如果当代艺术有一天解体了，真正的原因不是精神超越了它的载体，而是艺术中精神的萎缩。当代许多艺术太强调感性的冲击，导致感性的大量堆砌，感性无限外延增大，而精神内涵无限缩小。这与传统文论的言简意丰相反，更与道家的大美不言背道而驰。诚然，中国古代文论一味追求精神的超越，在当代是行不通的。但是最起码要达到形式与思想内容的统一，“具有普遍性的内在本质方面和特殊个体的外在现象方面可以互相渗透。普遍性的内在本质可以把特殊个体的外在现象统摄于自身之内，同时特殊个体的外在现象也可以把普遍性的内在本质宣泄于外，从

① 周宪：《视觉文化的转向》，北京：北京大学出版社，2008 年，第 244 页。

而形成各差异面的和谐一致”。①

这是因为全媒体时代的审美理想，固然有它的时代性特征，但是在某些方面还需要一定的传承性。感性形式与精神之间应该是有机统一的。黑格尔认为，艺术是普遍理念和感性形象，即内容和形式的统一。古典型的艺术，人认识到的是具体的理念，找到了正确的表现形式。古典型艺术克服了象征型艺术的缺陷，达到了形象与意义、形式与内容的完全吻合，理念的普遍性、精神性和可供观照的外在感性形式要达到高度的统一。就艺术美或理想来说，古典型艺术是最完美的艺术。不论古典艺术是否是最完美的艺术，但黑格尔内容与形式统一的思想还是值得赞赏的，特别是针对当前的艺术界来说。这种内容与形式统一的思想，在康德那里是以另一种方式表述的。康德把美的理想叫做“Asthetische Idee”，他认为：“这最高的范本，鉴赏的原型，只是一个观念，这必须每人在自己的内心里产生出来，……观念本身意味着一个符合观念的表象。”②纯粹是自由的美，只在于形式，排斥一切利害关系，但不是理想美。理想美是“审美的快感与理智的快感二者结合”的一种美，即“依存美”，由此提出“美是道德的象征”的重要命题。这里“审美的快感与理智的快感二者结合”，其实质也是感性形式与精神内容之间的统一。恩格斯也说：“较大的思想深度和意识到的历史内容，同莎士比亚剧作的情节的生动性和丰富性的完美的融合。”

总的来说，当代艺术对感性的偏执，可能还将长时间存在，但是全媒体时代的新感性如何与它的精神内容有机结合，也是艺术自身发展绕不过去的规律，还需要创作者和读者不懈的努力。

（《北方论丛》2011 年第 1 期）

① 王元化：《读黑格尔的思想历程》，http://www.swupl.edu.cn/fzllt/web/content.asp?cid=854033008&id=854034658。

② [德]康德：《判断力批判》（上卷），宗白华译，北京：商务印书馆，1963 年，第 70 页。

艺术自律的辩证法

艺术的自律，意味着艺术从道德、宗教等束缚中解脱出来，艺术作为一个独立的价值领域，开始与其他社会价值领域区分开来。艺术的自律，虽然带来了艺术的解放，但是艺术与现实社会并非是毫无瓜葛，而是存在着一种错综复杂的关系。另外，艺术作为一个价值领域，既独立于认识和实践等价值领域，又发挥着协调弥合这些价值领域的功能。艺术与现实社会，艺术与其他价值领域，呈现出并非是非此即彼的辩证关系。这种辩证关系还体现在艺术批判的可能与艺术建构的无奈上。

一、自律与批判

艺术自律是一个历史范畴，是历史发展的结果。威廉斯考证过，在中世纪大学里，艺术的课程是指语法、逻辑、修辞、算术、几何、音乐和天文，艺术只是指任何技能或技艺，艺术家是指“有技艺的人”。直到 17 世纪后期，这个概念才逐渐指绘画、素描、雕刻。今天意义上的艺术概念，是在 19 世纪后期才被广泛运用的。此时，艺术取得了前所未有的自律地位。①

在艺术自律的理论建设上，法国哲学家巴托、德国的鲍姆加通做了不

① Raymond Williams, *Keywords*: *A Vocabulary of Culture and Society*. New York: Oxford University Press, 1976, p. 40 - 41.

少前期工作。1746年,巴托为现代艺术命名,提出“美的艺术”概念。到了1748年,鲍姆加通则正在倾心思考一门研究美的艺术哲学——美学。巴托证明了一种独立的给人以审美愉悦的感性形态的艺术的存在,鲍姆加通则确证了有一种从理性的抽象形态来研究感性认识的理论学科的存在及其必要性,两者都表明了美的艺术是独特的,有自己的价值和原则。

真正从理论上系统建立艺术自律学说的,应该首推康德。在前康德时期,艺术自身尚无独立性,苏格拉底认为美是真的,柏拉图认为美是善的,贺拉斯肯定美的教化作用,中世纪艺术与宗教有着密不可分的渊源关系。而康德首先斩断了美与真、善等实际功用之间的联系。在他看来,审美判断是反思判断,不是规定性的判断,是通过特殊去寻找普遍,而不是由普遍来规定特殊。对于康德来说,审美是与普遍性紧密联系在一起的。在利害基础上的快适,比如有人喜欢管乐声,有人则喜欢弦乐声,这是根据个人感官的喜好来选择的,明显具有私人化倾向,是没有普遍性的。另外,善,要考虑到它的实际目的,实际目的是审美的绊脚石,就像大观园的姐妹,想着各自的前途去赏月,肯定是各有一番滋味在心头。审美这种无利害性,是审美的质的特点。

以普遍性为准绳,康德把艺术与实际功用截然分开,可以说,康德是把功利性活动排除出了审美领域。这里的“排除”,是艺术批判性的体现,是艺术战斗性的体现。因为这里的否定,并不是轻而易举的事,它总是要受到政治、宗教和道德等他律因素的无情干扰,中世纪道德裁判的流毒依然存在,人们以他律因素来裁决艺术的意识根深蒂固,艺术需要斗争才能取得真正的自律地位。另外,在现实生活当中,不具备普遍性的现象和事物是大量存在的,而艺术所塑造的美的世界,必然是对其的否定,而且是大胆的否定。只有这样,才能由特殊性上升到普遍性,这些无疑是艺术批判性的体现。可以说,艺术既与现实功利性活动划清了界限,同时又通过对现实的批判与现实功利性活动有密切联系。

艺术批判,是艺术自律理论当中所隐藏的一个重要方面,它被康德之后的学者所突出、弘扬。艺术批判发展到一种极致,便是一种革命,马尔库塞堪称是这方面的代表。在马尔库塞看来，审美担负着抗拒工具理性、物化等功能，他说："审美经验将阻止使人成为劳动工具的暴力的、开发性生产。……人的主动性超出了欲望和忧虑，成了表演，即对人的潜能的自由表现。"①艺术革命的标准，也正是康德所特别强调的普遍性。马尔库塞强烈呼吁："艺术借助它的超历史性的和普遍的真理，不仅呼唤着一种特定阶级的意识，而且呼唤着、发展着所有促进生命潜能、作为'类的存在'的人类意识。"②所以，没有普遍性的存在，人类利益就无从谈起。

艺术批判，是否又让艺术回到政治、宗教和道德等他律因素主宰的时代，成为历史的倒退？这种担心是不必要的，这种批判是建立在艺术自律基础上的，这已经被大多数人认识到。阿多诺说："确切地说，艺术的社会性主要是因为它站立在社会的对立面。但是，这种具有对立性的艺术只有在它成为自律性的东西时才会出现。"③马尔库塞也认为："艺术不能为革命越俎代庖，它只有通过把政治内容在艺术中变成元政治的东西，也就是说，让政治内容受制于作为艺术内在必然性的审美形式时，艺术才能表现出革命。"④瓦尔特·本杰明在《作为生产者的作家》中也说过相似的话："只有当一件文学作品以文学标准看是正确的时，才可以认为它的倾向性在政治上是正确的。"所以，那种政治传声筒、说教式的作品，不能更好地发挥艺术的批判性。

艺术自律和艺术的批判作用，是辩证统一的。只注意到批判作用，而忽视它的自律性，是历史的倒退。同样，只固守艺术的独立地位，而抛开它的批判性，同样是行不通的。唯美主义"为艺术而艺术"，让艺术和社会生活脱离，使艺术的批判意义丧失。比格尔认为："仅仅在 19 世纪的唯美

---

① [美]马尔库塞：《爱欲与文明》，黄勇、薛民译，上海：上海译文出版社，1987 年，第 139 页。

② [美]马尔库塞：《审美之维：马尔库塞美学论著集》，李小兵译，桂林：广西师范大学出版社，2001 年，第 210 页。

③ [德]阿多诺：《美学理论》，王柯平译，成都：四川人民出版社，1998 年，第 387 页。

④ [美]马尔库塞：《审美之维：马尔库塞美学论著集》，第 163 页。

主义以后，艺术完全与生活实践相脱离，审美才变得‘纯粹’了。但同时，自律的另一方面，即艺术缺乏社会影响也表现出来。先锋派的抗议，其目的在于艺术重新融进生活实践之中，揭示出自律与缺乏任何后果之间的联系。”①比格尔指出唯美主义与生活实践脱离，无疑是正确的。但是他把与社会生活脱节这一结果，当成是艺术自律本身固有的一面，则是没有看到艺术自律与艺术批判的辩证统一。另外，先锋派看到唯美主义的痼疾有历史进步的一面，但是它的做法则是令人质疑的。“如果艺术家创造出非封闭的、向着补充性反应开放的艺术断片的话，那么艺术就有重新融入社会实践的机会。”②先锋派采取了取消艺术与生活距离的方法，以纠正唯美主义的弊端，则又回到唯美主义所反对的对立面。实际上，唯美主义和先锋派都没有很好把握艺术自律和艺术批判作用的辩证统一。

二、批判与建构

艺术的“破”与“立”是联系在一起的。艺术在批判、否定功利性或不具备普遍性现实的基础上，必然会建立另一个世界。艺术自律的批判和建构，是否具有康德、马尔库塞等人所说的普遍性？换句话说，批判非普遍性，建构普遍性的世界，是否可能？这是至关重要的问题。

对非普遍性进行批判，是否可能？我们主要看从事批判的主体和批判的对象。艺术取得自律地位，是与现代性进程当中的社会分工、商品化、市场化等因素密切相关。对艺术自律产生的社会学动因，周宪先生在《审美现代性批判》中有详细的论述。③ 艺术作为整个劳动社会分工的一个独立领域，形成于18世纪末后，尤其是在19世纪后半叶。社会分工，让艺术不再依附于科学和道德等价值领域上，而取得了自主性，艺术家成为了一种独立的专业化职业。艺术史家豪瑟注意到，在14世纪时，艺术

① [德]比格尔：《先锋派理论》，高建平译，北京：商务印书馆，2002年，第88页。
② [德]比格尔：《先锋派理论》，第43页。
③ 周宪：《审美现代性批判》，北京：商务印书馆，2005年，第228—244页。

家的画室仍是手工艺场所，并受到行会的控制；大约在16世纪初，艺术家的社会地位才有所改变，一方面是因为王公贵族作为艺术家的赞助者，另一方面是繁荣发展的城市变成艺术家创造活动的场所。艺术的商品化和市场化，让艺术家摆脱了对贵族和宫廷的人身依附关系，获得了自由发展的空间。伊格尔顿指出："艺术成为它们的自律性，并被纳入到资本主义生产模式中去，这是极为令人惊讶的。当艺术成为一种商品的时候，它从教堂、法庭、国家等传统的社会功能中解放出来，从而进入市场并获得一种自主性的自由。"[①]可以说，社会的发展为艺术家取得了自主性，这种自主性是艺术家从事艺术批判大业的前提，因为依附在贵族和宫廷身上的艺术家谈不上批判性。

艺术批判之所以成为可能，除了艺术家自主性的取得，还因为现实当中的普遍性广泛性缺失。现实总是丑陋、有缺陷的，并不能代表普遍的利益。奥斯威辛集中营和越南战争的历史，世俗和宗教的拷问，现实原则对利比多的压抑，建立在剥削或恐惧基础上的人际关系，苦难和不公正，资本主义精神造成的物质垃圾，哪一样具备普遍性，哪一样能够被人类不假思索地接受？所以，对于马尔库塞来说，审美总是与现实相对立，现实是不具备一种普遍性，是不真实的。现实的一切不可能代表普遍性，所以艺术家与现实对抗，永远有批判的力度。艺术通过对这不具备普遍性的现实进行否定，便一步步地迈向了普遍性。

但是艺术在否定现实的基础上所建立的虚构世界是否具有普遍性呢？这里涉及到我们应该以怎样的眼光来看待艺术世界。作为艺术世界，我们自然免不了用超现实的目光来看，但艺术的存在毕竟是现实的一部分，正如阿多诺在《美学理论》中说："艺术的本质是双重的：在一方面，艺术本身割断了与经验现实和功能综合体（也就是社会）的关系；在另一方面，它又属于那种现实和那种社会综合体。这一点直接源自特定的审

① ［英］特里·伊格尔顿：《美学意识形态》，王杰等译，桂林：广西师范大学出版社，1997年，第367页。

美现象，而这些现象总在同一时刻既是审美的，也是社会性事实。”[1]所以，我们总是免不了用现实的标准去对艺术世界进行毫不留情地评判。

作为艺术自律理论奠基人的康德，他的普遍性是否真正有普遍有效性呢？康德以“普遍性”来对抗代表特殊利益的封建贵族时，也就是进行批判时，是具有一定普遍性的，但作为建构形态的普遍性时却很难令人信服。艺术自律中建构的普遍性，很少真正有普遍性，其原因是其不可能不带本阶级或阶层的烙印，在讨论建构中的普遍性，我们不能不运用社会学的阶级分析性。比格尔由此断定，康德的普遍性只是资产阶级的。他说：“康德的命题中的资产阶级性恰恰在于要求审美判断的普遍有效性。普遍性的情致是资产阶级的独特特征，这个阶级与代表了特殊利益的封建贵族阶层进行着斗争。”[2]布尔迪厄也指出，所谓纯粹的审美趣味实际上并不是一个康德式的“人类共通感”的表现，而是资产阶级趣味或价值观的体现。以自律性观念表现出来的审美趣味本质上是资产阶级的，同时它也是一种区分标志，把有教养的资产者与无教养的普通大众区别开来。[3]

由此可以看出，艺术批判的可能与艺术建构的无奈是辩证统一的。理解了这一点，有助于我们把握艺术的肯定与否定的双重功能。马尔库塞认为：“肯定的文化在根本上是理想主义的。对孤立的个体的需求来说，它反映了普遍的个性；对肉体的痛苦来说，它反映着灵魂的美；对外在的束缚来说，它反映着内在的自由；对赤裸裸的唯我论来说，它反映着美德王国的义务。在新社会蓬勃兴起的时代，由于这些观念指示超越生存既有的组织的方面，它们是革命的；但它们在资产阶级统治开始稳固后，就愈发效力于压抑不满之大众，愈发效力于纯为自我安慰式的满足。它

① ［德］阿多诺：《美学理论》，第430—431页。

② ［德］比格尔：《先锋派理论》，第113页。

③ Pierre Bourdieu, *Distinction: A Social Critique of the Judgement of Taste*. Cambridge: Harvard University Press, 1984, p. 485.

们隐藏着对个体的身心残害。”[①]马尔库塞认为，肯定文化具有很大局限性的精神补偿性质。它所具有的审美愉悦，使人们自以为生活在幸福自由的社会中，丧失了必须进行的革命性。当然，肯定文化之所以形成的原因是多方面的，是复杂的，精神补偿性质只是其中的一方面，另一个重要的原因，应该是艺术中所建构的虚幻世界，不具备普遍性，虽然在批判中向普遍性迈进。所以，如果我们仅仅停留在艺术上的普遍性，不注意它的阶级性和时代性，肯定是与革命背道而驰，一旦时过境迁，便不再有普遍性了。艺术批判，自然能促进历史的发展。但这一任务完成之后，艺术建构的任务便凸现出来，但是时代不同了，普遍性便不再普遍了，其阻碍历史发展的弊端也就显示出来。

经典理论所强调的人类普遍性与当代理论所揭露的阶级特殊性，其实正是现代性的两面。[②] 这也是艺术批判的可能与艺术建构的无奈辩证统一的原因所在。极端地说，艺术只能让我们知道“不是什么”，而不能让我们知道“是什么”。比如，西班牙哲学家奥尔特加只能说“艺术的非人化”，而不是用肯定形式说“艺术的某某化”。

三、自律与协调

在价值领域的分化中，艺术不再依附于其他的领域，取得了自身的合法性和独立地位，实现了艺术自律。艺术从此与其他的价值领域有着不同的法则。

在康德哲学体系中，审美的认识能力、先天原则等方面，是与认识和实践领域不一样的，可以从一张图表上看出这一点：[③]

① [美]马尔库塞：《审美之维：马尔库塞美学论著集》，第 9 页。

② 周宪：《审美现代性批判》，第 225 页。

③ [德]康德：《判断力批判》，邓晓芒译，北京：人民出版社，2002 年，第 33 页。

内心的全部能力	诸认识能力	诸先天原则	应用范围
认识能力	知性	合规律性	自然
愉快和不愉快的情感	判断力	合目的性	艺术
欲求能力	理性	终极目的	自由

从上表中,我们可以看出审美与其他价值领域各成体系、各自独立的。

康德之后,韦伯是从宗教入手分析价值领域的分化,分析艺术的独立。过去由宗教裁判的种种规范和准则,逐渐被科学自身、道德自身和艺术自身的标准所取代,这三大领域的自身判断标准也各自独立起来了。在艺术活动中,趣味判断取代了道德判断。艺术逐渐承担了一种替代宗教的世俗"救赎"功能,它使得人们从千篇一律和刻板的日常生活理性压力中解放出来。哈贝马斯接着康德和韦伯往下说,他说:"韦伯认为,文化现代性的特征是,原先在宗教和形而上学世界观中所表现的本质理性,被分离成三个自主的领域。他们是:科学、道德和艺术。由于统一的宗教和形而上学世界观瓦解了,这些领域逐渐被区分开来。18世纪以降,古老世界观所遗留下来的这些问题被安排在有效性的各个特殊层上,这些层面是:真理、规范性的正义、本真性和美。它们因此被当作知识问题、公正性和道德问题或趣味问题。"①

价值领域的分化,艺术和科学、道德取得了自主地位,但是各个领域之间的对立也越来越明显。康德首先认识到这一危机:理论哲学(即认识)与实践哲学有了一道鸿沟,但是这道鸿沟是不该存在的,超感官领域的自由必须在感官领域内实现。康德是这样说的:"现在,虽然在作为感官之物的自然概念领地和作为超感官之物的自由概念领地之间固定下来了一道不可估量的鸿沟,以致于前者到后者(因而借助于理性的理论运用)根本不可能有任何过渡,好像这是两个各不相同的世界一样,前者不

---

① Jürgen Habermas, "Modernity—An Incomplete Project". In *Postmodernism: An International Anthology*, ed. Wook-Dong Kim. Seoul: Hanshin, 1991, p. 261.

能对后者发生任何影响:那么毕竟,后者应当对前者有某种影响,也就是自由概念应当使通过它的规律所提出的目的在感官世界中成为现实。”① 这种价值领域的分化所导致的对立和冲突,康德之后的学人以各种形式进行表述。比如,在韦伯的社会学视野中,则表现为工具理性和价值理性的冲突,即呈现为导致整齐划一的科层化世界的工具理性,与通过去魅而获得自主性的文化现代性之间的对抗。贝尔则是在《资本主义文化矛盾》中,依据所谓不同的“轴心原则”,揭示了经济、政治和文化之间的复杂冲突,以及三种原则之间的不和谐:“效益原则”(经济)、“平等原则”(政治)、“自我实现原则”(文化)。他认为由此产生的断裂构成150年以来西方社会的紧张冲突。现代文化分裂成两种文化原则之间的冲突,一方面是工作伦理,另一方面是闲暇的欲望,同时,现代性呈现为企业家与艺术家之间两种冲动的对抗。

价值领域的分化所导致的对立和冲突,是现代性存在的危机。面对这种危机,没有人不感到一种忧郁感。大多数人更多地想到了审美的协调弥合作用。康德在它的第三批判中,首先提出了审美无功利的宣言,之后又抛出了“美是道德的象征”这一命题。他向人们说明了,艺术是自律的,但同时又充当统一认识和实践的作用。“美是道德的象征”,不仅概括了《判断力批判》一书的主旨,而且体现了康德批判哲学体系的建构理想,审美的最终归宿是走向道德,人类通过审美会由自然走向自由。在康德看来,只有审美才能沟通认识和实践,使它们趋于统一。

康德之后,韦伯对其他价值领域的协调弥合作用更加重视,他提出了审美救赎的主张,他说:“生活的理智化和理性化的发展改变了这一情境。因为在这些状况下,艺术变成了一个越来越自觉地把握到的有独立价值的世界,这些价值本身就是存在的。不论怎么来解释,艺术都承担了一种世俗救赎功能。它提供了一种从日常生活的千篇一律中解脱出来的救赎,尤其是从理论的和实践的理性主义那不断增长的压力中解脱出来的

① [德]康德:《判断力批判》,第10页。

救赎。"[1]审美—表现理性有一种"解构"认知—工具理性和道德—实践理性的压力和限制的功能，在缓解人们日常性压力和刻板，舒张人的情感需求，满足想象力的自由伸展，即在恢复被认知—工具理性和道德—实践理性的表意实践所"异化"了的精神方面，具有不可替代的重要功能。哈贝马斯强化了韦伯的主题，他认为，艺术通过一种愉悦对日常生活的"理论和实践的"理性主义有所救助。阿多诺也认为，艺术所代表的审美现代性具有某种协调和弥合功能，艺术可以协调由于工具理性带来的种种弊端。

总而言之，艺术自律是艺术发展史上的一块里程碑，艺术从此取得独立的地位。但我们不能只看到艺术与现实保持了一定的距离，而看不到它对现实的批判作用，从而重蹈唯美主义的覆辙。在艺术自律的理论中，普遍性是一个重要的标准，艺术批判之所以成为可能，是因为它能够一步步趋向普遍性，但是艺术建构中的普遍性却不能不带有本阶级的烙印。艺术虽然独立于认识、实践等价值领域，但它对这些价值领域之间对立冲突而产生的弊端却有协调弥合的作用。我们只有掌握了艺术自律的辩证法，才能正确认识艺术自律的历史意义，以及它对艺术发展的指导作用。

（《文艺理论研究》2007 年第 4 期）

① H. H. Gerth and C. W. Mills, eds., *Form Max Weber: Essays in Sociology*. New York: Oxford University Press, 1946, p. 342.

审美普遍性及其遭受的现代挑战

当今的学界对“普遍性”的否定最为激烈，“普遍性”和宏大叙事一样似乎失去了存在的合法性。具体到认识、实践和审美领域，“普遍性”也摆脱不了受攻击的命运。在这种情形下，理性地审视审美普遍性，便显得极为重要和紧迫。

一、 审美普遍性存在的理论基础

在审美领域中谈到普遍性，必然绕不过康德，康德的论述应该是最全面的，所以本文在这里也就以康德为代表。康德首先认为审美判断是反思判断，不是规定性的，是通过特殊去寻找普遍，而不是由普遍来规定特殊。对于康德来说，审美是与普遍性紧密联系在一起的，惟有这样，人才能走向自由的境界。普遍性在康德美学中，存在的原因主要有三点，即审美无功利性、审美共通感和美的理想。前两者是从审美主体的角度说的，后者是从审美内容的角度而言。

（一）审美无功利性

审美首先是无功利的。康德说：“每个人都必须承认，关于美的判断只要混杂有丝毫的利害在内，就会是很有偏心的，而不是纯粹的鉴赏判断了。我们必须对事物的实存没有丝毫倾向性，而是在这方面完全抱无所谓的态度,以便在鉴赏的事情中担任评判员。”①这里说得很清楚,纯粹的鉴赏判断是不含利害的。所以,康德对美是这样界定的:“审美趣味是一种不凭任何利害计较而单凭快感或不快感来对一个对象或一种对象显现方式进行判断的能力。这样一种快感的对象就是美的。”②审美这种无利害性,是审美的质的特点。审美的这种无功利性,导致了审美的普遍性。康德主要运用“否证”的方法进行了论证。③ 在利害基础上的快适,比如有人喜欢管乐声,有人则喜欢弦乐声,这是根据个人感官的喜好来选择的,明显具有私人化倾向,没有普遍性。另外,善,要考虑到它的实际目的,实际目的是审美的绊脚石,就像大观园的姐妹,想着各自的前途去赏月,肯定是各有一番滋味在心头。波尔·古耶尔(Paul Guyer)说得好:“考虑到康德的道德理论,它要提醒我们的正是这样一个事实:审美反思批判着力排除由利害带来的愉快的原因,就在于利害是不确定性的一个根源。”④美不同于快适和善,就在于它的无功利性,这是审美区别于认识和道德实践的关键所在。可以说,审美普遍性的前提,在于审美自律,在于无功利性。

(二) 审美共通感

审美的普遍性,是建立在共通感基础上的。康德认为:“但人们必须把 sensus communis[共通感]理解为一种共同的感觉的理念,这种评判能力在自己的反思中(先天地)考虑到每个别人在思维中的表象方式,以便把自己的判断仿佛依凭着全部人类理性,并由此避开那将会从主观私人条件中对判断产生不利的影响的幻觉,这些私人条件有可能会被轻易

---

① [德]康德:《判断力批判》,邓晓芒译,北京:人民出版社,2002 年,第 39 页。

② 朱光潜:《西方美学史》下卷,北京:人民文学出版社,1979 年,第 403 页。

③ 张辉:《审美现代性批判》,北京:北京大学出版社,1999 年,第 227 页。

④ Paul Guyer, *Kant and the Claims of Taste*. Cambridge: Cambridge University Press, 1997, p. 183.

看作是客观的。"[①]康德还把共通感和普遍人类知性作了区分。普遍人类知性,即逻辑共通感,源于亚里士多德,主要是指统一各种感觉的共同感觉,是具体感觉和知性的中介。共同感觉的普遍性,一直到18世纪才被突出出来。康德的共通感还有别于古罗马作家所指的普遍拥有的美德的内涵,加达默尔特别指出"基本道德含义在他那里不再有任何重要地位"。[②] 这里,康德通过审美共通感,再一次把审美和认识、道德区分开来。

审美共通感,虽然不同于逻辑共通感,但康德还是需要借助它来解释审美共通感的原理。波尔·古耶尔等人的论述可以作参照,"康德关于可传达性和共通感的论述没有改变这样的事实:他的演绎必须解决一个纯粹认识论的问题"。[③] "是探寻超感性根基的任务,就是在诸认识能力中寻找仅仅呈现为感觉问题的根据"。[④] 超验层次的审美共通感,在现在人看来,是与逻辑共通感密切联系的,是有一定生理基础和实践基础的。审美普遍性与诸认识活动能力及其历史文化相关,"这种'与认识一般相适应的构想力和悟性之间的主观关系',对一切人都同样适用,并且在他们的表象构成方式中赋予了普遍性。……在表象的深层基础中存在着我们对于历史、文化的现实共同参与的体验这样一种'共轭性'"。[⑤] 另外,"现代自然科学的新的自明原理补充了'共同概念',它们又增强和巩固了共同感觉作为一种标准的权威"。[⑥]

---

① [德]康德:《判断力批判》,第136页。

② [德]加达默尔:《真理与方法》,洪汉鼎译,上海:上海译文出版社,1999年,第43页。

③ Paul Guyer. *Kant and the Claims of Taste*. p. 183.

④ John H. Zammito. *The Genesis of Kant's Critique of Judgment*. Chicago: Chicago University Press, 1992, p. 115.

⑤ [日]中川作一:《视觉艺术的社会心理》,许平等译,上海:上海人民美术出版社,1991年,第205—207页。

⑥ [美]大卫·萨默斯:《论共同感觉》,见《艺术史与艺术理论》,杭州:中国美术学院出版社,2004年,第674页。

（三）美的理想

康德曾说："……最高的典范，即鉴赏的原型，只是一个理念，……本来，理念意味着一个理性概念，而理想则意味着一个单一存在物、作为符合某个理念的存在物的表象。"由此可看出，美的理想是"作为符合某个理念的存在物的表象"。[①] 那么，对于康德来讲，只有人才是美的理想，人能够通过理性自己规定自己的目的，即使从外部拿来这些目的，也能把它与本质的普遍的目的加以对照。在这里，我们可以知道美的理想是离不开那种"本质的普遍的目的"。美的理想，决定着艺术的理想。在康德的眼中，审美意象最能体现他的审美理想，审美意象是一种理性观念的最完满的感性形象显现，是一种"至境意象"。[②] 朱光潜先生在区分审美意象和逻辑概念的基础上，指出了它们的共同点："它们都是一般与特殊的统一，都要揭示事物的本质和规律，因而都带有普遍性。"[③]至此，我们可以看出，康德的审美理想离不开普遍性。

审美这种对普遍性的追求，可以上溯到亚里士多德，他认为诗歌比历史更带有普遍性。后来，这种普遍性的特征，成为审美或者艺术的自觉追求。古典主义要表现人性中最普遍的东西，启蒙主义者狄德罗主张表现同类人物的最普遍、最显著的特点，谢林认为美是表现于有限事物中的无限物，黑格尔认为艺术应该"在人类面前展现人类自身"，莫不是这样。即使是倾心现代性的波德莱尔在《论彼埃尔・杜邦》中也指出："诗人站在人类圈的某一点上，把他接受到的人的思想在振动得更富有旋律的同一条线上传达出去。"[④]

---

① [德]康德：《判断力批判》，第 68 页。

② 顾祖钊：《艺术至境论》，天津：百花文艺出版社，1992 年，第 80 页。

③ 朱光潜：《西方美学史》下卷，第 402 页。

④ [法]波德莱尔：《1846 年的沙龙》，郭宏安译，桂林：广西师范大学出版社，2002 年，第 23 页。

二、审美普遍性所遭受的现代挑战

下面将从三方面谈审美普遍性所遭受的现代挑战，即审美的阶级性、专家文化的存在和日常生活的审美化。这三者是否否定了审美普遍性？探索这三者与审美普遍性的内在关系，揭示审美普遍性在当代视野中的发展与命运，是本文着力解决的另一个问题。

（一）审美的阶级性

马克思主义认为经济基础决定包括文艺等社会意识形式在内的上层建筑，在阶级社会中，文艺和审美必然有着阶级性。文艺和审美具有一定的阶级性，也就承认它们带有功利性。这种观点，是不是像有些学者所认为的，是对审美普遍性最有力的反驳？

马克思揭示了资产阶级社会的审美阶级性，是另有意图的。马克思在《1844 年经济学哲学手稿》中指出："忧心忡忡的穷人甚至对最美丽的景色都无动于衷；贩卖矿物的商人只看到矿物的商业价值，而看不到矿物的美和特性；他没有矿物学的感觉。"①忧心忡忡的穷人没有美感，是因为他们有衣食之忧；矿物商人不看重矿物的美，是因为他们心目中只有商业价值。这一切都是异化劳动带来的，马克思指出："私有财产使我们变得如此愚蠢而片面，……一切肉体的和精神的感觉为这一切感觉的简单的异化即拥有感所代替。"②在这里，马克思是控诉异化劳动造成了审美差异，而并非是对审美普遍性的否定。

马克思在谈到出版自由时说："为了保护（甚至仅仅是为了理解）某种特定范围的自由，我应当从这一范围的主要特征出发，而不应该从它的外

① ［德］马克思：《1844 年经济学哲学手稿》，刘丕坤译，北京：人民出版社，1979 年，第 79—80 页。

② ［德］马克思：《1844 年经济学哲学手稿》，第 77 页。

部关系出发。”①在马克思看来，虽然科学、道德和文艺是受各种经济的、政治的关系所制约，但它们本质上又都是自由精神生产的产物，这两者常常处在对抗的状态中。为什么这样呢？笔者认为，因为文艺常常有摆脱功利性的冲动，或者说作家会不自觉地站在“人类圈的某一点”上，以普遍性对抗阶级性。即使对无产阶级来说，也同样不能忽略普遍性的存在和追求。德国学者埃哈德·约翰也认为：“对于进步阶级来说，带根本性的是：既在自己的政治、经济和文化意识形态的行动贯彻实行自己的利益，又要丰富人类可能性的宝库并且创造一旦产生，就属于人类的不朽财富，即继续进步的前提，因而在这种意义上载入历史发展的人类普遍文化之中的成就。”②

再说，阶级会随着社会的向前发展而逐渐消亡，所以审美的阶级性只是人类历史的一个环节而已。它既不是人类生来就具有的，也不会永远伴随着人类社会。审美的普遍性，才是人类审美的归宿，才是人类审美理想的特征。马克思和康德不同的地方在于，马克思承认了美的现实状况，但并没有否认审美的理想状况。而康德只是着眼审美的理想状况，而忽略了审美的功利性现象的大量存在，没有注意到审美的复杂性所在。或者说康德是更多地站在共时的角度，而忽略了审美的历时性，马克思则把两者结合在一起。

（二）专家文化

康德根据人的知、情、意的三大心理机能，划分出认识、审美、实践三大领域。在这三大领域里，它们是相互独立的，但又通过审美把认识和实践领域联系在一起。但是到了后来，价值领域的分化与对立越来越尖锐。马克斯·韦伯认为，文化领域内的科学、艺术、法律、道德，按照各自的逻

① ［德］马克思，恩格斯：《马克思恩格斯全集》第1卷，北京：人民出版社，1956年，第87页。

② ［德］埃哈德·约翰：《马克思列宁主义美学诸问题》，朱章才译，昆明：云南教育出版社，1999年，第290页。

辑而独立化。丹尼尔·贝尔认为经济、政治和文化三大领域,它们有着不同的轴心原则。不同领域之间的冲突已成为现代性的一大特点。

领域的分化必然导致专家文化的形成,在审美领域也是如此。苏珊·桑塔格指出:“在我们这个时代,艺术越来越变成了专家的领域。我们时代最令人感兴趣、也最有创造性的艺术,并不面向那些受过一般教育的人;它要求特别的工具;它说着一种特别的语言。”①不同的专家文化,形成了库恩所说的不同的科学共同体。这种共同体内部交流比较充分,专业方面的看法也比较一致。库恩的科学共同体,同样适用于美学等人文领域,姚斯早在1969年就把库恩有关范式和科学革命的理论运用到文学领域。“不同的共同体总是注意不同的问题,所以超出群体界线进行专业交流就很困难,常常引起误会,勉强进行还会造成严重的分歧”。② 库恩所说的“误会”和“分歧”,会影响到审美普遍性的合法性,但还没危及到审美共同感这个前提的存在。

我们所要做的工作,是如何消除“误会”和“分歧”,达到审美的普遍性。

哈贝马斯试图通过语言学转向而达到普遍性,加达默尔认为“理解同语言联在一起”,这些都极富有启发性。但关键的地方还是在于,必须熟悉审美共同体,尤其是把握审美共同体的范式。“范式”,一方面指“一个特定共同体的成员共有的信念、价值、技术等等构成的整体”,另一方面又指一定的“模型和范例”。③ 对“范式”的把握,是审美的前提。康德主张艺术入门时要“使内心能力通过人们称之为humaniora的预备知识而得到陶冶”④,同时把天才的作品当成范例来学习。不掌握审美范式,就谈

① [美]苏珊·桑塔格:《反对阐释》,程巍译,上海:上海译文出版社,2003年,第342页。

② [美]托马斯·库恩:《必要的张力》,范岱年等译,北京:北京大学出版社,2004年,第289页。

③ [美]托马斯·库恩:《科学革命的结构》,金吾伦、胡新和译,北京:北京大学出版社,2003年,第157页。

④ [德]康德:《判断力批判》,第204页。

不上审美，更不用说对审美普遍性的否定。正如皮埃尔·布尔迪厄所说："由于缺乏感知和欣赏手段最底限度的把握（尤其是对类型、流派、时期和艺术家名字命名和参照），文化上遭到剥夺的美术馆参观者便产生了困惑甚至混淆。"①这里的对"类型、流派、时期和艺术家名字命名和参照"等知识的把握，其中的难度应该是康德不曾预料的。苏珊·桑塔格不无感慨地说："米尔顿·巴比特和莫顿·菲尔德曼的音乐、马克·罗斯柯和菲兰克·斯特拉的绘画、梅斯·卡宁翰和詹姆斯·瓦林的舞蹈，要求某种感受力的培养，其难度和学徒期的长度至少与掌握物理学或工程学所面临的难度和所需要的时间长度不相上下（在各类艺术中，只有小说未能提供相似的例子，至少在美国是这样）。"②

（三）日常生活的审美化

现在，日常生活的审美化，是学界谈论得较多的一个话题。日常生活的审美化，不仅对传统意义的文艺学是一个挑战，对审美的普遍性也是如此。日常生活的审美化，本有让生活带了自由和诗意的意图。但是，在当今时代，其中的泛化和庸俗化越来越明显。正如沃尔夫冈·韦尔施所指出的，大多是出于经济目的。日常生活的审美化所呈现的特征之一，就是欲望进入审美领域，审美距离的消解。它与追求即时性和虚幻性的消费文化结下了不解之缘。这种瞬时性审美方式，必然对审美普遍性构成了挑战。

这种瞬时美的出现，与波德莱尔有密切的关系，他倡导我们去捕捉现代感觉，如当时巴黎生活中转瞬即逝的车水马龙。波德莱尔在《现代生活的画家》中说："无论人们如何喜爱由古典诗人和艺术家表达出来的普遍的美，也没有更多的理由忽视特殊的美、应时的美和风俗特色。"③对"特

① ［法］皮埃尔·布尔迪厄：《纯美学的历史起源》，见［法］福柯等：《激进的美学锋芒》，周宪译，北京：中国人民大学出版社，2003 年，第 49 页。

② ［美］苏珊·桑塔格：《反对阐释》，第 342 页。

③ ［法］波德莱尔：《1846 年的沙龙》，第 414 页。

殊的美、应时的美和风俗特色”的重视，是审美的一大进步，它扩大了审美的领域，审美并不局限在康德所说的单纯形式上。但是，这种现代感，不断求新，必然不断否定自己，同时又世俗化，如商品的审美特征一样。“这里，文学不再是一种解放的工具，而是变成了服从（subjection）的工具。相似的说法也可以用于商品美学，这种美学把形式视为仅仅是一种诱惑，旨在刺激消费者去购买他们所不需要的东西”。① 其后果是十分严重，审美失去了超越性和批判性。这种让审美世俗化，单方面强调审美的瞬时性，应该说背离了波德莱尔的初衷。

波德莱尔认为：“构成美的一种成分是永恒的、不变的，其多少极难加以确定；另一种成分是相对的、暂时的，可以说它是时代、风尚、道德、情欲，或者是其中一种，或是兼容并蓄。”②这两者之间是什么样的关系呢？“问题在于从流行的东西中提取它可能包含的历史中富有诗意的东西，从过渡中抽出永恒。” ③他所欣赏的画家应该是“时势及时势所暗示的永恒之物的画家”，④要从“雅士、不相信派、漂亮哥儿、花花公子或浪荡子”，看出“他们同出一源，都具有同一种反对和造反的特点，都代表着人类骄傲中所包含的最优秀成分，代表今日之人所含有的那种反对和消除平庸的需要”。⑤

所以，只有由流行的东西上升到永恒普遍性，审美才能有批判性，才不会是昙花一现。我们不同意利奥塔的观点：“他们不需要认同于一个普遍的主体并承担起人类集体的责任，才能负起‘创作’的责任。”⑥那样太拘泥于现实的观点，只会导致审美批判性的丧失。另外，利奥塔的大前提

① [德]比格尔：《先锋派对艺术自主性的否定》，见[法]福柯等：《激进的美学锋芒》，第 158 页。

② [法]波德莱尔：《1846 年的沙龙》，第 414 页。

③ [法]波德莱尔：《1846 年的沙龙》，第 424 页。

④ [法]波德莱尔：《1846 年的沙龙》，第 417 页。

⑤ [法]波德莱尔：《1846 年的沙龙》，第 438 页。

⑥ [法]利奥塔：《后现代性与公正游戏：利奥塔访谈、书信集》，谈瀛洲译，上海：上海人民出版社，1997 年，第 118 页。

也有问题，正如佛克马所言："利奥塔的关于一切宏大叙事均已终结的似是而非的宏大叙述，显然不能令人信服。"①

三、结语

就审美主体来说，审美的无功利性，必须战胜具体历史中的功利性，才能达到普遍性。除此之外，还必须熟悉审美共同体，掌握其中的"范式"。

就审美内容来说，无论是审美的阶级性，还是日常生活的审美化，都是强调审美的现实性和时代性。这无疑是对审美普遍性理论的发展和补充，而不是否定。审美判断是从特殊到达普遍，自然离不开特殊的现实性和时代性。否则，审美普遍性就失去了存在的土壤。但是，从另一方面来说，如果停滞在现实性和时代性上，不由现实性和时代性的特殊上升到普遍性上，审美就失去了批判性，失去了存在的价值。

对审美普遍性的重视，有着重要的理论意义和实践意义。席勒以审美的"游戏冲动"来弥合"感性冲动"和"形式冲动"的分裂，马克思按照美的规律来对劳动异化否定，韦伯把审美作为一种世俗救赎的功能，这些无不坚持了审美的批判功能。而审美批判功能是和审美的普遍性密切相关的。

[《新疆大学学报》(哲学社会科学版)2005 年第 6 期]

① [荷]佛克马：《走向新世界主义》，《东方丛刊》，1999(1)。

“美是道德的象征”的现代意义

康德美学中的“美是道德的象征”这一命题，不仅概括了《判断力批判》一书的主旨，而且体现了康德批判哲学体系的建构理想，审美的最终归宿是走向道德，人类通过审美会由自然走向自由。审美是否能够让人达到自由，康德之后的学者对此持批判态度。在工具理性盛行的今天，我们应该怎样看待康德的审美功能论。

“美是道德的象征”，表示人类通过审美可以由自然走向自由的道德境界。康德对审美这一功能的认识，除了体系上的直接原因之外，有着它的哲学依据，受解决人与自然的冲突为一根本任务的哲学传统的影响，人类本属于自然的一部分，由于掌握了制造工具的技术，便从自然中独立出来，但是人类仍离不开自然，人类一直在解释自然、利用自然和改造自然。正因为如此，人类便与自然产生了强烈的冲突，解决这个冲突便成为哲学的一大根本任务。同时这也与康德推崇卢梭有重要的关系，康德曾对卢梭的《爱弥儿》产生了强烈的兴趣，因看它而打破了自己恪守的生活规律。卢梭对人的重视，强调情感占统治地位，主张解放情感，这些都深深地影响着康德。正因为受卢梭的影响，本可以成为科学家的康德却成为了哲学家。人的问题从此成为康德哲学的中心问题，由此为契机，引发了康德哲学一系列思想的出现。为什么“美是道德的象征”？因为美和以自由为拱心石的道德有着本质的共通性，主要从美的鉴赏和美的形态两方面可以看出。首先，在美的鉴赏中，美因审美时人处在一种自由感中而走向道德，崇高则由内心自由理念的升腾而向道德作更进一步的过渡；其次，在美的形态中，依附美显得尤为重要，它以客观的合目的性而与道德联系在一起。美的理想体现在依附美中，它用人的形象表达着道德性。另外，艺术也属于依附美，"美是道德的象征"在美的艺术中得到最好的体现，因为审美意象（美的理想的具体模式）是理性理念的最完满的感性形象显现。

黑格尔先对康德这种让美由自然走向自由的努力作出了积极的评价："通常被认为在意识中是彼此分明独立的东西其实有一种不可分裂性。美消除了这种分裂，因为在美里普遍的与特殊的，目的与手段，概念与对象，都是完全互相融贯的。"①但是，他对康德这种通过主观性的方式达到自由的特点，却提出了不满："但是谈到究竟，这种像是完全的和解，无论就判断来说，还是就创造说，都还只是主观的，本身还不是自在自由的真实。"②黑格尔自己所倾心建立的理论，则是主客观相统一的，正如朱光潜先生指出："黑格尔自己进一步证明这种统一不仅在人思想中，而且在现实世界中一直进行着，所以是主观的也是客观的。"③

席勒受康德影响非常大，在某种程度上说，席勒是通过创造自己的学说来对康德进行另一种形式的批判。他认为，艺术的王国（即欢乐的游戏和形象显现的王国），是处在自然暴力的王国和道德法律的王国之间的第三种王国，是前者向后者过渡的桥梁。席勒把游戏冲动与艺术和美联系了起来。其中游戏冲动的对象是美，美也就是活的形象，即感性与理性的同一体，物质世界的存在与它的形象显现的统一体，内容和形式的统一体。因此黑格尔对席勒克服康德的缺陷发出由衷地赞赏："席勒的大功劳就在于克服了康德所了解的思想的主观性与抽象性，敢于设法超越这些局限，在思想上把统一与和解作为真实来了解，并且在艺术里实现这种统一与和解。"④实际上，席勒也并没有真正克服康德的缺陷。李泽厚先生

---

① ［德］黑格尔：《美学》第一卷，朱光潜译，北京：商务印书馆，1979 年，第 75 页。
② ［德］黑格尔：《美学》第一卷，第 75—76 页。
③ ［德］黑格尔：《美学》第一卷，第 76 页。
④ ［德］黑格尔：《美学》第一卷，第 76 页。

认为:“在席勒,也只是抽象的人,但他提出了人与自然、感性与理性在感性基础上相统一的问题,把审美教育看作由自然的人上升到自由的人的途径,这仍然是唯心主义的乌托邦,因为席勒缺乏真正历史的观点。”①

学术界认为,真正克服康德美学缺陷的应该是马克思。马克思认为只有劳动实践才能使人与自然达到和谐统一,才能使“自然向人生成”。人的劳动是自由的,它摆脱了直接肉体本能需要,能够按照任何一种尺度来进行生产;同时,人的劳动又是自觉的,有目的的,能够把人的本质力量转移到对象身上去。前文已经分析过,美的本质在于自由,在于一种合目的性。劳动的本质和美的本质具有相通性,所以说,劳动创造了美,劳动是按照美的规律来创造的。李泽厚先生对马克思的评价是:“马克思从劳动、实践、社会生产出发,来谈人的解放和自由的人,把教育学建筑在这样一个历史唯物主义的基础上。这才根本上指出了解放问题的方向。所以马克思主义的美学不把意识或艺术作为出发点,而从社会实践和‘自然的人化’这个哲学问题出发。”②从李泽厚先生的评述中,我们可知,美学一般有两个出发点,一是意识或艺术,二是社会实践和“自然的人化”。康德与马克思不同的只是着眼点。实际上,后人所认为的缺陷,正是康德美学的特质所在,我们不应该轻易否定它。

今天,我们看待这个问题时,不应该满足于前人已有的结论,而应该用层次论的方法来看待这个问题。任何事物的本质应该是一个多层次、多侧面的系统,并非是一锤定音。列宁在《哲学笔记》中说:“人的思想由现象到本质,由所谓初级本质到二级本质,这样不断地加深下去,以至无穷。”③那么,在看待具体问题时,也应该多层次、多侧面地看。首先,我们认为,马克思和康德是在不同层次上看待人与自然统一的问题。在这里,

① 李泽厚:《批判哲学的批判》,北京:人民出版社,1979 年,第 414 页。

② 李泽厚:《批判哲学的批判》,第 414 页。

③ [俄]列宁:《哲学笔记》,中共中央马克斯恩格斯列宁斯大林著作编译局译,北京:人民出版社,1957 年,第 256 页。

可以运用普列汉诺夫的“五项因素公式”，即社会结构模式由五项层次构成：[1]（一）生产力的状况；（二）被生产力制约的经济关系；（三）在一定的经济“基础”上生长起来的社会政治制度；（四）一部分由经济直接决定的，一部分由生长在经济上的全部社会政治制度所决定的社会中的心理；（五）反映这种心理特征的各种思想体系。结合李泽厚先生的论述，我们可知，马克思的论述是在第一个层次上，康德的论述是在第五个层次上。马克思能从根本上解决问题，但是康德的方法是对马克思的有益补充。

在马克思看来，人通过劳动创造对象世界，让人的本质力量对象化，必须要利用客观的自然规律，才能由必然王国向自由王国（美的世界）迈进。而自然规律的掌握，是永无止境的。在任何时代，人类只能部分地把握自然规律。所以，真正达到彻底的自由王国，光靠掌握自然规律，在实践上是不可能的。因为我们掌握的真理都有一个前提，都是在目前的时间和所能达到的空间范围内，一旦突破这个期限，就有可能被修正或推翻，正如波普所说，一切真理都是有待证伪的。那么，就必须在“意识或艺术”层面上下功夫。在春秋战国时代，虽然说，随着铁器工具的使用，生产力有了一定的提高，但在今天的人看来，生产力应该是低下的。是不是那时候就没有达到自由境界的人，就没有达到“天人合一”的人？答案是否定的。只要进行“坐忘”或“心斋”，便能进入“天人合一”的境界。“坐忘”见于《庄子・大宗师》：“堕肢体，黜聪明，离形去知，同于大通，此谓坐忘。”“心斋”见于《庄子・达生》：“齐三日，不敢怀庆赏爵禄；齐五日，不敢怀非誉巧拙；齐七日，辄然忘吾有四肢形体也。”简单地说，“坐忘”和“心斋”，便是“忘名、忘利、忘己”，是一种心意功夫，也就是审美的前提。所以，有道之人，也就是“真人”，他们就是“乘天地之正，而御六气之辩，以游无穷者”（《逍遥游》），“无己”“无功”“无名”，获得了最大的自由。

另外，征服自然能力的增强并未导致人类快乐和幸福的增长，有可能

① ［俄］普列汉诺夫：《普列汉诺夫哲学著作选集》第 2 卷，曹葆华译，北京：生活・读书・新知三联书店，1974 年，第 272—273 页。

是环境污染或人类为争夺资源而造成的战争。弗洛伊德曾说:“在过去的几代人中,人类已经在自然科学及技术运用方面取得了长足的进步,……然而,他们看来已经发现,作为几千年人类渴望的实现,这种新近获得的控制时空的力量,这种对自然力量的征服,并未增加他们对生活所期待的令人愉悦的满足,并没有使他们感到更多的快乐。基于这一事实,我们对如下结论不应持有异议,征服自然的力量并不是人类快乐的唯一前提,正像它不是文化发展的唯一目标一样。”①

在这种情况下,康德沟通人与自然的审美学说的意义便凸现出来。特别是在理性尤其是工具理性支配现实生活的今天,康德的审美功能论的意义更是不一般。在康德的影响下,韦伯提出了“审美救赎”。韦伯对其他价值领域的协调弥合作用更加重视,他提出了审美救赎的主张,认为只有审美才能拯救工具理性所带来的后果,他说:“生活的理智化和理性化的发展改变了这一情境。因为在这些状况下,艺术变成了一个越来越自觉地把握到的有独立价值的世界,这些价值本身就是存在的。不论怎么解释,艺术都承担了一种世俗救赎功能。它提供了一种从日常生活的千篇一律中解脱出来的救赎,尤其是从理论的和实践的理性主义那不断增长的压力中解脱出来的救赎。”②马尔库塞也是按照康德的思路,强调一种新感性来摆脱不自由的社会的压抑性,于是便产生了一个新的世界,即美的世界:“审美的天地是一个生活世界,依靠它,自由的需要和潜能,找寻着自身的解放。……在这个新的社会环境中,人类所拥有的非攻性的、爱欲的和感受的潜能,与自由的意识和谐共处,致力于自然与人类的和平共处。”③

---

① Sinmund Freud,*Civilication and Its Discontents*. New York:Norton,1961,p. 39.

② H. H. Gerth and C. W. Mills,eds. ,*Form Max Weber*:*Essays in Sociology*. New York:Oxford University Press,1946,p. 342.

③ [美]马尔库塞:《审美之维:马尔库塞美学论著集》,李小兵译,北京:生活·读书·新知三联书店,1989年,第113页。

但是，光在“意识或艺术”上下功夫，不去探索自然规律，这种境界也是不长久的。典型的例子是，在“非典”的前期，人类对“非典”了解甚少，这个时候，单靠审美不可能战胜“非典”，达到人与自然的和谐统一。这种思想在《庄子》中已有体现，“梓庆削木为鐻”，除了上文所说“心斋”外，还要“然后入山林，观天性形躯，至矣，然后成见鐻…… ”（《达生》）。这里的“入山林，观天性形躯”，就是探索自然，掌握自然规律。所以说，《庄子》并不排斥对自然规律的探索。《养生主》篇的“庖丁解牛”亦是如此，“始臣之解牛之时，所见无非牛者；三年之后，未尝见全牛”，即便是有道之人，也要见“全牛”，然后再不见“全牛”。中国古典美学的思想，证明了康德的审美功能论和马克思美学相为补充的必要性和正确性。

总之，康德的审美功能论，即“美是道德的象征”，集中体现了康德的美学思想，通过审美人由自然走向自由。我们不能因为它是主观的，便忽视它的社会意义，它是马克思实践学说的有益补充。在工具理性盛行的时代，它的意义是不可低估的，给后代学人的影响是深远的。

[《新疆大学学报》(哲学人文社会科学版)2007 年第 2 期]

网络超长篇小说的多维度透视

网络超长篇小说，一般是指百万字以上，甚至有千万字篇幅的网络小说。① 网络超长篇小说的点击率、IP价值和社会影响力，远远超过网络诗歌和网络散文。大众提到网络文学，一般都不自觉地指向网络小说。在巴赫金看来，主导文学命运的，体裁超过了思潮和派别。② 网络超长篇小说的特点、存在价值与不足，在某种程度上代表了网络文学。网络超长篇小说的篇幅，突破了读者对长篇小说的审美预期。小说创作和接受的生态环境也因此改变，给小说研究带来新的课题。对于擅长网络超长篇小说创作的唐家三少，其作品总量远远超过了仍活跃在文坛上的张炜、贾平凹等传统作家，是"值得思考的文学现象"。《文艺报》总编辑阎晶明说超长篇是"一个意味深长的现象"，并认为它的出现并非是偶然的，而是"信息时代全民写作的必然结果"。③ 当前对网络超长篇小说的研究，具体作品的微观研究取得了不少成绩，但宏观研究还有待深入，如对它的产生原因、主要功能和未来发展等研究内容，需要从科技、文化和美学等维度进行探讨。

---

① 禹建湘：《网络文学关键词100》，北京：中央编译出版社，2014年，第174页。

② [苏]巴赫金：《小说理论》，白春仁、晓河译，石家庄：河北教育出版社，1998年，第510页。

③ 乔燕冰：《一边是碎片化泛滥，一边是超长篇火爆——网络文学系列报道之一》，《中国艺术报》，2014-08-27。

一、科学技术支撑的“文学帝国”

按照传统的界定，长篇小说一般是指10万字以上的作品。超过百万字的，如法国的《追忆逝水年华》、克罗地亚的《戈尔达娜》、我国的《长城万里图》等作品，屈指可数。在网络文学出现之前，如果把百万字以上的超长篇小说作为一个文学现象来进行研究，似乎缺乏学理上的充足依据，因为它还不具有普遍性，只是个案而已。但网络超长篇小说创作已成为普遍现象，据聂庆璞几年前的统计，仅纵横中文网超过100万字的网络超长篇小说就有1200部。① 五六年过去了，现在网络超长篇小说的数量远远超出我们的想象。可以说，系统研究网络超长篇小说的时机已经成熟。前文提到的唐家三少，超长篇小说是他创作的主要体裁，其作品有《空速星痕》《善良的死神》《惟我独仙》《冰火魔厨》等，十年间创作的作品高达3000多万字。② 探讨网络超长篇小说，不能不重点关注唐家三少。研究网络超长篇小说，首先要探讨它的产生原因。与普通读者一样，许多研究者感兴趣的，是网络作家怎么创作出如此超长篇幅的作品，这个庞大的“文学帝国”是如何建立的？

一种文学体裁的出现，如同其他历史现象，其产生原因不是单一的，而是恩格斯所说的有无数互相交错力量的历史合力结果。从作者的角度看，许多写手开始触网，是抱着玩玩的态度，纯出于个人兴趣和爱好。但是超长篇小说创作，需要持续不断的日更，如果只凭兴趣和爱好，恐怕难以坚持。解释此现象，就要涉及网络超长篇小说创作背后的巨大经济利益。网络小说是按照字数付费，字数越多，写手获取的报酬就越多。“菜鸟级”写手每年只能拿到一两万元，而“大神级”写手则能轻松进账百万元。同时，网络超长篇小说还可以纸质出版，改编成影视、游戏等产品，其

① 聂庆璞：《网络超长篇：商业化催生的注水写作》，《学习与探索》，2013(2)。

② 任晓宁：《在网络田野笔耕十年——访起点中文网人气网络作家唐家三少》，《中国新闻出版报》，2014-03-06。

日益飙升的 IP 价值，吸引写手们拼命去写。当然，网站、出版社和游戏商等也获得相当一部分的利润。可以说，利益的追求是网络超长篇小说出现的重要因素，但是仅有此还不能导致超长篇小说的产生。

有同样的写作驱动力，不同时代作家的创作成效并不一样。法国著名作家巴尔扎克曾拟定《人间喜剧》的庞大创作计划，分风俗研究、哲理研究、分析研究三大部分。他一天写作时间长达十五六个小时，“一口气把十几支羽毛笔写秃”，工作强度能与现在的网络作家一比。他夜以继日地创作，并靠喝咖啡来提神助写，不仅因为强烈的文学使命感，还有经济上的原因。他负债累累，旧债未了，新债又来，只得拼命写作赚取稿费。20 年过去了，最后的结果呢？用茨威格的话说，“这个毫无节制的人给自己确定了一个实际上难以达到的目标”。[①] 而网络作家唐家三少的当时境遇与巴尔扎克有相似之处，因为结婚急需要在北京买房，他必须加快写作速度赚够买房的钱。北京的超高房价天下皆知，通过短时间创作的稿费来买北京的房，不亚于是天方夜谭，但是唐家三少做到了，一年就写了 3 本网络超长篇小说。[②]

巴尔扎克和唐家三少的主观能动性都已发挥到极致，但是一个完成了计划，另一个则没有，原因何在？小说创作量的突破，还取决于创作的速度。作家的时间是有限的，只有提高创作的速度，才能实现量的突破。而速度能否得到提升，必须要探讨书写的技术问题。有学者认为，网络超长篇小说的产生原因，除了商业原因之外，还有小说自身因素——类型化写作。如玄幻、魔幻、穿越、游戏、官场等网络小说，有固定写作套路和模式，“许多的写手只将一些名字、场景或道具略作更换，就能按照套路写下去，轻车熟路，一泻千里”。[③] 类型化写作，的确是网络超长篇小说出现的

① [奥]斯蒂芬·茨威格：《巴尔扎克传（节选）》，见《德语文学与文学批评：第七卷·2013 年》，北京：人民文学出版社，2013 年，第 402—406 页。

② 张晓洁：《高产网络作家唐家三少：把控力超人》，http://www.chinawriter.com.cn/news/2012/2012-06-24/132100.html。

③ 聂庆璞：《网络超长篇：商业化催生的注水写作》。

原因之一，但是不能仅仅探讨至此。按照类型化和模式化进行创作，是通俗文学的一大特点，如张恨水的社会言情小说也是如此。张恨水一生写了近 3000 万字作品，其中小说有 2000 万字左右，在当时称得上是创作上的奇迹，但作品数量还是无法与唐家三少比，其原因在于书写技术的时代限制上。

在马克思看来，艺术生产受生产力水平的制约，除了受需要、教育和分工等因素制约外，生产的技术条件是艺术生产的首要制约因素，这些观点对本雅明等人产生了直接的影响。① 在照相机、摄影机和电脑等生产工具和相应的生产技术基础上产生的艺术创作技巧，是本雅明所说的艺术生命力。② 利用电脑进行写作，即马克·波斯特所说的电子书写，是当代网络作家与巴尔扎克、张恨水等传统作家的根本区别之一，它大大提高了文学创作的速度。唐家三少利用智能 ABC 输入法，创下过每小时 8000 多字的极限速度，一天平均写 3 万字，被网友称为"网络时代的赛车手"。近 1000 万字的作品，仅仅用了 3 年时间，其中 150 万字的《狂神》用了不到五个月的时间，160 万字的《善良的死神》也只花了 4 个月。③ 所以，只有创作速度的加快（这里仅指正常的书写，还不包括粘贴复制），在有限的时间内，才能创作出网络超长篇小说。除了经济利益的追求，网络文学创作还跟作家的生活阅历、文学素养等因素有关，但区别于传统文学，建立在科学技术基础上的电子书写，以及相应的思维习惯和文学观点，这都是值得探讨的地方。比如电子书写中的主体是人和机器的结合体，机器在提升创造者书写速度的同时，促进了创作者的思考，但有时候人跟不上机器的速度，又妨碍了自己的思考。

① 汪正龙：《马克思与 20 世纪美学问题》，北京：高等教育出版社，2014 年，第 119 页。

② [德]瓦尔特·本雅明：《机械复制时代的艺术作品》，王才勇译，北京：中国城市出版社，2002 年，第 172 页。

③ 张守刚：《网络写作年稿酬最高可达 150 万元 一天写 3 万字》，http://www.ce.cn/xwzx/gnsz/gdxw/200701/28/t20070128_10235438.shtml。

唐家三少有一段创作谈，应引起研究者的注意，他说："我上学的时候其实数学非常好，语文一般。现在写书的人很多都是数学好，我有个朋友是理科的双硕士，他写书也非常好。写书的人数学不好，其实写不好书，因为你逻辑思维不强，没法儿创作好情节节奏，尤其写不了长篇。"①认为文学创作需要一定的逻辑思维，这是常识，但认为写不好书，是因为数学不好，这听起来比较新鲜。唐家三少所说的理由，是长篇小说的情节节奏把握需要有数学功底。数学是逻辑性极强的学科，数学好对情节安排的确有帮助。实际上，把数学与文学创作联系在一起，唐家三少不是第一人，德鲁坦早就指出，在情节构成中必须具有"某种数学的天资——即：使分散的部分结合成一个整体，按照事件发生的先后顺序合乎逻辑地（而且是出乎意料的事件连续般地）贯串起来，然后向结局一转，犹如有一种干净利落地抖开包袱般的力量"。② 但唐家三少与德鲁坦不同的是，他不仅说情节安排需要数学好，而且说数学不好不能创作超长篇。就此问题，笔者请教了安徽大学文学院顾祖钊教授和数学科学学院陈华友教授。细究起来，唐家三少这么说，原因可能是：其一，数学注重论证过程。让一个王子与农家姑娘谈恋爱，不是想当然就可以，而是要设置一个又一个的故事，创造一个又一个的条件，才能让他们能够跨越各种障碍，让他们的结合具有合理性。数学不好的文科生，容易把其中许多过程省略掉，篇幅自然会减少。其二，可以利用数学排列组合原理进行创作。每一个人物，每一个小故事，都可以作为一个模块。模块越多，排列组合的数就越大，就能形成超长篇的小说。

除了数学思维之外，网络超长篇小说的创作，还与理工科生崇尚对社会生活进行自然主义式描绘有很大关系。众所周知，理工科生是网络小说创作的一个重要主体，占网络文学创作队伍的 70%，这也是一个耐人寻味的现象。受自然科学的影响，理工科生创作超长篇的优势所在，也是

① 史丽，纪成成：《网络写手生存大曝光》，《人物画报》，2010(19)。

② ［日］河竹凳志夫：《戏剧概论》，北京：中国戏剧出版社，1983 年，第 71 页。

其不足之处，即不擅长艺术概括。这种优势与不足，都能体现在网络超长篇小说创作中，唐家三少的访谈录可以佐证："坦白说，长篇比短篇相对更好写，因为长篇写作除了文字本身，对故事性和逻辑思维能力要求会更强，不像短篇对文字要求那么精炼，这也是为什么理工男成为网络文学创作主体的一个重要原因。所以在我们看来越是短篇越难写，比如微小说要求用几十个字写篇小说还能写得特别精彩，非常难。"①

可以说，电子书写和理工科思维方式，是网络超长篇小说产生的科学技术因素，它们与受众的需求、作者和商家的利益追求等因素，共同促使了网络超长篇小说"文学帝国"的出现。

二、青年亚文化中的文学诉求

据报载，截至2016年底，我国互联网用户规模超4亿，其中网络文学用户规模超3亿。网络超长篇小说是网络文学的重头戏，是网络文学用户关注的焦点，是当代社会的艺术表征之一。文学虽具有一定的独立性，但它还是社会历史发展的一个有机组成部分，正如勃兰兑斯所说："……如果从历史的观点看，尽管一本书是一件完美、完整的艺术品，它却是从无边无际的一张网上剪下来的一小块。"②可以说，网络超长篇小说就是当代消费社会这一张无边无际网上的一小块。消费社会的特点，是消费和服务占主导地位，而不是生产占主导地位。在文学生产中占主导地位的，不是作者，而是读者。无论是创作，还是阅读，读者的地位得到了前所未有的提高。

在过去，语言与文章的地位是极高的。《左传·襄公二十四年》："太上有立德，其次有立功，其次有立言，虽久不废，此之谓不朽。"人的生命是有限的，但是立言让人不朽。曹丕在《典论·论文》中指出："文章者，经国

① 乔燕冰：《做有世界影响力的中国IP》，《中国艺术报》，2016-12-05。

② [丹麦]勃兰兑斯：《十九世纪文学主流·流亡文学》，北京：人民文学出版社，1997年，第3页。

之大业，不朽之盛事。”包括文学在内的文章，并不是可有可无的，它们不仅关系到个体生命的不朽，而且关系到国家和民族大业的兴衰。文章有如此高的地位，吸引了广大知识分子积极投身于创作，像司马迁一样，希望自己的作品能“藏诸名山，传之其人”，创作者也因此受到众多人的敬仰。但在消费时代，人们对文学的认识，却发生了极大的变化。

网络超长篇小说的作者和读者，主要是年轻人，包括中学生、大学生和一些白领蓝领等。他们都有一定的艺术情怀，接受新事物快。较之中老年人，年轻人身上有一种天生的反叛精神，他们不满足于应试指挥棒下的文学教育。除了学文学的大学生之外，年轻人的文学教育和文学观念的形成，重点是在中学阶段。中学阶段的文学文本，是教育专家结合教学目标，根据文学史、文学理论的判断和标准进行筛选的。如人教版的高中语文教材，主要分为“阅读鉴赏”“表达交流”“名著导读”等部分，其中“阅读鉴赏”是主体，每册 4 个单元，各有侧重点：形象性较强的、思辨性较强的、应用性较强的。应该说，中学阶段的文学教育有其合理性和必要性，它对学生的文学鉴赏能力、表达能力和人文素养等方面的培养，功不可没。但它只考虑学生群体的整体性，以及小说、散文和诗歌等文学类型的全面性，受大众欢迎的当代通俗文学，在教材中不可能得到充分体现。尽管有配套的选修教材，还是难以满足学生对个性化的亚文化文学诉求。

除了内容设置，年轻人对文学的解读也有不满意的地方。他们不能对教材上的课文进行个性化的解读，课后作业和考试试卷一般都有参考答案，只能在参考答案的范围内进行发挥，这在一定程度上限制了学生的文学想象力。即使是作家本人，对自己被选入高考现代文阅读中的文章解读，也难以得到满分，甚至连一半分数都得不到。

年轻人不得不在文学教育体制之外，寻求自己的艺术空间。这个时候，互联网出现了。科学技术与消费文化合谋，产生的能量不可忽视。年轻人找到了一个不同于纸媒的平台，他们可以在上面发表自己认可的理想作品，阅读不同于语文教材上的文学作品，即网络超长篇小说。青年亚文化中的文学诉求，存在于相当数量的年轻人心中，甚至可以说每个年轻人心中都有这种诉求。网络文学与教育体制需要的传统文学，共同构成了这一代年轻人的文学实际追求。大部分年轻人只能认可和顺应当前的文学教育体制，否则的话，难过考试关，不能进入高等学府深造。对传统文学作品及其价值的认识，有不少人停留在知识层面上，而非发自内心。

网络超长篇小说走的是不同于传统文学的路线，如唐家三少只写自己擅长的内容，注重文学的休闲和娱乐功能，不是为了“藏诸名山，传之其人”，不是按照传统文学理论和美学理论进行创作。传统理论很少把娱乐功能放在首位，而是强调审美、教育等功能，最多只是强调“寓教于乐”。网络超长篇小说有不少充满正能量的内容，但一般不把人文精神的引领放在首位，而是看文学是否“好玩”，注重可看性，契合了年轻人反叛文学教育体制的心理期待。网络超长篇小说凸显传统文学理论中认为是较低层次的娱乐功能，让网友快乐成为创作的首要选择，凸显快乐，让读者进行无障碍地阅读。这种阅读特点，笔者在一定范围做过问卷调查，发现受到青年人欢迎的，主要有这几个方面：首先要有新鲜有趣的内容，特别是传统小说或严肃文学没有的。比如天下霸唱在《鬼吹灯》第一卷第一部《精绝古城》的引子中指出：“盗墓不是游览观光，不是吟诗作对，不是描画绣花，不能那样文雅，那样闲庭信步，含情脉脉，那样天地君亲师。盗墓是一门技术，一门进行破坏的技术。”这种具有破坏性的，见不得人的，却又有相当技术含量的盗墓话题，很快就吸引住具有反叛心理的年轻人，这是语文教材中不可能看到的内容。其二，大胆、富有想象力的情节设置。如唐家三少在《绝世唐门》中写道，霍雨浩加入唐门的原因是：“我想要出人头地，成为一名强大的魂师。加入唐门无疑是一条捷径。不但能够让我进入史莱克学院，更能得到你们的指点。”而唐雅让他加入唐门的最初动机，是因为他做的烤鱼太过美味！唐雅还把记录唐门绝学的《唐门玄天宝录》抄录本递给霍雨浩，“除了玄天功之外，玄天宝录还记载了五种绝学，分别是：练手之法玄玉手，练眼之法紫极魔瞳，擒拿之法控鹤擒龙，轻身之法鬼影迷踪，以及暗器使用之法，暗器百解”。这里的情节设置，把当今社会上流行的成功学、消费时尚以及传统武侠小说等元素夸张而大胆地结合在一起。其三，轻松诙谐的语言。当年明月在《明朝那些事儿》开头，用年轻人求职简历里的语言对朱元璋的介绍，非常对网友的口味。此类语言在书中比比皆是，如"永乐初年，被政事累得半死不活的朱棣终于无法忍受下去了，他总算领教了自己老爹朱元璋的工作效率和工作精神，自己纵然全力以赴没日没夜地干工作，还是很难完成……"，完全不似教材中正史的表述。

网络超长篇小说能让读者在瞬间获得快感，而不需要费脑力。这种无障碍的阅读，实际上是没有痛感的阅读，打个比方，就是拒绝"崇高"的阅读。康德在《判断力批判》中指出，由于对象体积和数量无限大或是力量的巨大，超过人的感官接受程度，鉴赏者有生命力暂时阻滞的痛感，但最终通过心灵的超越，把痛感转化为快感。① 无障碍的阅读，就好比是鉴赏"优美"，直接就美的形式产生阅读的快感。但仅有这种阅读是不够的，有些作者在作品中故意设置一些"阅读障碍"，超过读者的接受程度，或者不符合读者的阅读习惯，需要读者一读再读。读者刚开始可能是一头雾水，产生一种痛感，但最终能拨开云雾见天日，获得阅读的快感，产生难以磨灭的阅读感受。但这种阅读，对年轻人并不新鲜，因为他们在文学教育中接受的大多是有障碍的阅读。加之他们学业、工作和生活的压力较大，阅读网络超长篇小说的目的主要是为了打发时光，放松心情，是每天的生活习惯，而不是出于受教育的动机。他们对网络超长篇小说这种无痛感阅读，是相见恨晚。这种无痛感的文学阅读，在马季看来，不强调"美学品质"，而注重一次性阅读，"只有庞大的数量才能满足用户的需求"。②

网络超长篇小说不注重作品的艺术美，抛开传统美学中的艺术标准，而让读者说了算，依靠粉丝的支持和点击率。虽然有人质疑有的网络超长篇小说不是艺术品，但是作者和读者似乎忽略了这种质疑。按照迪基的说法："类别意义上的艺术品是：1. 人工制品；2. 代表某种社会制度（即

① [德]康德：《判断力批判》。

② 乔燕冰：《一边是碎片化泛滥，一边是超长篇火爆——网络文学系列报道之一》。

艺术世界)的一个人或一些人授予它具有欣赏对象资格的地位。"[①]在过去,在艺术世界能够授予艺术品地位的人,是包括批评家和美学家在内的真正专家。但是艺术世界是"一个动态的关系网络",充满着冲突和斗争,具有"弱体制性",[②]现在判定一个作品是否是艺术,却是网友说了算,他们是网络作家的衣食父母。艺术世界内的其他行动者,如文学编辑、出版商、游戏商和网站经营者,更看重网友的点击率,而不是批评家的意见。

网友不仅靠点击支持网络超长篇小说,而且直接参与网络超长篇小说的创作。得益于互联网平台的技术保障,互动性是网络文学区别于传统文学的一个最显著特点,巴特在《S/Z》中提出的可写文本得到真正实现。唐家三少说:"当我所写的小说在原创文学网站上发表的时候,我的读者第一时间就会看到,同时给予评论,他们的鼓励也成为了我那时候创作最大的动力。"[③]读者与创作者进行互动,有精神上的鼓励,有催更的,有对文本写作提出建设性意见的,当然也有表达不满的。这几个方面,都有益于网络超长篇小说的创作。比如说读者的催更和黏性,促使了网络超长篇小说的持续更新,读者的要求得到创作者的重视。年轻人不甘于做一个被动的接受者,互动性让青年人的鉴赏判断,得到了作者的认可或呼应。对作品的理解和要求,没有教育专家制定参考答案的限制,年轻人的主体性由此得到体现。

三、 内容为王与文学终结

2001年希利斯·米勒在《文学评论》发表了题为《全球化时代文学研

---

① [美]迪基:《何为艺术》(II),见[美]李普曼:《当代美学》,北京:光明日报出版社,1986年,第110页。

② 殷曼楟:《"艺术界"理论建构及其现代意义》,北京:社会科学文献出版社,2009年,第187页。

③ 唐家三少:《网络文学的现状与发展》,http://www.chinawriter.com.cn/2013/2013-09-25/175566.html。

究还会继续存在吗?》一文,在我国引起了强烈反响。他引用德里达的话说,“电信时代”的变化不仅仅是改变,而且会确定无疑地导致文学、哲学、精神分析学,甚至情书的终结。[①] 对米勒的观点,国内学界有赞成的,也有不少反对的,认为文学会继续存在。我觉得对米勒提出的论题,不能把他的结论反驳掉就算完事。他论文的价值,不能仅仅依据其结论的正确与否进行判断,而是要看是否有效分析了电信时代哪些因素导致了文学的终结,即哪些因素阻碍甚至是消解了文学的发展。即使文学在现在或未来很长时间内不会终结,但任何事情都有它产生、发展和消亡的过程,了解与分析它如何终结,是一种文学危机意识的体现,是必要的理论研究。有了文学终结论,才能构建完整的文学发生发展论。

米勒指出,“这些新的媒体——电影、电视、因特网不只是原封不动地传播意识形态或者真实内容的被动的母体。不管你乐意不乐意,它们都会以自己的方式打造被‘发送’的对象,把其内容改变成该媒体特有的表达方式”。[②] 这才是问题的实质所在。文学为什么终结?因为新媒体因自身的需要,改变了文学的表达方式,产生了新的形式。米勒的分析,对探讨网络超长篇小说的未来发展,有一定的启示意义。把网络超长篇小说与文学终结理论结合起来,能更好地透视网络文学的发展轨迹。

唐家三少在接受采访时说,“网络文学与传统文学最大不同在内容”,这里的网络文学,他指的是网络超长篇小说。网络超长篇小说的内容选择标准,不是依据传统文学理论所说的作家审美理想,而是偏重读者的需求。网络超长篇小说在网上连载创作,“在连载的过程中,你就会看读者的评论,你会看到读者的反馈,感到读者更喜欢什么样的创作,我们的创作虽然是通过自己来创作但会知道读者的好恶,潜移默化多少都会有一

① J.希利斯·米勒,国荣:《全球化时代文学研究还会继续存在吗?》,文学评论,2001(1)。

② J.希利斯·米勒,国荣:《全球化时代文学研究还会继续存在吗?》。

定的影响，会促进你的创作更贴近于读者，所以我们的创作可能会更接地气”。[①] 一句话，网络超长篇小说的内容选择，是以读者的好恶为标准。其他网络小说作者也有类似表述。以青年人为主体的读者群，他们喜欢的文学内容，是按照小说类型进行分类，如起点中文网的玄幻、奇幻、武侠、仙侠、都市、现实、军事、历史、游戏、体育、科幻、灵异等，其完本作品中均有网络超长篇小说。这些类型小说能吸引读者的，除了娱乐定位外，还有唐家三少说的“接地气”，无论是玄幻，还是仙侠，作者都能在文本中把现代生活元素写进去，顺着读者的思路走，满足年轻人在多重压力之下的想象欲求。

内容为王是网络超长篇小说纵横当代消费社会的法宝，也提示小说在艺术形式上的不足。正如周志雄指出的，“中国网络文学的主流在艺术上并未有根本的革新”，只是“复活了讲故事的传统”。[②] 对此，唐家三少就明说：“我们这种小说不存在任何文学性，没有任何文学价值。只是让大家在一天工作之后，看一下放松自己。”[③]唐家三少不是谦虚，说的基本是实情。虽然在小说题材开掘上，网络超长篇小说取得了不菲的成绩，但是在艺术形式上不仅没有创新，而且还出现了倒退现象。

在网络超长篇小说中，《明朝那些事儿》算是比较出色的一部。即使是这样的作品，也有不足之处，如小说文体意识淡薄。小说基本上按照历史事件发生的时间为顺序，以史料为基础，展示了明朝十七个皇帝、王公大臣以及相关人物的命运。虽然以年代和具体人物为主线，但小说在整体上没有精心设计的艺术结构，可以看出作者这方面的艺术缺陷，或者是没有意识到结构的重要性。“结构从来就不是单纯的形式，它有时候就是内容。长篇小说的结构是长篇小说的重要组成部分，是作家丰沛想象力

① 唐家三少：《网络文学与传统文学最大不同在内容》，http：//www.chinadaily.com.cn/hqgj/jryw/2012 - 11 - 29/content_7636317.html。

② 周志雄：《网络文学的发展与评判》，北京：人民出版社，2015 年，第 43 页。

③ 程绮瑾：《他们用网络炒作，我们用网络写作》，《南方周末》，2005 - 11 - 17。

的表现”。[①]《明朝那些事儿》是以小说的笔法写史，有文学化的语言和对人物内心的细腻刻画，并注重情节的设计。作品材料主要来源于《明实录》《明史》《明史稿》《明史纪事本末》等，作者的目的是把历史写得精彩好看。许多读者在阅读的时候，不把它当成小说，而是历史著作，作品因此被誉为“30 年畅销的史学读本”。但把《明朝那些事儿》当作历史小说来看，不乏商家和媒体等方面的推波助澜。

内容为王，是情节和故事中心论倾向的一种体现，容易忽略小说人物形象和语言等方面的美学价值。如语言，就是许多网络超长篇小说创作者的短板。一方面是因为文学专业基础薄弱，另一方面是因更新任务紧，没有时间对语言打磨。即使是颇受好评的《间客》，其语言也缺乏锤炼，正如作者自己所说，金庸能用 20 万字叙述的，他 50 万字都说不清楚。唐家三少讲究情节的逻辑性，但是逻辑性并不是高级的艺术标准——有机统一性，况且许多情节还是“逆小说”（福斯特语）的。好的艺术品应是浑然一体的生命体，不能增之一分，也不能减之一分。超长篇小说的长，应是“不得不长，是不长不行的长，是必须这样长的长”。[②] 但是在网络超长篇小说创作中，作者是边写边改，甚至写了后面，忘记或无暇顾及前面的悬念设置，如《诛仙》就有虎头蛇尾之嫌，这是小说创作的大忌。再加上读者的不停地催更，有不少内容是硬生生给拉长的。长篇，是长篇小说追求的目标，但是这种追求，不能仅是“事件和字数的累加”，而要有“艺术的大营造”。[③] 有的作品还有大量模仿，不少内容是强贴上去的，更谈不上具有有机统一性。

网络超长篇小说艺术形式美的缺失，跟网络媒介和消费文化都有很大关系，是导致文学终结的重要原因。黑格尔认为：“艺术没有别的使命，

---

① 莫言：《捍卫长篇小说的尊严》，《当代作家评论》，2006(1)。

② 莫言：《捍卫长篇小说的尊严》。

③ 莫言：《捍卫长篇小说的尊严》。

它的使命只在于把内容充实的东西恰如其分地表现为如在目前的感性形象。”[①]网络超长篇小说的内容是有了，但是把这些内容表现为感性形象，而且是恰如其分地表现，网络作家现在还没有做到。唐家三少在许多场合表示，要弘扬真善美，打击假恶丑。真和善可以做到，但难做到的是美，除非不看重点击率等因素。网络超长篇小说有内容，但是没有与内容相适应的形式，两者不是有机统一的结合体。

文学终结论，是来源于黑格尔的艺术终结论。导致艺术终结的根本原因，是因为“用感性形式来表现真理，还不是真正适合心灵的表现方式”，[②]适合心灵需要的是宗教和哲学。艺术终结，是感性形式的终结。前文提及的米勒观点，应是黑格尔思想的某种继承。如果没有艺术形式美，网络超长篇小说会仍然存在，但那是历史通俗读物，是带有文学性的知识读本，或者是别的类型读物。可以说，不具备小说形式的作品，就不是严格意义的小说，而是其他类型的作品。从这个角度上看，网络超长篇小说已经踏上文学终结之路。唐家三少说，网络文学的出现至少对提高整体文学爱好者的数量有非常大的帮助。[③] 但是我要说的是，他们爱好的已经不是文学了。

网络超长篇小说自然有存在的价值，比如对创作题材的开拓，促进我国文化产业的发展和文化的海外传播，丰富年轻人的休闲生活，等等。但是从文学和美学的角度分析，情形可能是另一个样子，文学有自身的审美习俗和理论逻辑。莫言认为，如果让他来评价网络小说，他还是要遵循严肃文学的标准，是有他的道理的。除了作者和网友之外，网络文学的评判应有其他专业人士的参与。网络超长篇小说有外在的创作目的，称不上是自由的艺术。外在目的固然可以追求，但不能因此忽略文学之所以成

---

① [德]黑格尔：《美学》第二卷，朱光潜译，北京：商务印书馆，1979 年，第 385 页。

② [德]黑格尔：《美学》第二卷，第 133 页。

③ 唐家三少：《中国网络文学发展远远领先于外国》，http://www.chinawriter.com.cn/news/2011/2011－12－28/110713.html。

为文学、艺术之所以成为艺术的法则。尽管网络文学创作也有遵循传统文学理论的写手，网络文学创作之外有大量的传统文学创作者，但是我们不能低估网络超长篇小说带来的影响。叶非夜说："我玩'王者荣耀'时接触过很多十七八岁的小孩子，在他们的世界里，其实《三国演义》这些书并不是经典。相反，他们从小接触网络，会觉得天蚕土豆和唐家三少是他们的启蒙。"①传统文学经典，不仅在网络写手笔下消逝，而且在年轻读者心里逐步被清除，网络超长篇小说与传统文学如何构成一个完整的文学生态，做到邵燕君所说的塔尖和塔底的互动，②是个严峻的问题，也是需要进一步探讨的问题。

[《山西大学学报》(哲学社会科学版)2018 年第 1 期]

① 沈杰群：《当商业基因与网文共生 唐家三少、叶非夜、二目这些人如何写作》，《中国青年报》，2017－06－13。

② 邵燕君：《面对网络文学：学院派的态度和方法》，《南方文坛》，2011(6)。

网络文学批评的三个关键词

网络文学自诞生之日起，一直就有身份归属之忧。尽管学界一般将其界定为互联网上在线写作和发布的一种文学类型，但它又与传统文学有着千丝万缕的联系，有的作家把已经完稿但尚未出版的作品在网络上连载，其作品也归到网络文学研究的范围。网络文学作家多以作品能纸质出版为荣，其身份也需要传统文学的认同。同时，它的批评不得不借用传统的文学理论。既然命名为网络文学，自然区别于传统文学，但它的特质在哪里？这是《网络评论杂志》主编杨克关注的问题，因为不把握这一点，就无法进行有效的文学批评。网络文学经过几十年的发展，已经影响到国外，成为中国文化输出的品牌，急需建立一套属于自身的批评话语。而网络文学批评的标准和系统的建立，都要建立在明确网络文学自身特质的基础上。

网络文学的出现，是建立在互联网媒介基础上的，而互联网媒介的出现，则是科学技术发展的结果。可以说，网络文学的出现，直接原因是媒介，而媒介背后又是技术。习近平总书记《在文艺工作座谈会上的讲话》中指出："互联网技术和新媒体改变了文艺形态，催生了一大批新的文艺类型，也带来文艺观念和文艺实践的深刻变化。"[①]网络文学就属于这一大批新的文艺类型中的一种。在我国，网络小说、微信文学和微电影等新

① 习近平：《在文艺工作座谈会上的讲话》，《人民日报》，2015-10-15。

型艺术的繁荣程度，超过了日本、韩国和美国等国家。互联网与艺术的深度融合，激发了传统文学艺术的活力，改变了文学的形态。同时，网络文学能正常运行，向前繁荣发展，其中有资本的支撑。文学批评家既要坚持康德的审美无功利理论，又要接受资本与文学合谋的现实，充分考虑文学理论的复杂性。

一、媒介

我们正处在美国学者马克·波斯特所说的以互联网为代表的新媒介时代，即"第二媒介时代"。新媒介时代，是当代多元化社会的特征之一。麦克卢汉说："一切媒介都要重新塑造它们所触及的一切生活形态。"①媒介是联系人与世界的通道。互联网媒介的出现，必然会打开一系列新的窗口，改变包括艺术与审美在内的生活形态，导致艺术与审美新现象的出现和深刻变化。网络文学，就是这一变化的结果。

在亚里士多德看来，艺术是通过媒介进行模仿。互联网媒介对于网络文学的意义，不仅在于生产，而且在于传播和接受等方面，几乎伴随网络文学的整个流程。杜书瀛认为："艺术只有通过媒介才能存在。审美价值和艺术价值只能在媒介系统中生产，在媒介系统中储存，在媒介系统中流动和被接受。没有媒介也即没有艺术。媒介的改变必然影响到审美和艺术的嬗变。"②具体说来，媒介是通过改变和塑造主体的观察方式、感知方式、思维方式和情感方式来改造审美和艺术。对于传媒或媒介的重要性，单晓曦把它与艾布拉姆斯的读者、作品、作者和世界四要素并列在一起，变成五要素。有了媒介这一环节，艾布拉姆斯的四要素才能联系起来。五要素理论，在互联网时代的作用更为明显。特别是阐释网络文学艺术，是离不开五要素理论。在十二届全国人大三次会议上，李克强总理

① [加]埃里克·麦克卢汉，弗兰克·秦格龙：《麦克卢汉精粹》，何道宽译，南京：南京大学出版社，2000年，第227页。

② 杜书瀛：《论媒介及其对审美-艺术的意义》，《文学评论》，2007(4)。

在政府工作报告中提出“互联网+”行动计划。一般说来，“互联网+”就是“互联网+各个传统行业”，让互联网与传统行业进行深度融合，创造新的发展生态。“互联网+”思维，是我们考察网络文学的重要参考。我们在评论网络文学时，是不能只关注网络文学的“文学”维度，而忽略它的“互联网”媒介维度。只有联系互联网媒介，充分关注网络文学的生产过程、传播过程和接受过程，才能全方位把握网络文学的特征，才能把它与传统文学区分开来。

网络文学批评对象是网络文学，既然批评内容具有特殊性，批评形式也需要相应更新。内容发生变化，形式必随之变化。黑格尔早就说过，一定的内容就决定它适合的形式。批评对象与批评形式的不统一，不仅是《网络文学批评》杂志的困境，也是当前网络文学批评的困境。杨克说，仍然采用传统文学杂志的方式，不能从形式、风格、气质品味上与传统杂志区分开来，是没有进入真正的网络文学，这是非常有见地的观点。[①] 所以，网络批评不能固守纸质出版阵地，需要借助互联网媒介。网络文学以年轻受众为主，批评同样要抓住年轻的受众，而不是只在专业的小圈子里发声，形成不了应有的影响力。这一点，网络文学批评要学习网红。网红擅长运用微信、微博和网络视频等媒介，推出具有个性化的内容。专业的网络批评者，一般注重宏大叙事，喜欢建立文学批评的理论体系，这是他们的优点。但他们放不下身架，在互联网上不轻易回帖、与网友互动，不怎么看重碎片化的短评，这是与互联网时代的特征不相适应的。我们要看到当代文学批评的多元性，以及各种形式批评之间的互补性。

同时，我们需要发掘非专业的网络批评队伍。网络文学评论事业正在稳步推进，有一批理论素养高的专家队伍，但是专业批评队伍的数量还是有限的。每年新增的网络文学作品有 200 万种，当前的网络文学专业批评队伍远远不够，这就需要把目光转向非专业的批评。许多网民对新媒体没有排斥感，有时间去阅读超长篇的网络小说，并有能力去点评，撰

① 何晶：《网络文学评论标准体系如何建立？》，《文学报》，2014－5－29。

写批评文章。所以说，他们应是当代网络文学批评队伍中的一个重要组成部分。

二、技术

一般认为，网络媒介和网络文学具有传播速度快、信息量大、互动性强等特点，而这些特点都是建立在高科技的基础上。

具体地说，以数字媒体为核心的互联网等新媒体，是与计算机技术、网络技术紧密联系在一起的，“数字媒体以计算机和网络为基础，包括了数字化的图像、文字以及音频、视频等各种形式，以及传播形式和传播内容中采用了数字化，即信息的采集、存取、加工和分发的数字化过程。数字媒体已经成为继语言、文字和电子技术之后新的信息载体”。① 还有，《第四次革命》的作者扎克·林奇说得更直接：互联网是一切技术的基础。可以说，离开技术，是无法阐述互联网时代的审美和艺术。技术，是解析网络文学的有效关键词。欧阳友权认为：“现代社会的审美领域因为技术的进步而拓宽，除了文学艺术创作外，科技产品也出现日益审美化的趋势，‘艺术的技术性’和‘技术的艺术化’已经把‘技术’和‘艺术’紧密联系起来。”②网络文学批评的深入开展，必须要考虑技术的维度，比如创作主体的技术化。当前有所谓的计算机自动写作，如美国贝尔实验室的拉波斯基曾用计算机创作了绘画作品《波形》，上个世纪美国企鹅出版社出版了电脑创作的小说《软战争》，还有我国出现的“猎户星写作软件”和稻香居老农的“电脑作诗机”创作的作品。在海德格尔看来，技术的本质是表象的自我确信。那么，技术的表象与创作者的表象，有什么不同和联系？机器创作的作品，哪些部分是人的精神显现，哪些又遮蔽了人的主体性？

① 李四达：《数字媒体艺术史》，北京：清华大学出版社，2008 年，第 3 页。

② 欧阳友权：《新媒体的技术审美与视觉消费》，《中州学刊》，2013(2)。

这些都是值得进一步探讨的问题。[①]

从技术角度研究网络文学，将技术与艺术、审美联系起来，应该有一定的理论源流和艺术史基础。艺术一词原意是技术的含义。在19世纪中叶，艺术把实用的技艺排除在外，艺术家也有别于科学家、手艺人、工匠和技术工人。在此阶段，人们往往是因为对技术的恐惧，而没有自觉对技术与艺术之间内在关系进行探讨。摄影和电影出现后，本雅明开始从艺术生产的角度，提出艺术生产力的重要性。他说的艺术生产力，主要是指艺术技巧，自然也包括复制在内的技术。本雅明的《机械复制时代的艺术作品》的出现，让人们不得不关注艺术与技术的关系，人文技术哲学家芒福德就在1952年撰写了《艺术与技术》一书。现代技术能够把艺术变成机械的艺术或受雇佣的艺术，阿多诺在《启蒙辩证法》中对文化工业的批判就看出这一点。但是事物总处于矛盾发展中，机械艺术与自由的艺术并非是截然对立的，而是能相互转化的，现代艺术总处在这两种艺术的张力中。在他们之后的国外学者，如美国的米歇尔认识到机器是视觉文化到来的一个重要因素，罗伊·阿斯科特的《未来就是现在：艺术，技术和意识》(金城出版社2012年)揭示当今时代的艺术与技术的现代关系。在国内，黄鸣奋的《数码艺术学》(学林出版社2004年版)、陈定家的《比特之境》(中国社会科学出版社2011年版)和欧阳友权的《数字媒介下的文艺转型》(中国社会科学出版社2011年版)等著作，都涉及到网络文学与技术的关系研究。

同上文一样，网络文学批评要注重内容与形式的统一性，不仅要关注网络文学与技术的关系，也要借助技术手段进行网络文学批评，比如运用大数据的方式，有的学者已经关注到这个问题。[②] 不可否认，这对网络文学批评者提出了更高的要求，他们一方面要懂得技术，另一方面要善于与

① 王泽庆：《传媒时代的“语-图”关系研究》，北京：中国社会科学出版社，2015年，第242页。

② 吴述桥：《回归文本批评：网络文学批评的处境、问题与发展》，《山花》，2016(7)。

其他专业人士开展合作。我想,利用技术,网络文学批评会开辟出一番新天地。

三、资本

如果媒介和技术是网络文学形成的前提和基础,那么资本则是网络文学向前推进的驱动力。如果网络文学始终是免费阅读,那么它可能不会有今天的繁荣景象。网络文学实际是消费时代的产物,它的产生和发展都与商业利益联系在一起。网上收费阅读代替免费阅读,安排网络大咖的作品入 VIP,运用颇有人气的博客去发广告赚钱,这些网络运营措施会自然出现。对于网络经营者来说,他们必须要有资金,必须要赢利,才能维护网站运营。文学与资本的合谋,并没有让文学俗不可耐,而是可以做到经济效益与社会效益的统一,以及娱乐性与思想性的统一,《明朝那些事儿》《藏地密码》《琅琊榜》等作品可以说明这一点。马季说"当下做网络文学研究的人,往往只从文学本体来看网络文学,他们并不考虑网络文学资本化的现状",仅考虑"网络文学的特点、它的写作模式、与读者的关系",而不关注"资本为什么会进入网络文学、网站如何培育自己的作者",①把握不了网络文学的时代特点,便谈不上更好地运用社会学批评方法。

网络上流行的说法是:"日更三千,半死不活,日更六千,勉强维持,日更一万,大红大紫。"②网络写手每天更新的速度,决定了他们红火的程度。可以想象,每天更新一万,二十万字的作品只用二十天完成,这样的创作速度相当惊人。网络文学的创作速度猛增,与商业利润追求有莫大关系。网络写手写的越多,收入自然就越高。如果读者阅读文学网站 VIP 作品时需要支付相应的费用,网站和作者分别占其中的百分之三十、

① 何晶:《网络文学评论标准体系如何建立?》,《文学报》,2014－5－29。

② 《网络写手与网络文学》,http://blog.sina.com.cn/s/blog_869f978a0102v0s7.html。

百分之七十。早在2006年，起点中文的网络写手就有高达一百五十万元的稿酬、奖金，其写作速度可想而知。速度成为网络创作成败的重要因素，网络写手“骷髅精灵”五年来已写有一千多万字的作品，他认为“干网络文学这一行，最重要是速度”，每月至少二十万字，否则就难以上排行榜。写作速度上不去，其收入便与快手们无法相比，最终会被淘汰出网络文学创作队伍，或者是形成不了气候，吸引不了快速阅读的读者。有不少网络作家为了写作而累坏了身体，甚至英年早逝，但为什么网络写手还是前仆后继，原因除了对文学的热爱之外，还有对高利润的追求。

网络文学成功，是因为达到读者、网络运营商、作者等多方的共赢。网络文学IP化受到普遍的关注，一部高点击率的网络小说会引起出版社、电影制片人、游戏商、社交电商等方面的强烈兴趣，也就意味着其有无限的商机。大家各取所需，网络文学在资本轨道上大展宏图，资本成为它超常繁荣的驱动力。资本不是坏东西，很多人只看到资本对艺术的侵蚀，而没有看到资本还能让艺术家更具有独立性。在西方，艺术成为独立的领域，出现职业的艺术家，是因为“他们也逐渐从靠贵族赞助而转向靠市场而独立生存”。①

现在网络文学批评与网络文学发展之间的严重不对称，原因是多方面的，《网文新观察》主编陈村说：“最头痛的事情就是约稿，请人读300万字的网文，再来撰写5000字的评论文章，这样的活没人愿意做。”②没有人愿意做，是因为付出与收获不成正比。改变这一现状的根本途径，是将网络文学评论纳入网络文学资本运行的轨道，做到批评形式与批评内容的统一。有眼光的投资方，应该认识到网络文学批评的学术价值和商业价值。一旦网络文学批评有资本的支撑，网络文学批评可能就不是今天的样子。

（《长江文艺评论》2017年第4期）

① 周宪：《现代性：从分化到冲突——一种社会理论的描述》，见张一兵等：《社会理论论丛》（第二辑），南京：南京大学出版社，2004年，第4页。

② 张熠：《网络文学“出海”需翻译和评论助推》，《解放日报》，2017-4-17。

多媒介的文学传播与互文阅读

文学传播，是文学发展的一个必要条件。现代传媒促使现当代文学的繁荣。在多媒介的文学传播中，如何把握不同媒介的各自作用，以及如何从接受角度应对多媒介的文学传播，是一个急切需要解决的课题。

一、多媒介的文学传播

在文学的口传时代，由于口头语言媒介的特点，决定了口传文学的传播范围有限、篇幅较短和音乐性较强等方面的特点。在印刷术发明之前，文学书写所用的竹简、丝绸价格较高，文学传播需要很高的成本，一般百姓难以承受，这也决定文学往往掌控在社会精英手中。好在印刷术发明之后，书籍传播涌现了，近代又出现了杂志传播，传播的范围大大增加，文学的收益面也扩大了。较之以前的传播，文学传播突破了时间与空间的限制。而文学传播的突破，还是因为电子传媒和数字传媒的到来。

广播、电影、电视和互联网等媒介出现，使得文学传播出现新的特点。20世纪传输革命发生以后，电子媒介让人类实现了即时传播。互联网上的文学传播，比口头传播更易于保存，比纸质传播更便宜，不会出现洛阳纸贵的现象，其选题也没有纸质图书那样严格的审查，呈现出平民化的特点。虽然文学作品既有精品，也不乏众多习作，可谓是泥沙俱下，但在某种程度上也的确扩大了文学传播范围。另外，通过电影和电视的传播，文学传播突破了自身语言媒介的限制，可以借助图像传播，扩大了文学的影响力。许多文学作品被改编成电影，有的文学作品还附上摄影图片，语言与图像相得益彰。

电影、电视和网络等媒介改变了当代文学的存在形式，新型的文学样式不断涌现。此时，是否旧的媒介失去了活力，应该退出历史的舞台？但事实证明，电子媒介、数字媒介与书籍、杂志等媒介是共存的，“所有的媒介形式都是共生的，并不是彼此毁灭的”。① 不仅如此，新媒介和旧媒介还是相互补充和转化的，“有了数字化，所有的媒介都可以相互转换——电脑比特欢快地迁移——可以从传统的传输方式中脱离出来。……有了数字化，所有的内容都变得有可塑性——所有讯息、声音或图像都可以从任何一种形式编辑到另一种形式（这总算得上剧变）”。② 在这里，旧媒介可以轻易转化为新媒介。而新媒介转化为旧媒介的情形，也是屡见不鲜的，“在过去的十几年间，电影和书籍之间的关系越来越紧密。传统上，一本好书可以变成一部成功的电影，但是现在，这个过程正好反了过来，剧本先出来，最后是据此改写的畅销书——常常是面向大众的平装版书籍，大量电影中的剧照收录书中。最成功的案例就是改编自乔治·卢卡斯和斯皮尔伯格执导的影片的平装书”。③

所以，当今的文学传播呈现出多媒介传播的特点，也可以说是数字传媒带动其他传媒，使它们出现新的生命力和生机，传统媒体同新兴媒体融合已经成为大势所趋。④ 多媒体传播，让文学传播的春天到来了，既有铺天盖地的文学广告传播，又有影视传播和网络传播，让文学的信息及时而又广泛地传播。但是不同媒介的文学传播的作用却是不一样的。只有在

---

① ［美］杰伊·布莱克等：《大众传播通论》，张咏华译，上海：复旦大学出版社，2009年，第185页。

② Stewart Brant, *The Media Lab: Inventing the Future at MIT*. New York: Penguin, 1988, p. 19.

③ ［美］杰伊·布莱克等：《大众传播通论》，第174页。

④ 《媒介融合趋向多元》，《人民日报》，2010-7-20。

把握其差异的基础上，才能明了文学的内涵，并让当代文学传播达到一种理想化的境地。

在文学广告中，印入读者脑海中的信息，一般不是文学语言文本的完整内容，更多是商家或者某些权威人士的评说。当然，他们的评说有时候是具有一定说服力的，但不能代替读者各有千秋的体验。另外，他们的评说，不能排除出于他们与作者的关系或者是商家的目的。再说，广告上的往往只是对作品肯定的一方面，而他们对于作品不足方面的评说，广告则没有体现。而且，这里只是引用了个别人的评价，而对其他人评说则没有涉及。读者只能接触到零碎的语言文本信息和一些先入为主的间接信息，极有可能读后完全觉得不是这样。可见，文学广告除了间接信息的真实性有疑问之外，信息的全面性也会大打折扣。

许多文学著作被改编成影视剧之后，促使了原作的畅销，这样的例子屡见不鲜。影视传播在某种程度上扩大了文学的传播影响。但是影视传播也有不利的一面，特别是长篇巨著，许多的读者，特别是青少年读者，往往在观看了改编的影视剧之后，便以此取代文学原著的阅读，再也不读原著了。语言感受能力的下降，让许多学者揪心不已。实际上，改编的影视剧已是一个独立的艺术品，代替不了文学原著的阅读。从这点来说，影视传播又导致文学传播范围的缩减。

可以看出，真正的文学传播应该是完整的语言文本信息的传播。在农业社会，这不是一个问题。但在现代消费社会，由于生活节奏的加快，用图像信息代替语言信息，用零碎的语言文本信息代替完整的语言文本信息，对大众来说，是非常普遍的。所以，要达到完整的语言文本信息的传播，必须重视传统印刷书籍和网络电子书籍的传播，而文学广告传播和影视传播等其他形式只能起到一种辅助作用。

还必须指出，理想的文学传播境界，应该是文学长久的传播。孔子曾说："言而无文，行而不远。"其中的"远"，可以说是文学传播的理想境界，它包括空间的和时间的"远"。在孔子看来，达到长久的传播，必须要有一定的艺术性，并非只是语言的明白清楚。创作者有时候并不是让读者能够立即明白文本的意义，而是通过陌生化的原则让读者受阻。比如李商隐的《锦瑟》与许多“无题”的诗歌，由于用典较多，有晦涩之嫌，虽然传播初期受阻，但最终却能激起读者的兴趣而达到久远的传播。当然，除了媒介的艺术性，传播信息的思想性和情感性也不可少，不管是通过什么类型媒介的文学传播，都是如此。如果做到这些，即使文学传播有诸多不利条件，也不能阻止作品的传播。卡夫卡临终之前将所有手稿交给挚友马克斯·布洛德销毁，但布洛德违背其遗嘱整理出版了他的作品。布洛德当年并未全部出版朋友的手稿，由他收藏的卡夫卡其他手稿、书信、明信片、素描等作家个人物品，虽然半个多世纪以来一直没有公开露面，但是由于卡夫卡作品独特的艺术性和思想性，它的传播是早晚的事情，“整个世界为他屏住呼吸”。① 反过来说，如果没有思想性和艺术性，作品也不会传播久远。

如果仅仅达到即时传播，而没有久远的传播，有些文学写作，只会是因为新奇而昙花一现，经不起历史的检验。正如袁中郎在《行素园存稿引》中所说：“悦世者必媚，媚久必厌。传世者必真，真久必传。”总之，如果只有即时传播或短期传播，像文学广告传播那样稍纵即逝，而没有久远的传播，对于文学传播来说，应该算不上理想的境界。文学著作与科学著作不同，对于数学来说，前辈的作品很少被当代人研读，“因为数学家总是把前辈的作品直接吸收到自己的作品中”，②而文学的发展不是线性的，而是有反复的，我们必须要阅读前人的作品。从这个角度上说，达到久远才是文学传播的理想境界。

① 石剑峰，陈肖秋：《卡夫卡手稿文物将公布 揭晓半世纪的秘密》，《东方早报》，2008-7-11。

② 洪汉鼎：《现象学十四讲》，北京：人民出版社，2008年，第30页。

二、互文阅读

多媒介文学传播的存在，与当今“审美生活论转向”是一致的。[①] 艺术不是高高在上脱离生活的高雅艺术，它是消费社会中的产物，寓于生活之中。按照杜威的实用主义经验论来说，艺术也是一种经验，是人与自然的和社会的环境所发生的一种相互作用或交涉。经验首先不是静态的知识，“它按照自己的机体构造的繁简向着环境动作。结果，环境所产生的变化又反应到这个有机体和它的活动上去。这个生物经历和感受它自己的行动的结果。这个动作和感受（或经历）的密切关系就形成我们所谓的经验”。[②] 艺术与其他方面的存在，是处于浑然一体状态。如果“世界显现为一种对象的集凑，它可以随意地被切割和划分为部分领域”，但是“今天，在越来越响亮的对交互学科研究的呼声中，便表露出一种对此状况的不满”。[③] 因此，文学与各种传媒的结合，是最自然不过了。我们不能坚守传统印刷书籍的传播，而忽略文学广告传播和影视传播等途径的存在。

从受众的角度看，在多媒介传播的文学时代，如何接受或阅读就不是一件不证自明的事情，一件简单的事情，“重建阅读文化”的呼声就反映了这一点。[④] 在这里，互文阅读就显得非常必要。按照互文性理论，“任何作品的文本都像许多行文的镶嵌品那样构成的，任何文本都是其他文本

① 刘彦顺：《走向现代形态美育学的建构》，济南：山东文艺出版社，2007 年，第 11 页；张未民：《写在当代文学研究边上的问号》，《文艺争鸣》，2009(12)；刘悦笛：《“生活美学”的兴起与康德美学的黄昏》，《文艺争鸣》，2010(5)；高建平：《美学与艺术向日常生活的回归——兼论杜威与“日常生活审美化”的理论渊源》，《文艺争鸣》，2010(9)。

② [美]杜威：《哲学的改造》，许崇清译，北京：商务印书馆，1958 年，第 46 页。

③ [德]克劳斯·黑尔德：《世界现象学》，孙周兴编，倪梁康等译，北京：生活·读书·新知三联书店，2003 年，第 48 页。

④ 周宪：《重建阅读文化》，《学术月刊》，2007(5)。

的吸收和转化”。[①] 它们相互参照，彼此牵连，形成一个开放的网络。“互文性”概念强调的是，把写作置于一个坐标体系中予以纵横向的关照。了解一个文本，不能孤立地看，而是要结合其他文本来研究。在多媒介文学传播下的互文阅读，应包括语言与图像的互文、新闻与文学的互文、广告与文学的互文等方面。

由于影视传播和网络传播等迅速发展，更多的文学作品被搬上荧屏，读图的趋势越来越盛，学者们非常担心读图将取代文字阅读。在这种情形下，应该是提倡语言与图像的互文阅读。同一类型的文本，我们可以把它的语言文本与图像文本互相参照阅读。图像文本的阅读，往往由于其强烈的形象和直觉，更容易让读者接受。但是我们必须清楚语言文本并不能完全转化为图像文本，语言文本的韵味并不能被图像文本所穷尽，而语言文本与图像文本的互文阅读将使两者扬长避短。要做到语图的互文阅读，就必须纠正两种错误观点：一是语言文本和图像文本一定要进行高下之分，无限抬高一方而贬低另一方；二是过分强调语言文本与图像文本一一对应的关系。实际上，图像文本一旦从语言文本中产生出来，它就是一个新的生命体，有它独特的特征，以忠实原著的标准替代艺术的标准来评价改编，是不准确的。

新闻与文学等方面互文阅读，也是互文阅读中的重要方面。由于电子媒介的渗入，文学传播与新闻传播是交织在一起的，或者说是新闻事件与文学事件的交织。文学的二次传播现象非常普遍，如电视新闻的播放与广告媒体的宣传。这些都是一种间接传播现象，它所传播的不同于书籍传播中完整的语言文本信息，而是属于一种跨媒介的二次传播。虽然二次传播能够促进文学的直接传播，但也少不了出于商业利益驱动等因素的刻意误读。作为接受者，要清楚所获得的信息，哪些是新闻信息，哪些是直接的语言文本信息，哪些是间接的文本信息，它们之间有什么关

① [法]朱丽亚·克里斯蒂娃：《符号学：意义分析研究》，见朱立元：《现代西方美学史》，上海：上海文艺出版社，1993年，第947页。

系，对文学接受的实际作用在哪里，等等。新闻与文学等方面的互文阅读，就是要注意不能以新闻信息代替文学文本信息，不能以二次传播代替文学文本的直接传播。

主张互文阅读，既是对审美生活论转向的回应，又是对现代社会分工和现代学科的坚持。把语言文本和图像文本放在一起参照阅读，是因为艺术生活化的存在。参照阅读的目的，是要深究不同文本的差别和特性，这又是对现代社会分工和现代学科的坚持。

这两者是辩证统一的。艺术的生活化，是不可能再回到现代分工之前的生活状态。如果把先秦生活与现代生活相提并论，是有欠妥的。走向生活的"艺术"，并不同于"美国式的'当代艺术'"，"任何东西都是艺术品，任何人都是艺术家"；[①]也不是杜尚的现成品艺术《泉》，昭示着艺术与生活的界线就消解了：生活无处没有"艺术"，日常事务皆为"艺术作品"。实际上，艺术品与生活交织在一起，只是艺术品存在的物质形态发生了变化，而艺术之所以艺术的东西还继续生效，艺术品与生活的理论界限还是存在的。虽然有康德等人将知、情、意进行了区分，但知、情、意既有区别，又有融合。康德既提出审美无功利理论，又同时说"美是道德的象征"，理想的美在于依附美。这两方面理论是有机统一的，忽略任何一方面都是对康德的片面解读。克劳斯·黑尔德指出："我们作为人所进行的生活只能滞留在某些特殊世界中。但这些特殊世界并不是彼此隔绝的。如若它们真是隔绝的，那么，生活在不同特殊世界的人便无法相互交往。而实际情况却并非如此。人们意识到，特殊世界是相互指引的，并且因此构成一个唯一的、包罗万象的指引关系：即作为普全境域的这一个世界。"[②]这就告诉我们，是许多"特殊世界"构成了"普全境域"的"世界"。没有"特殊世界"，"普全境域"的"世界"是不可想象的。杜威一直要寻找艺术经验与日常生活经验、艺术与非艺术、精英艺术与通俗大众艺术之间的连续性，反

① 河清：《艺术的阴谋：透视一种"当代艺术国际"》，桂林：广西师范大学出版社，2005年，第257页。

② [德]克劳斯·黑尔德：《世界现象学》，第21页。

对将它们分隔开来。他发现了一种他所谓“一个经验”,按照自身的规律而走向完满,事后也使人难忘的经验。他说,这种经验就是具有审美性质的经验,这与人在艺术作品中所获得的审美经验是非常接近的。与此相反,那些松弛散漫的经验不构成“一个经验”,也就不是审美经验。在其中,审美经验和日常生活经验既有连续性,又与松弛散漫的非审美经验相区别,如此看来,艺术与生活是融合的,同时又是有界限的。所以,不同媒介文学传播下的互文阅读,既回应了审美生活论转向,又坚持了学科独立性,才能构成真正的新时期文学阅读。

总之,互文阅读,既综合了多媒介文学传播的各自优势,又提高了受众多方面的感知能力,是消除视觉文化负面影响的一个有效途径。同时,互文阅读在文学理论建设上的作用,在于达到文本意义的开放性,形成巴特所说的解除权威控制的“写作性”文本。这样,每个读者既是读者,又是作者,真正能够为文本创作和文本接受开辟一个新的天地。

[《内蒙古社会科学》(汉文版)2011 年第 2 期]

中　篇

论“语-图”文本融合的基本功能类型

在 W. J. T. 米歇尔看来，一切媒介都是混合媒介，一切艺术都是合成艺术，语言媒介和图像媒介在作品中能同时出现。① W. J. T. 米歇尔所说的未免绝对，其中的一切艺术，并非是历史上的所有艺术，更多是指当代艺术，确切地讲是数字技术时代的艺术。有了数字技术的支撑，才有媒介混合的普遍性。况且在数字技术时代，对单一文本的执着，不考虑受众和出版商等方面的需求，即是 W. J. T. 米歇尔所说“纯化媒体”的现代主义乌托邦冲动。② 说纯化媒介的冲动是乌托邦之举，并不意味着艺术家没有能力办到，而只是他们的个人习惯或一厢情愿而已。超链接技术的出现，可以在语言文本中插入各种类型的图片、视频等多媒体符号，还可以通过超级链接同其他图像文本直接发生联系，组成一个开放性的混合文本世界。这种多媒体或混合文本，更容易受到受众和出版商的欢迎。“语-图”文本的融合，从结合的功能角度看，大致有解释类的融合、启发类的融合、标识类的融合以及图文独立类的融合四种类型。

---

① W. J. T. 米歇尔说：“形象/文本的主题不仅仅是在艺术、媒介或不同再现形式之间建构的东西，而是个体艺术和媒介内部不可避免的问题。简言之，一切艺术都是‘合成的’艺术（既有文本又有形象）；一切媒介都是混合媒介，把不同的语码、话语习惯、渠道、感觉和认知模式综合在一起。”（[美]W. J. T. 米歇尔：《图像理论》，陈永国、胡文征译，北京：北京大学出版社，2006 年，第 82 页。）

② [美]W. J. T. 米歇尔：《图像理论》，序言第 5 页。

一、解释类的融合

在解释类的文本融合中，图像一般是为了解释语言文本，或者是语言文字是为了解说图像。在中国古代小说中，图像往往是为了让故事情节直观化，或者是为了让小说中的人物形象直观化。“插画家的目的即为文字配图，进一步解释和说明文字”，[①]通过这种方法吸引尽可能多的受众来阅读。唐代寺庙用讲故事的方法宣传佛教吸引受众。在讲故事过程中，讲述者还通过展示图画来配合。其中的图画称为“变相”，而说唱底本则被称为“变文”。在这里，图像的存在是为了使说唱内容更加形象化或直观，同时也能让受众的感官接受不至于疲劳。在国外，“赖特·莫里斯曾利用照片阐释其小说；保罗·斯特兰德和南希·纽霍尔在《新英格兰时光》中，把照片和抒情诗结合起来；让·贝坦分析过‘摄影小说’这一法国新兴文类”。[②] 在有些随笔类的文学作品中，文本是为了说明照片或阐发照片的，也有图片是为了补充说明语言文本的，但这就不一定是摄影随笔了，而是其他的文体了，比如一般的文学随笔等。W. J. T. 米歇尔认为：“瓦尔特·本雅明的‘摄影简史’不是摄影随笔，原因很明显：它没有插图。但是即便有，照片也只是为了说明文本而存在，并不具备允许真正的复合形式合作的独立性或相互平等。”[③]在一般的文学随笔和学术专著中，图片不占有重要位置，只是为了说明或佐证语言内容而已。此外，近些年出现的电视散文，也是文学图像化的最好例证。用图像媒介来配合文学作品，能够使文学形象直接呈现。而用语言媒介配图像作品，则可使图像文本的主旨和意义更加清晰。八大山人曾有一幅画《巨石小花图》（见下

---

① [英]马克·维根：《文字与图像》，王国石等译，大连：大连理工大学出版社，2009年，第158页。

② [美]W. J. T. 米歇尔：《图像理论》，第271页。

③ [美]W. J. T. 米歇尔：《图像理论》，第283页。

清 八大 巨石小花图

图),画的是王子猷与子野的故事,[①]并题诗一首:"闻君善吹笛,已是无踪迹。乘舟上车去,一听主与客。"通过画家题的诗句,接受者可能对绘画的解读就有了明确的指向。

当然,这种解释并不是说让一种媒介简单重复另一种媒介,或者让语言媒介所携带的信息和图像媒介的信息完全相等,而是让这种阐释会生发出一些新的信息,因为阐释的过程中毕竟有创作者的主体介入。另外,媒介不同,也很难做到文本信息的对等。1995年岩井发表了《作为影像装置的媒介——钢琴》一文,钢琴变成了可以创造图像的媒介,"音乐演奏图像,图像表现音乐","屏幕上的图像随着钢琴的节奏时而像蝴蝶一样姗姗起舞,时而像下雨一样纷纷飘落"。[②] 在这里,翩翩起舞的图像不是对音乐内容的重复,而是加入其他的一些东西。虽然这是音乐与图像的互文,但语言与图像的互文也是这样。乔纳斯·贝格斯特兰指出:"最糟糕的事情莫过于文字表达的是一个意思,而图像完全重复文字的意思。图像应该对文字做出注释,反之亦然。这样,一切就变得趣味盎然。"[③]在实际过程中,这种重复不是很常见,而是有文本信息的适当增减。当然,信息的增减是否恰当,解释是否成功,则是另一回事情。

① 《晋书·列传五十一》和《世说新语·任诞第二十三》记载:一天,王羲之之子王子猷坐船出远门,途中听人说擅长吹笛的桓野王路过。他无视其官位远在己之上,命人邀请桓野王上船为自己吹曲子。桓野王也深知子猷大名,便下车上船为其吹笛。吹奏完毕,桓野王便上车离开。此过程中,他们没有说一句话。

② 陈玲:《新媒体艺术史纲:走向整合的旅程》,北京:清华大学出版社,2007年,第159页。

③ [英]马克·维根:《文字与图像》,第62页。

二、启发类的融合

广西美术出版社曾出版一套“鸢尾花图文书丛”，其丛书主编张燕玲说：“从这里出发，我感受到来自美术来自文学来自艺术更来自生命的共同的精神通道，一直想实现这种精神穿越。……不受画种画面画理的限制，作者可以任意选取一幅（座）对自己有过影响的绘画、雕塑（含建筑）、摄影作品为题，展开想象的双翅，纵情飞翔，美画美文，以画启文，以文生境。可以纵深论画，也可以以画生发、旁征博引、抒新叙旧，以画面穿透情感，文采所至旨在探寻人类至纯至美之境。”①在这里，并不是图像解释语言文本，或者语言解释图像文本，而是以图启文，或者以文启图，这里“启”类似于《诗经》中“兴”的手法。张燕玲所说“以图启文”或“以文启图”，是“语-图”互文的重要类型。

在这种互文类型中，文字不一定是说明解释图像，有时候是由图像说开去，可能会达到更好的审美效果。如果是图文单纯地佐证语言文本，那么其中的一种媒介就会失去单独欣赏的价值。清人方薰在《山静居论画》中说：“款题图画，始自苏（轼）米（芾），至元明而遂多。以题语位置画境者，画亦由题益妙。高情逸思，画之不足，题以发之。”绘画为什么要题诗？是因为“画之不足，题以发之”。许多题画诗歌所表达的内容，并不是图像文本的重复，而是对其中图像有感而发。哈佛大学收藏八大山人的《瓜月图轴》（见右图），画

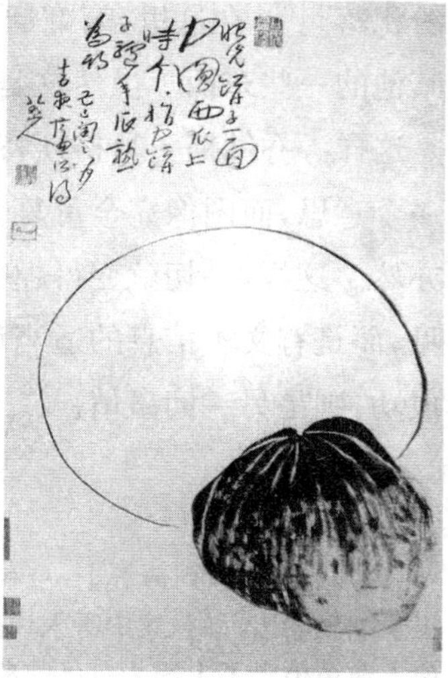

① 刘索拉：《语·音·画——刘索拉 VS 艺术家》，南宁：广西美术出版社，2003年，总序第2页。

面上一个大西瓜和一个虚画的大月亮轮廓。上面题有“昭光饼子一面，月圆西瓜上时，个个指月饼子，驴年瓜熟为期。己巳闰之八月十五夜画所得”。只有将文字与图像结合起来，才能知道，“如果你执着于手指之指、执着于月亮的外在形态，将月亮等同于‘饼子’，忘记了‘一月普现一切月，一切水月一月摄’的实相世界，那么就会累年而不悟，顽然而难觉。他所画之相是指月之指，而非月本身；是登岸之筏，而非彼岸”。① 如果缺少语言文本，我们就很难了解这幅画的深意，或者说整幅画的意蕴就会相应减少。

三、标识类的融合

相对于语言符号来说，罗兰·巴特认为：“任何图像都是多义性的，它潜在于其能指下面，包含着一种‘浮动’的所指‘链条’，它的读者可以选择其中某些，而不理睬另一些。”②在这里，对于众多的图像信息，读者可以自由选择，但其所选择的未必就是作者在意的，所以创作者必须让接受者的接受有所指向，这就需要语言媒介的介入，对图像繁杂信息的选择和解读起到固定作用。这种做法非常普遍，“语言学讯息似乎出现在所有的图像之中：例如题目、文字说明、新闻条目、电影中的对话、连环画”。③ 在实际的观看过程中，一般接受者必须结合这些语言信息才能“较快”并“较

① 朱良志：《八大山人研究》，合肥：安徽教育出版社，2008年，第25页。

② [法]罗兰·巴特：《显义与晦义》，怀宇译，天津：百花文艺出版社，2005年，第28页。

③ [法]罗兰·巴特：《显义与晦义》，第27页。即使是图像上标明“无题”，也是语言信息提示，是作者不愿直接透露自己的意指，让接受者徘徊在文本解读之中。在语言和图像融合的文本中，有许多研究的课题应该引起注意，W. J. T. 米歇尔就说：“这幅画有什么题目，放在什么地方（框内、框外还是框上）？它与形象的制度性或阐释性关系是什么？为什么那么多的现代绘画都以‘无题’为题？为什么有力清晰地用词语否认画的语言题目，为什么题目激进而悖论地否认自己是题目？标记、字幕和可读性是用来抵制什么的？”（[美]W. J. T. 米歇尔：《图像理论》，第85页。）

准”地理解图像文本。罗兰·巴特把语言的这种功能叫作与“接替”(连接上下文)并列的“锚固”:[①]“与(双重的)肖像讯息相比,语言学讯息的功能是什么呢?似乎有两种功能:锚固和接替。”[②]对于“锚固”,罗兰·巴特是这样解释的:“锚固是一种检查,它面对外在形象的投射能力对于讯息的使用具有一种责任;与图像的那些所指的自由性相比,文本具有一种抑制价值,而且我们理解,正是这个层次上,尤其具有一个社会的道德规范和意识形态。”[③]这里文本的抑制价值,就是指语言媒介对图像能指自由指向的限制,让接受者更好了解创作者的意图。八大山人的《安晚册》中有一幅山水图画,他在画上题有:“蓬莱水清浅。为退翁先生写。壬年一阳之日。拾得。”其中“蓬莱水清浅”之语,联系到李白的《古风五十九首》之九“庄周梦胡蝶,胡蝶为庄周。一体更变易,万事良悠悠。乃知蓬莱水,复作清浅流。青门种瓜人,旧日东陵侯。富贵故如此,营营何所求”,我们才深感世事无常,贫贱富贵不过都是过眼烟云。此中的“蓬莱水清浅”,点明了画意。1983 年,“在日内瓦召开的联合国巴勒斯坦问题国际会议上,让·莫尔受委托把图片带去展览。萨义德记述道:‘官方反映’是迷惑不解……我们被告知:你们可以把它们挂上,但是不许有文字和它们一起展示。不许有说明文字,不许有解释。最好达成妥协,国名或地名(约旦、叙利亚、西岸、加沙)可以附在放大的照片上,却不能有一个多余的字。”[④]对于参展的图像,官方不允许在画上题有文字,是因为惧怕语言信息让观者

① 罗兰·巴特说:“尽管在固定形象中罕见,中转文本在电影中十分重要,电影里的对话不仅有说明作用,而且按照信息排序,通过陈述不见于形象自身之中的意义,真正推动情节的发展。”([法]罗兰·巴特:《形象修辞学》,见陈永国:《视觉文化研究读本》,北京:北京大学出版社,2009 年,第 114 页。)

② [法]罗兰·巴特:《显义与晦义》,第 27—28 页。

③ [法]罗兰·巴特:《显义与晦义》,第 29 页。

④ [美]W. J. T. 米歇尔:《图像理论》,第 294 页。

清楚创作者的意图和动机。[①] 有个人带着他的儿子去看一幅画，这幅画位于刚落成的一座地方学校的礼堂中，儿子看完这幅画说，"我看到的是一列列车"，父亲说，这不是一列真正的火车，"车轨代表着'未来'即将来临(或就在前边)，列车则代表着国家的联合和统一，它离我们很远，但正在向我们逼近"。"不"，儿子坚持说，"它不是别的，它就是一列火车"。为什么有这样的争执？在阿恩海姆看来："一幅画或一尊雕塑，它越是酷似实物，艺术家就愈难用它表示自己的某种观念。"[②]除了儿童本身的认知特点之外，从"语-图"关系上看，如果用语言信息引领图像的观看，则不会出现父子之间的争执。W. J. T. 米歇尔认为"文学和视觉艺术作为相互'意指的他者'所处的境遇并不是纯粹对称的。绘画似乎更容易以相当直接的方式再现和融合文本性。"[③]但从标识类互文看，主要是语言媒介自觉不自觉渗透在图像文本中。

四、 图文独立类的融合

图画书是孩子们喜爱的书籍形式，被人们称为是图文合奏。在图画书中，其语言更多是起到罗兰·巴特所说的语言中转(承上启下)功能，具有独立的审美价值，但同时也与相邻的图像共同推进了故事的发展。有时候很难说文字和图画孰轻孰重，图画与文字互相独立，谁也不为谁服务。当然，"一位聪明的漫画艺术家就会注意文字尽可能的简短，以便让

---

① 按照罗兰·巴尔特所说的话，"一幅(摄影)图像的观众能同时接收到感知的信息和文化的信息"。在我们所讨论的许多风景摄影中，大多数情况下照片的标题在向我们传递着文化信息。没有这些标题，照片的文化内容和意识形态内涵便不明显，受众不容易把握。([斯]阿莱斯·艾尔雅维茨：《图像时代》，胡菊云、张云鹏译，长春：吉林人民出版社，2003 年，第 123 页。)

② [美]鲁道夫·阿恩海姆：《视觉思维：审美直觉心理学》，滕守尧译，成都：四川人民出版社，1998 年，第 186 页。

③ [美]W. J. T. 米歇尔：《图像理论》，第 86 页。

画面和文字之间的时间间隔不那么长”。[1] 艺术家这样做的目的,是想让文字简短些以达到两种媒介接受时间的均衡。从阅读时间上看,我们可以说两个媒介文本同等重要,具有相对独立的位置。

在《巴特谈巴特》这本书中,罗兰·巴特企图用形象代替叙事、历史、语音的评说和传纪写作。当然,在这部书中并不全是形象(图像),而是让图像自身“说话”,图像不是语言的附属或者为语言解释。在书中,绘画作品、信件真迹、复印件和手稿等混杂在一起,“这些零星地毫无规律地遍布在《巴特谈巴特》这本书中,和照片一道,它们享有同文字相等的地位,它们是书的有机构成,是传记的有机构成,罗兰·巴特在此再一次显示出来他的独特性:要让静物说话,要让照片、漫画和非实践性的写作遗迹说话。不仅仅是正在书写的文字,不仅仅是面对读者的写作文字构成一部书,构成一部解释性和说明性的书;书可以是混杂体,传记可以是混杂体,一个正是跌落进各式各样的形式痕迹中才暴露出自身”。[2] 可以看出,图像与文字在此书中同等重要,严格地说是图文独立。这种互文类型,在电影中也不少见,1928 年《特写》杂志发表了爱森斯坦、普多夫金、亚历山大洛夫的一项声明,他们希望声音成为独立于图像的成分,他们说:“长期以来盼望有声电影片的梦想毕竟实现了。……声音,原来当作布景装置的一个新成分(它是可见画面之外独立的项目),将必然会引进一种有巨大成效的新方法,来表现和解决那些把我们难倒过的复杂问题,因为那些问题都是单靠电影的视觉形象绝对解决不了的。”[3]值得注意的是,这里的声音是包括语言在内的所有声音。需要指出的是,声音独立于画面只是声画关系的一种,也存在声音解释画面的情况。

在此类型的“语-图”互文中,我们不能为一种媒介而贬低另一种媒介,因为离开任何一种媒介,都不能知晓整个文本的意蕴,比如解读《飞

① [德]普拉特豪斯:《动漫问题如数家珍》,韩平译,长春:吉林出版集团有限责任公司,2011 年,第 35—36 页。

② 汪民安:《谁是罗兰·巴特》,南京:江苏人民出版社,2005 年,第 209 页。

③ 李稚田:《影视语言教程》,北京:北京师范大学出版社,1999 年,第 164 页。

叶》,“任何人花费数小时通读《飞叶》中的这个图像都会知道维特根斯坦是对的,都知道这次探索不是为了一只鸭子,也不是为了一只兔子,而是为了一种奇异的杂交,它什么都不像,它就是它自己”。[①] 需要指出的是,这种独立并不是相互割裂的,而是综合在一起发生作用,形成新文本的。按照格式塔理论,我们不能够说整个文本的意义就是语言媒介和图像媒介的简单相加,如契亚里尼在《导演论》中认为:“一个镜头具有的内在力量和复数镜头的力量,都能增加声音的要素(语言、音响、音乐)的力量。声音的要素和单个镜头一样,它本身没有价值,但是和视觉力量结合之后,就有助于创造电影影像。一切噪声,一切音乐句子,一切节拍,它们和融合的影像发生关系之后就产生某种价值。不能达到这种效果的时候,影片看起来可能成了音乐剧或散文剧,……事实上,蒙太奇本来已经把视觉要素和声音要素如此结合并包括在这些要素的力量之中了。”[②]

五、结语:“语-图”文本融合的美学特征

以上几种语图融合类型的剖析,更多是逻辑角度的理论分析,在许多作品中是诸多类型的交织。在各类的互文类型中,往往都有一种媒介占主导位置。解释类的互文中,如果是语言媒介解释图像媒介,后者必然占主体位置。如果图像媒介启发语言媒介,那么后者也占主体位置。对于标识类的互文,虽然是语言文字能指明整个文本中的方向,但是图像媒介在篇幅上还是占有绝对优势的,它并没有改变视觉艺术的图像媒介属性。

“语-图”文本融合,不同于单一的语言艺术或图像艺术,而是在二者基础上的综合,形成了自身的美学特征,如文本的视觉美和感官的综合美等。

中国古代文学作品,主要书写在甲骨、竹简和丝帛上。由于甲骨、竹

① [美]W. J. T. 米歇尔:《图像理论》,第 43 页。

② [意]基多·阿里斯泰戈:《电影理论史》,李正伦译,北京:中国电影出版社,1992 年,第 288—289 页。

简和丝帛的成本比现在的纸张高多了，而且书写起来不是那么便捷，所以每片甲骨或每根竹简的空间都要尽可能利用起来，整个文本便显得拥挤，缺乏文本的视觉美感。在印刷术出现之后，文学文本的排版比过去讲究多了。文本中即使有句读，也只用一两个标点符号，限制了文本视觉美的展现。这种情况的改观，一直到“五四”新文化运动的时候，即胡适等人对文字符号的倡导。① 标点符号的引进，主要着眼于教育的启蒙，对当时教育的普及功不可没，但同时也客观上增强了文本的视觉美。

文本的视觉美，是艺术美的一个重要组成部分。对此，新月派闻一多提出了“建筑美”的主张。建筑美是从文本视觉美的角度提出的，它要求节的匀称和句的均齐，以做到诗句的整齐与诗句变化的结合。当时，实现闻一多提出的“建筑美”完全依赖于句子的排列。从一定的程度上说，这种“建筑美”也有一定的限度。但是随着数字技术的运用，文本视觉美的创造空间越来越大，文字符号本身有了独立美的呈现，②不仅仅是“建筑美”那样单一，其他物体的美都能体现，如苏绍连（笔名为米罗·卡索）的《人球》，诗歌中的“一粒孤单的球”，从诗人的想象中“跳”出来了，而且是在文本中反反复复地弹跳。在印刷时代，把诗歌文本排列为球形，并不是

① 胡适：《胡适日记全编》第2册，曹伯言整理，合肥：安徽教育出版社，2001年，第382页。

② 在阅读中，我们是通过文字来领略其中的含义，古代“得意忘言”之语，不太注重文字的视觉性。而在北京奥运会开幕式文艺表演的第五篇章中，我们欣赏到的“文字”是充分视觉化的文字。在巨幅画卷中间，立体的活字印刷板，魔幻般地出现，如水波涌动。方块汉字，凹凸起伏不断地变化。最精彩的时刻，是活字印刷板中间出现了一个中国古代的“和”字，接着又出现了第二个古体的“和”字，最后是现代字体的“和”。一个“和”字，表达了中国古代“和为贵”的人文理念，彰显出中华民族历史悠久的和谐观。在向世界观众表达我们构建和谐社会理念的同时，也让他们领略了“和”字在苒千年的视觉享受，每一个“和”字都是一幅魅力无穷的画。张艺谋对此也满怀信心地说：“这个节目看似机械，其实是897个训练有素的演员的表演，是过去我们常用的团体操的一种变异。对中文方块字的这种表现形式全世界都没有见过，很特别。实现了内容和形式创新的统一。”（汪涌：《浪漫的中国·梦想的世界——北京奥运会开幕式总导演张艺谋专访》，《新华网》，2008-8-9。）

件难事。难的是，让它能跳动起来。图像是“实”，文字是“虚”，虚实结合，更符合美学的规律。

艺术的存在，是一种感性的需要。无论是文学艺术，还是图像艺术，都要涉及眼、耳、鼻、舌、身等感受外界事物刺激的器官。相对来说，文学艺术涉及的感官比图像艺术要多，文学可以自如地表达视觉、听觉、触觉、嗅觉、味觉等内容。但文学是语言艺术，是听觉的艺术，它对视觉、触觉、嗅觉、味觉等感觉的表达，只能通过听觉的形式来实现。这种表达，视觉、触觉、嗅觉、味觉等感觉呈现方式，只能是间接的，其好处是触发人的想象力，让人去积极想象；不足之处，就是在于它的不确定性和模糊性，没有图像艺术那样的清晰明确，让人免不了有一睹其容的冲动。

因为不同感觉都存在自身的美，艺术就有表达不同感官美的需要。如果一门艺术只局限于一种感官，肯定是一种缺陷，它不能满足人们全面的感性需求，不能保证艺术对象的在场。由于科技水平的限制，此问题在很长时间内都很难解决。而多媒体技术的出现，能让文字、图像、声音等同时出现在文本中。各种媒介不是机械地叠加，而是根据文本的需要灵活组合。多媒体技术保证我们能在一定的文本中得到不同感官的满足，“从心理的角度看，超媒体将各种不同类型的信息整合在一种统一模式里，各种不同的感觉彼此互相混合，可能产生复杂的心理反应”。① 罗兰·巴特认为，对受众来说，文本是一个快乐的对象。在他看来，文本阅读是精神快乐与物质快乐的结合，而物质的快乐与人的躯体紧密联系。②“语-图”文本融合让听觉和视觉内容共同呈现，更容易让人享受到阅读的快乐。

“语-图”文本融合艺术的出现，结合了莱辛所说的时间艺术和空间艺术之长。莱辛认为，诗歌与绘画虽然都摹仿自然，但二者属于不同的艺术

① 黄鸣奋：《新媒体与西方数码艺术理论》，上海：学林出版社，2009 年，第 282 页。黄鸣奋还认为：“超媒体则是多媒体与超文本技术的结合。”

② 龚小凡：《平民主义的快乐阅读——当代图文书的阅读特征》，《文艺评论》，2008(4)。

门类——时间艺术与空间艺术，它们有不同的存在方式和运动规律。诗歌属于时间艺术，受时间规律支配，体现为时间上的连续性，适宜叙述动作；绘画属空间艺术，受空间规律支配，体现为空间的并存性，适宜刻画物体。由于新技术支撑的新型艺术，既能刻画物体，又能叙述动作。艺术对象能在时空中存在，让受众感受到它的在场性和敞开性。尽管这只是一种美好的愿望，因为“人与现实发生联系时，只能把握住那短暂的一瞥，除此之外，他就什么也抓不住了。然而，这样的一瞥本身是根本不能代表事物的整体，即使将多个一瞥加到一起也最多不过是各个互相矛盾的形象的集合体，而这种集合体只能给人一种十分不舒服的感觉”，[①]但是人类并没有因此而放弃对事物敞开性的追求。

尽管“语-图”文本融合有这些单一文本缺乏的美学特征，但仍要防止“语-图”结合的随意性，并不是文学艺术中插入图片或者图像艺术中插入语言文字就有了新的审美感受，而是在有必要时才进行“语-图”文本的融合。这样，一则可以做到文本的精炼，二则可以防止资源浪费和信息壅塞。

[《内蒙古社会科学》(汉文版)2015 年第 1 期]

① [美]鲁道夫·阿恩海姆：《艺术与视知觉：视觉艺术心理学》，滕守尧译，北京：中国社会科学出版社，1984 年，第 172 页。

“语-图”表征的比较研究

——兼论传媒时代的图像表征危机

在约翰·费斯克等人看来，表征(representation)是指“制造符号以代表其意义的过程与产物”。[①] 在表征系统中，语言的表征和图像的表征对意义生产都具有重要的作用，正如斯图尔特·霍尔所说的：“表征是某一文化的众成员间意义产生和交换过程中的一个必要组成部分。它的确包括语言的、各种记号的及代表和表述事物的诸形象的使用。”[②]随着传媒时代的到来，人类进入了以电子媒介和数字媒介为主导的全媒体时期，图像改变了语言独领风骚的地位，与语言势均力敌，呈现出不同于语言的表征特点。视觉文化在满足人们观看欲望的同时，视觉表征的危机也显出端倪。如何解决这一危机？受到“威胁”的语言符号，是否需要倾心视觉化？在此种情形下，“语-图”表征的比较研究更能激起学界的兴趣。

一、符号能指：淡化与膨胀

任何符号都是由能指和所指构成，无论是语言符号，还是图像符号。其中，“能指也是一个关系项，它同所指密不可分，能指是中介物，它具有

① [美]约翰·费斯克等：《关键概念：传播与文化研究辞典》，李彬译注，北京：新华出版社，2003年，第241页。

② [英]斯图尔特·霍尔：《表征——文化表象与意指实践》，徐亮、陆兴华译，北京：商务印书馆，2003年，第15页。

物质性，它的内质永远是质料性的”。[①] 虽然能指是物质性的，但是这种物质性在语言符号与图像符号上有所区别。语言符号能指的物质性，原本是声音所致，但在“口头语言向文字转化的过程中，由于信息形态的变化，一些信息的成分被过滤了”，[②]比如说话人的语气、节奏、语调、音高等听觉因素。正因为如此，索绪尔才说：“语言的本质跟语言符号的声音性质没有什么关系。”[③]语言中声音信息的减少，它的好处是凸显了语言的一般性或普遍性，不足之处是丧失语言媒介的感性特征，这点从现代诗歌写作对音乐美的呼声中可见一斑。在向文字转变的过程中，语言能指的物质性，还与书写的媒介（墨）有联系，但这些物质性对语言的理解并没有实质性的作用，正如艾伦·戈德曼所说“我们并不是通过墨迹来推断词的意义”。[④]

语言能指的物质性减少，形成了语言的概括性特点，“语言的‘万能’能力正归功于其抽象能力，抽象是语言的力量所在。而这也是语言的弱点所在，这种抽象能力阻碍语言以准确的方式表现某些现实，例如空间及时间的直观性”。[⑤] 去掉时间和空间中的具体性东西，上升到一般层面，语言自然就具有概括性。语言虽然是概括性的，但却能“开启”丰富的境域。在海德格尔看来，语言的使用是为了开启“境域”的需要：“语言本身在根本意义上是诗。……诗的本性是真理的创构。……创构即是溢流和馈赠。……此真性的和诗构的投射是对那样一个境域的开启，缘在作为

---

① 汪民安：《谁是罗兰·巴特》，南京：江苏人民出版社，2005 年，第 82 页。

② 李四达：《数字媒体艺术史》，北京：清华大学出版社，2008 年，第 12 页。

③ [瑞士]索绪尔：《普通语言学教程》，高名凯等译，北京：商务印书馆，2009 年，第 27 页。

④ Goldman, Alan H. “*Artistic Interpretation*”, *Routledge Encyclopedia of Philosophy*. Ed. Edward Craig. New York: Routledge, 1998, p. 502.

⑤ [加拿大]安德烈·戈德罗：《从文学到影片：叙事体系》，刘云舟译，北京：商务印书馆，2010 年，第 117 页。

历史的(存在)就被投入其中。"[①]这种开启,还需要靠读者的想象力参与来完成,不同于图像艺术的直接呈现。在语言所塑造的指称世界中,"意义并不内在于事物中。它是被构造的,被产生的",[②]也就是上面所说的对境域开启。[③]

语言能指摆脱了物质性的依赖,还与能指在语言艺术中的地位有关,能指的存在更多的是为了所指,孔子认为:"辞达而已矣。"如果意义表达了,就不需要在语言能指上做过多的文章。但孔子又说:"言而无文,行而不远。"指出了修辞的重要性,这是否与前面的观点矛盾?再看孔子说这句话的前几句:"《志》有之:'言以足志,文以足言。'"(《左传·襄公二十五年》)原来这里的"文"是为了"言"更完备,以表达"志"的需要。如果语言修辞脱离了"意义",缺少意义的语言美就变得无足轻重,成为艺术表现的累赘,南朝浮靡诗风、当代网络文学的注水现象就是反面的例子。

为了凸显意义,语言符号运用的最高境界是用最小量的能指来表达尽可能多的意味,欧阳修在《六一诗话》中指出:"必能状难写之景,如在目前,含不尽之意,见于言外,然后为至矣。"言语是有限的,为什么却能够表现无限的意蕴呢?原因有三,其一是象征、隐喻等手法运用,使得"意"在"言外"成为可能;其二是语言的使用是结合作者自身的体验,"我的言语是'活的',因为看来它们没有离开我:它们没有在我之外、在我的气息之外落入可见的远离之中,它们不间断地归属于我,并且无条件地归我所支配"。[④] 这种主体的情感色彩与语言联系在一起,自然就融入到艺术当中。其三是语言带有丰富的文化信息,米歇尔说:"词语则是图像的'另

① [德]海德格尔:《林中路》,见张祥龙:《从现象学到孔夫子》(增订本),北京:商务印书馆,2011年,第251页。

② [英]斯图尔特·霍尔:《表征——文化表象与意指实践》,第24页。

③ 正如德里达所说的:"符号并不构成真理,而只是赋予真理以意义,只是重新制造真理,使之肉身化,然而使之有所标志或回溯到真理吗?"([法]雅克·德里达:《声音与现象》,杜小真译,北京:商务印书馆,2010年,第31页。)

④ [法]雅克·德里达:《声音与现象》,第96页。

类’，是人为的，是人类按照自己的意愿武断地生产的，这种生产通过把非自然的元素引进世界——如时间、意识、历史，并通过利用符号居中的疏远性干涉——而中断了自然存在性。”[①]语言的约定俗成性与言语个性相辅相成，是文化传统与现实当下的有机交融，诚如利奥塔所言：“话语是有厚度的。”[②]

而现代图像能指对物质性的依赖并没有减少，反而增加，特别是影视创作，它必须借助演员的身体和逼真的场景，能指的物质性或虚拟物质性越丰富就越受欢迎。在前视觉时代，文字对视觉压制的现象长期存在，“视觉能力和视觉记忆退化，正是文字长期垄断人类心智活动主要空间带来的副作用之一”。[③] 这种压制，导致了图像能指所需要的身体表现能力萎缩，如巴拉兹所说：“艺术家能够通过手势或表情等外形动作来朴实地表现人的心灵。但是，自从印刷术发展成为人们在更遥远的距离外交思想的主要工具以后，人的心灵便更集中地表现为文字，因而就不必再利用身体器官这一更精巧的表现工具。由于这个原因，我们的身体就愈来愈没有表情、愈来愈空虚，日久不用，机能便退化了。”[④]不过，一旦条件成熟，这种压制后的视觉释放更为强烈，所以当代社会对视觉的需求是必然的，视觉文化的到来有一定的必然性。

图像能指的物质性或虚拟物质性需求，是图像艺术的特性所在，“图像表征系统是先天不足的——它不能脱离于‘真实物’和具体物；它缺乏

① [斯]阿莱斯·艾尔雅维茨：《图像时代》，胡菊云、张云鹏译，长春：吉林人民出版社，2003年，第26页。索绪尔也有类似的观点：“语言符号虽然主要是心理的，但并不是抽象的概念；由于集体的同意而得到认可，其全体即构成语言的那种种联结，都是实在的东西，它们的所在地就在我们脑子里。此外，语言的符号可以说都是可以捉摸的；文字把它们固定在约定俗成的形象里。”（[瑞士]索绪尔：《普通语言学教程》，第37页。）

② [法]利奥塔：《话语，图形》，谢晶译，上海：上海人民出版社，2012年，第8页。

③ 李四达：《数字媒体艺术史》，第12页。

④ [匈]巴拉兹·贝拉：《可见的人类》，见李恒基，杨远婴：《外国电影理论文选》，北京：生活·读书·新知三联书店，2006年，第32—33页。

那种适用于普遍性的必要区隔”。[①] 很难想象，没有模特，怎能创作出人体艺术？没有演员，电影摄制便无法开工。伯格曾从艺术的表现范围对各类艺术进行了区别：“诗写的是心灵、痛苦、死亡——存在于我们互为主体性的范围中的一切。音乐表现的是被给予的事物背后的世界：不假文字、看不见、自由舒畅。剧场是过往的重演。绘画则与肉体的、可触知的、当下的世界有关。”[②]绘画表现感性可知的世界，这是问题的一方面，另一方面则是绘画不能用语言来表现，它要用具体可感的媒介来表现。即使是抽象的绘画，也需要呈现颜料的浓淡等质感，它们是绘画重要的审美要素。这种物质性的存在，才导致了绘画的真品与赝品的天壤之别，欣赏原作与欣赏印刷品也是大不相同，因为印刷品削减了图像能指的物质性。

今天的影视艺术对物质性的刻画更为容易，日益发展的科技为此提供了诸多便利，但是新的问题也随之出现：“在图像传播媒介中，图画比图形的冗赘性高，图像比画作的冗赘性高，新闻图片比艺术图像冗赘性高，电视图像比电影图像冗赘性高。”[③]这里“冗赘性”与各种艺术能指的物质性有密不可分的关系，它的递增与技术的进步是成正比的。“电影与电视的出现与普及，无疑重新启动了人类的视觉敏感性，它们能在二维平面上展现四维(空间的三维和时间的一维)形象，从而完整地再现了事物运动着的视觉形象”。[④] 现在运用计算机技术，通过图像增强、图像重叠、编码等数字化处理，原来低质量的图像会大大改观，[⑤]图像这种视觉的物质性或虚拟物质性越来越凸显，而不管它是否有助于意义的表现。不过，这种

---

① [美]玛丽·安·多恩：《电影与装扮：一种关于女性观众的理论》，见李恒基、杨远婴：《外国电影理论文选》，第658—659页。

② [英]约翰·伯格：《毕加索的成败》，连德诚译，桂林：广西师范大学出版社，2007年，第248页。

③ 韩丛耀：《图像：主题与构成》，北京：北京大学出版社，2010年，第65页。

④ 李四达：《数字媒体艺术史》，第19—20页。

⑤ 邓继忠，张泰岭：《数字图像处理技术》，广州：广东科技出版社，2005年，第9页。

物质性的凸显，一直是电影艺术梦寐以求的。①

美国电影界将1993年的夏天称为“好莱坞数字之夏”，认为真正的数字技术从8月的《侏罗纪公园》开始进入高速发展期，电影将3米高的恐龙模型制作为三维图像，展现了人龙交战的精彩故事。② 2000年，《透明人》上演，影片中巴斯蒂安的隐形，观众不仅能看到外部形状，还可以看到内部的肌肉、骨骼和血管等，③让平时不可见的世界视觉化了。

由此可见，不同于语言艺术的能指淡化，在数字技术的协助下，图像艺术能指的丰富性已超出了人类的自然感知，而且这种能指的膨胀还并未结束。从理论上说，世界只能“‘单面地’、连续‘多面地’，但永远不会是‘全面地’被给与”，④世界永远不能被视觉全面把握，图像能指的细腻描绘冲动也永远不会停止。

二、表征目的：意义与意图

语言与图像都是一种符号，“符号化的过程，即赋予感知以意义的过程”。⑤ 对符号意义的探讨，是“语-图”表征系统研究的重要内容。语言的意义，是以指称意义为基础，指称意义是指词语所指的对象。北岛有一首著名的诗歌《回答》，最后一节是：

新的转机和闪闪星斗，

---

① 早在1933年，雷华电公司制作的《金刚》，就用微缩模型、拟人化妆技术、合成术、叠影技术创造了巨型“金刚”。20世纪70年代，乔治·卢卡斯的《星球大战》，采用了360多种特技，特技镜头有545个之多。（姜静楠：《银屏叙事圈：中国电影》，济南：山东文艺出版社，2004年，第28页。）

② 姜静楠：《银屏叙事圈：中国电影》，第29—30页。

③ 姜静楠：《银屏叙事圈：中国电影》，第33页。

④ [德]胡塞尔：《纯粹现象学通论》，李幼蒸译，北京：商务印书馆，1997年，第51页。

⑤ 赵毅衡：《符号学原理与推演》，南京：南京大学出版社，2011年，第36页。

正在缀满没有遮拦的天空。
那是五千年的象形文字，
那是未来人们凝视的眼睛。

其中的“象形文字”，它所指的对象是最原始的文字，是汉字造字方法“六书”的一种，与“指事、会意、形声、转注、假借”并列。

但是，语言并不拘泥于指称义。指称义比较固定，被格雷姆·特纳称为是“字典式的意义”。[①] 如果语言的意义仅限于指称义，文学的阅读只需能识字就行了。事实上，文学阅读没有如此简单，语言的意义会从具体的陈述对象延伸到一般的精神世界。在古希腊时代，意义的生产已经开始了这种尝试，“智者学派恰好是致力于使语言从指称作用中脱离出来，把它们独立地当作一个体系。……这一种考察为主体超越于客体、建立一个独立的精神世界提供了一个支撑点”。[②] 上首诗歌中的“象形文字”，在诗歌当中的运用中超越了具体的指称意义，不再是简单地指向“日”“月”等具体文字，而是上升为精神层面的仍然散发着活力的中国传统文化。

从具体的指称意义到表达一般的精神世界，何以可能？首先，它必须在一定的语境或文学文本中才能实现，需要与其他语言符号组合才能产生新的意义。其次，更为重要的是，“符号从一开始就被虚构加工过”，[③] 语言意义的建构方与使用者的有意为之分不开，“维特根斯坦建议，首先要区分‘表层语法’和‘深层语法’：前者是通过词典编撰者和句法学家的耳朵、眼睛或者他们对于规则的认识而被把握的，但只有那些掌握了语言运用的规则并因此掌握了说话者的意向的人，才能够把握后者”。[④] 如果

① [澳]格雷姆·特纳：《电影作为社会实践》(第 4 版)，高红岩译，北京：北京大学出版社，2010 年，第 65 页。

② 邓晓芒：《古希腊罗马哲学讲演录》，北京：世界图书出版公司，2007 年，第 54 页。

③ [法]雅克·德里达：《声音与现象》，第 71 页。

④ [德]弗兰克：《理解的界限》，先刚译，北京：华夏出版社，2003 年，第 35—36 页。

只掌握了语言运用的规则,而不了解说话者的意向,便不能把握作品的精神世界。从另一个角度上说,说话者的意向也提升了语言符号的精神层次。说话者的意向,“更多地以使用者的文化经验而不是字典为基础”。①这里的文化经验内涵非常丰富,它包括语言集团精神、民族文化精神等方面内容,这些论述在索绪尔的《普通语言学教程》中并不少见。②

我们再参照海德格尔的词源研究方法,海德格尔“……对‘语言’追本溯源,直至古希腊的‘逻各斯’,把经典定义‘人是理性的动物’解为‘人是说话的动物’”。③ 海德格尔这里的转换不是没有道理的,因为语言摆脱了物质感性,从具体能指上升到抽象的一般。我们可以说,“……语言的真正本质是包含在其‘意义’中的,这一意义超越于一切感性自然之上,因此语言可以为人的精神独立性提供一个支点”。④ 值得注意的是,这里所说的“上升”“超越”,并不是说文学中没有语言的感性美,而是感性美与精神意蕴的结合。

当然,语言的意义表达,需要一定的形式创新,并不意味着所有语言都能有意义,巴拉兹就痛斥“陈词滥调”对意义的戕害,他说:“语言学家还注意到,不仅概念和感情促成了语言,语言反过来也促发了概念和感情。……语言文字并不只是表达我们思想感情的形象体,在大多数情况下,它们反而主要是一种约束思想感情的形式。陈腔滥调(这是读书人最容易犯的毛病)产生的根源即在此。”⑤倒不是陈词滥调没有意义,而是不

① [澳]格雷姆·特纳:《电影作为社会实践》(第4版),第65页。

② 索绪尔认为:“人们已不再把语言看作一种自我发展的有机体,而是语言集团精神产物。”语言“它既是言语机能的社会产物,又是社会集团为了使个人有可能行使这机能所采用的一整套必不可少的规约”。“一个民族的风俗习惯常会在它的语言中有所反映,另一方面,在很大程度上,构成民族的也正是语言”。([德]索绪尔:《普通语言学教程》,第25、30、43页。)

③ 郭勇健:《文学现象学:英加登〈论文学作品〉研究》,上海:学林出版社,2011年,第35页。

④ 邓晓芒:《古希腊罗马哲学讲演录》,第55页。

⑤ [匈]巴拉兹·贝拉:《可见的人类》,见李恒基,杨远婴:《外国电影理论文选》,第35页。

能产生新的意义并引起读者的审美惊奇，胡适曾经对此也有同感，曾多次撰文陈述“套语”的不足。中国当代文学，如果有什么危机的话，应该不是缺少意义，而是平庸意义的泛滥，缺少经过作家生命体验的令人震撼的意义。

对于图像符号，从理论上看，它也存在一定的意义，因为“可感的(可听见的或可看见的，等等)现象是被一个主体的活动赋予生命力的，这个主体赋予这些现象以意义，而另一个主体应该同时理解这个主体的意向”。[①] 但苏珊·桑塔格对此非常疑惑，虽然“照片填充了我们关于现在和过去的形象中的空白”，让我们能欣赏到令人惊奇的感性美，但“严格说起来，一个人绝不会通过一张照片而理解任何东西”。[②] 王安忆也有类似的话语，她说：“电影是非常糟糕的东西，电影给我们造成了最浅薄的印象。”[③]的确，通过一张照片或一部影片，我们既不能很好地了解所表现的对象本身，也不能了解其蕴含的意义。

为什么会导致这样的结果？在皮尔士看来，符号学的问题主要涉及符号(即索绪尔说的能指)、对象客体、解释项三个方面。其中，对象客体是符号的成因，解释项则是符号的意义。[④] 符号的意义主要包括“一符号所表现的观念”和“即可以与一思维对象有关的一种观念”，[⑤]符号的意义产生离不开符号能指与所表现对象之间的关系。但是图像的符号能指与其对象客体的距离太小，特别是“所谓‘绝似符号’，包括非常肖似的绘画、照片、录音、摄影，电影、高清电视等。部分‘绝似’符号与对象外形非常接近(例如3D电影)，几乎可以完全误认为合一。但是符号与对象并非同

---

① [法]雅克·德里达：《声音与现象》，第47页。

② [美]苏珊·桑塔格：《论摄影》，艾红华、毛建雄译，长沙：湖南美术出版社，1999年，第34页。

③ 王研：《王安忆：我和张爱玲其实根本不像》，http://book.sina.com.cn/news/c/2010-03-05/0940266498.shtml。

④ 卢德平：《皮尔士的符号学理论：原点与延伸》，http://www.semiotics.net.cn/xsxts_show.asp?id=817。

⑤ [法]皮埃尔·吉罗：《符号学概论》，怀宇译，成都：四川人民出版社，1988年，第49页。

时在场,因此它们明显是代替对象的符号”。[①] 符号与对象外形非常接近,尤其是数字制作的图像,甚至让人产生可以取代对象的幻觉,让受众沉迷于图像符号而不再关注对象客体,更不去探究符号与其对象客体之间的关系,符号的意义自然会受到削弱。这种情况的造成,源于图像自身的弱点,因为“在图像化表征系统中,能指和所指的关系也就被认定为不是那么任意”。[②] 图像能指对外在物质或虚拟物质的依赖,如果又不注重文本中图像符号的精心组合,较少运用蒙太奇、隐喻、象征等艺术手法,更容易导致这种情况的产生,“图像往往会取消自身的媒介,不再是符号,‘似乎’化作事物本身”,[③]它的意义相对语言符号较少,因为“……物‘符号化’(意义生成、增加);反过来的变化,则是‘去符号化’或称‘物化’,让符号载体失去意义,降解为使用物”。[④] 越是超真实的图像艺术,它的意义消失就会越多。对此,可以用概念的外延和内涵来解释,外延越丰富,内涵必然越少。外延,即物执。只有超越物执,才能达到意义,“现象学所悬搁的是感官具有的‘物执’,而达到的是观念意义上的‘纯然之象’”。[⑤]

按照胡塞尔的观点,这不是正常的图像意识,因为“图像是复杂的……图像意识是个具有多重对象的多重意识的复合体”,[⑥]“一个完整的图像意识是由三个客体化立义的内在统一来完成的,即图像事物立义、图像客体立义和图像主题立义”。[⑦] 图像意识的发生,需要这三个立义的渗透与交织。但是在当代图像中,我们往往被诱导只需注意或者只看到图像事物,即物理图像或虚拟的物理图像,它是属于图像符号能指的范

---

① 赵毅衡:《符号学原理与推演》,第 63 页。

② [美]玛丽·安·多恩:《电影与装扮:一种关于女性观众的理论》,见李恒基,杨远婴:《外国电影理论文选》,第 657 页。

③ 韩丛耀:《图像:主题与构成》,第 75 页。

④ 赵毅衡:《符号学原理与推演》,第 31 页。

⑤ 耿涛:《图像与本质:胡塞尔图像意识现象学辩证》,长沙:湖南教育出版社,2010 年,第 110 页。

⑥ 耿涛:《图像与本质:胡塞尔图像意识现象学辩证》,第 24 页。

⑦ 耿涛:《图像与本质:胡塞尔图像意识现象学辩证》,第 1 页。

畴，而不顾及图像主题（对应的实在事物），更产生不了图像客体，即精神图像，像海德格尔在凡高的《农鞋》中看到的农妇存在世界。①

既然从图像文本延伸出的意义减少，那么是否只能停留在图像符号能指上？答案是否定的，我们要从图像制作与传播的意图上进行分析，"任何'存在'从根本上都与境域中的生成、生活、体验或构成不可分离"。② 图像的产生，离不开制作者所在的生活世界，"图像……提供的是一种最本源的构成场所，在那里人与世界、先天与经验、逻辑与表象相交相遇并相互构成"。③ 对于绘画，"在普林尼看来，绘画历史不能通过它和自然的关系来解释，而要通过它和政治经济发展的关系来说明"。④ 普林尼重视图像与政治经济关系的看法，在今天依然有参考价值，德波的思路也与此相似："景象不是形象的聚合，而是人们的社会关系，以及经由形象所中介的社会关系。"⑤菲斯克也认为："看制造意义：它因此成了一种进入社会关系的方式，一种将自己嵌入总的社会秩序的手段，一种控制个人的眼下的个别社会关系的手段。"⑥

把图像与社会关系结合起来，便能理解图像制作者与传播者的意向

① 海德格尔说："从鞋具磨损的内部那黑洞洞的敞口中，凝聚着劳动步履的艰辛。这硬梆梆、沉甸甸的破旧农鞋里，聚集着那寒风陡峭中迈动在一望无际的永远单调的田垅上的步履的坚韧和滞缓。皮制农鞋上粘着湿润而肥沃的泥土。暮色降临，这双鞋在田野小径上踽踽而行。在这鞋具里，回响着大地无声的召唤，显示着大地对成熟的谷物的宁静的馈赠，表征着大地在冬闲的荒芜田野里朦胧的冬眠。这器具浸透着对面包的稳靠性的无怨无艾的焦虑，以及那战胜了贫困的无言的喜悦，隐含着分娩阵痛时的哆嗦，死亡逼近时的战栗。"（[德]海德格尔：《林中路》，第 17 页。）倪梁康在《图像意识的现象学》[《南京大学学报》(哲学·人文科学·社会科学版) 2001 年第 1 期]中有详细论述。

② 张祥龙：《从现象学到孔夫子》（增订本），北京：商务印书馆，2011 年，第 191 页。

③ 张祥龙：《从现象学到孔夫子》（增订本），第 155 页。

④ [美]W. J. T. 米歇尔：《图像理论》，陈永国、胡文征译，北京：北京大学出版社，2006 年，第 316 页。

⑤ Guy Debord: *Society of the Spectacle*, (New York: Zone, 1994), p. 4.

⑥ [美]约翰·菲斯克：《解读大众文化》，杨全强译，南京：南京大学出版社，2001 年，第 38 页。

或意图，只需要“将文本与语境联系起来，把它们理解为互补而非相互排斥的关系的共同主线时，产业与文本、生产与接受的过程都必须以某种方式与意识形态联系起来”。① 图像的意义匮乏，也是一种价值观的宣扬，但更多的与当前商业利益相关，通过迎合受众的视觉需求而获得高的利润，形成了图像的当代意识形态，所以“在今天，形象就是商品，这就是为什么期待从形象中找到否定商品生产逻辑是徒劳的原因，最后，这也是为什么今天所有的美都徒有其表，而当代伪唯美主义对它的青睐是一种意识形态的策略而不是一个具有创造性源泉的原因”。②

当然，文学创作与传播也有一定的意识形态，但是它从文本生发出来的意义更为丰富。针对当代图像艺术意义贫瘠的情形，它的意图或意识形态性更应该引起受众的关注。只有认识到它的意图或意识形态性，才能揭示所谓超真实的真正伎俩，以应对当前的图像表征危机。

三、 艺术形象：虚拟实物显现与想象显现

有个现象很有趣：唐代李白的《静夜思》家喻户晓，成为各个时代传诵的经典，每次阅读都没有让人感到诗作的过时。但是二十世纪二三十年代的电影，现在看起来总感觉到有些不入时，无论是画面色彩，还是人物形象。古老的文学作品，一次又一次地被出版发行，但是过去的老电影很少能再次回到电影院重演。可以想象，李白的《静夜思》如果是影像文本的话，我们也会感到它过时了。

“床前看月光，疑是地上霜。举头望明月，低头思故乡。”如果我们想象它是影像文本，那么井床的质地、颜色、形状，房间的户型、面积、窗户，李白的发型、打扮，会一目了然，尽显观众眼前。李白的这种情感，能够被不同时代的观众认可，因为望月思乡是人之常情。但是李白本人、井床、

① ［澳］格雷姆・特纳：《电影作为社会实践》（第 4 版），第 179 页。

② ［美］詹姆逊：《文化转向：后现代论文选》，胡亚敏等译，北京：中国社会科学出版社，2000 年，第 131 页。

房屋等形象的视觉呈现，唐代人可能感到很亲切，但是二十一世纪的观众不一定都能认可，[①]感到很陈旧不是没有可能的，因为它缺少视觉的新奇感。而且这种视觉虚拟实物的显现存在，让观众想象的可能空间减小。“举例来说，当在特洛亚人的命运问题上分成两派的神们终于自己互相殴打的时候，在诗人的作品中这场战争全是不可以眼见的，这就允许读者用想象去扩大那个场面，让想象可以自由活动，可以随意设想神们的身材和动作都比凡人的大得多，高得多。但是绘画却要采用一个可以眼见的场面，其中各个必要的部分的尺寸大小对于在这场面上动作的人物的尺寸大小就成为一种标准，这个标准就悬在观众眼前，如果神这一类较高人物的尺寸大小和这个标准不相称，那就使得他们在画家的画幅上简直画成一些怪物，因为诗人曾经把他们描写为很巨大的”。[②] 跟莱辛所列举的《荷马史诗》一样，语言文本的《静夜思》，许多东西是不确定的，李白长成什么样，井床、房屋和窗户是什么形状，没有明白写出，读者在阅读时可以随意想象，一些时代元素就不自觉地加入进去，使古代的语言文本在某种程度上当代化，不会有陈旧之感。所以，我们宁愿阅读莎士比亚的著作，也不愿观看老版本的莎剧改编电影，因为电影中的视觉呈现是确定性的，它不仅限制了观众的想象，而且这种确定性也不一定让各个时代的观众满意。

语言艺术的形象，必须在读者的想象力参与下才能呈现，需要诱使读者进入作品建构的艺术世界之中。冯小青就是读了《牡丹亭》后自叹身世而患病夭折，并写下《读牡丹亭绝句》：“冷雨幽窗不可听，挑灯闲看《牡丹亭》，人间亦有痴于我，岂独伤心是小青。”[③]《柳亭诗话》也记载说：“娄江女子俞二娘，年十七，未适人，酷嗜《牡丹亭》传奇，批注其侧。幽思苦绝，

① 当代人拍摄古装戏，其中的场景和人物，不可能是原汁原味，必须纳入现代元素，才能被观众接受。

② ［德］莱辛：《拉奥孔》，朱光潜译，北京：人民文学出版社，1984 年，第 70 页。

③ 冯小青 16 岁时被当时名士冯千秋从扬州买回杭州作小妾，后为其家人所不容被幽禁。每当夜晚来临，冯小青唯有孤灯一盏，读《牡丹亭》自遣。

有痛于本词者，愤惋以终。"清人陈其元在《庸闲斋笔记》中记载一则因读《红楼梦》而身亡的故事：闻有某贾人女明艳，工诗，以酷嗜《红楼梦》致成瘵疾。当绵缀时，父母以是书贻祸，取投之火，女在床乃大哭曰："奈何烧杀我宝玉！"遂死。这些都是非常极端的例子，反映了有些读者能进入作品却不能出来。但这是读者本身的文学素养问题，倒不是语言文本本身存在着什么不足。从另一个角度看，是读者容易进入到文学作品中的虚构世界中，让自己补充其中的不确定性，进而与作品的主人公合二为一了，并没有切除现实与艺术的边界，用艺术取代现实，而是沉浸在艺术境界中，如同孔子三日不知肉味，更多的是精神层面上的。①

图像形象的实物（虚拟实物）呈现，虽然不足之处在于抑制了受众的想象力，但却有助于让不确定的东西确定下来，本雅明认为，摄影可以利用慢速拍摄、放大细部等技巧让人们领略光的"无意识性"，"面对照相机说话的大自然不同于面对眼睛说话的大自然；这种差异是由于无意识的空间代替了有意识的空间而造成的。我们可以描述出人们如何行走，但只能说出个大概，对迈开那一秒里的精确姿势，我们仍分辨不清。然而，摄影可以利用慢速度、放大等技术使上述认知成为可能。通过这些方法，人们认识到了光学的无意识性"。② 可以看出，由于人眼的视觉能力和时间流逝的限制，只有借助机器，才能让这些不确定性呈现在图像上，当代图像艺术在我们能从视觉上确切了解外在的现实上是功不可没的，这一点是语言艺术无法比拟的。

对于图像形象，人们一般以真实性作为衡量其艺术水准高低的标准。

---

① 文学是一种虚构艺术，"……诗域的含义。它意味着一种原本的可能或潜能，它处在有无之间，彼此之间，现在与未来之间。"[张祥龙：《现象学导论七讲：从原著阐发原意》（修订本），北京：中国人民大学出版社，2010 年，第 178 页。]"《诗》可以兴观群怨，小说可诲淫诲盗，都与能指制造的'现实幻觉'有关。"（赵毅衡：《符号学原理与推演》，第 92 页。）这种虚拟性与真实的关系，只有从不确定的角度才能说明清楚。

② [德]本雅明：《摄影小史》，见罗钢，顾铮：《视觉文化读本》，桂林：广西师范大学出版社，2003 年，第 27 页。

对于实际存在的事物,这种真实性比较容易确定,看看是否"酷似"便知,"绘画的'真实性'的证明,是它'甚至会欺骗动物,我见过一幅画骗了一条狗,因为画中人酷似它的主人,……同样,我还见过一只猴子,和一只画中的猴子做了无数蠢事。'绘画中的'真实性'由其欺骗动物的能力所证实,这种力量同样可以施之于人类"。[①] 这种"酷似"的结果,往往能产生欺骗性。而对于不存在的事物,它的图形化也是可能的,"皮尔斯已经指出:'像似符号可以不必依靠对象的实在性:其对象可以以纯粹的虚构的存在。'例如麒麟、凤凰的图像,或设计图,符号看起来很生动很'实在',对象却不存在,反过来像似符号"。[②] 这些形象,是以物质性或虚拟物质性的丰富程度为追求目标,细节越丰富就显得越真实。电影《侏罗纪公园》中的恐龙,让人看起来如剧中的演员一样,像是现实中的真实存在物,原因即在此。

对图像形象物质性或虚拟物质性追求的极致,是让人信以为真,甚至把它们现实化。汪曾祺曾于 1963 年去洪洞县参观县大堂,那里有苏三跪审的方砖,有"苏三监狱"、苏三井,甚至还有洪洞县的药铺、赵监生毒死沈燕林的砒霜。[③] 戏剧表演的逼真性,让人们信以为真,把它从舞台上搬到现实中。不像文学那样,受众沉浸在其中,与形象融为一体,而是把图像艺术形象当成对象化的存在,并与现实存在物并置在一起,鲍德里亚曾说,仿真的符号只进行内部交换,不会与真实相互作用。这只是针对创作的情况,而在传播路途上的艺术品,却不是这样,它取得了与现实物品同

---

① [美]W. J. T. 米歇尔:《图像理论》,第 309 页。帕哈修斯,伯利克里统治时期的雅典的一位画家,"参加了与宙克西斯的一场竞赛。宙克西斯画了一幅葡萄,栩栩如生,以至于鸟儿飞上画架。而帕哈修斯自己则画了一幅现实主义图画,那是一张幕布,惟妙惟肖,以至于正在得意于鸟儿判断失误的宙克西斯竟要求他拉开幕布,把图画展示出来。当宙克西斯意识到自己的错误时,只得放弃奖项,说他虽然蒙骗了鸟,可帕哈修斯却蒙骗了他,一位艺术家。这使他赢得了谦逊的美名。"

② 赵毅衡:《符号学原理与推演》,第 79 页。

③ 汪曾祺:《汪曾祺说戏》,段春娟编,济南:山东画报出版社,2006 年,第 62—63 页。

等的地位，甚至成为现实生活的参照物。2012年7月20日零时30分(北京时间14时30分)左右，在《蝙蝠侠前传3：黑暗骑士崛起》的丹佛首映现场，正在观看的观众遭到一名蒙面枪手的疯狂扫射，至少造成12人死亡，50人受伤。袭击者一袭黑衣，穿着防弹背心，戴着防暴头盔和护目镜，穿着《蝙蝠侠》电影里角色的戏服，站在银幕前不加选择地朝人们开枪，因此观众一开始甚至以为这是影院安排的活动。他们在枪击瞬间甚至都不能分辨是电影中的枪声，还是现实中的枪声。[①] 这种枪击案件的产生，除了袭击者的精神障碍之外，与视觉艺术过分对物质性或虚拟物质性的追求有很大关系，枪击案疑犯身穿蝙蝠侠电影角色戏服，就是把艺术行为现实化了。

纵然，这也是受众的一种错觉，[②]但是现代社会有力地促使了这种错觉。影视艺术本身是虚构的，却被电视媒介不当运用，让真实的与虚拟的同时呈现，让新闻与艺术交织在一起，而且是有意识混淆，阿什德指出："……现在有迹象表明娱乐节目正变得更像新闻节目，因为标准的[传播]范式把节目塑造成符号媒介逻辑的样式，而这微妙地使得电视的规则、表述和视点进入人们的日常生活。……利用新闻对事件的报道来预告将来要播出的电视剧的那种方式，在某种意义上，这成了吸引人们[对将要播出的节目的关注]的预演或广告。"[③]的确，在新闻中运用电影资料，运用电视剧方式播报新闻，运用新闻的形式制作娱乐节目，更容易让艺术行为现实化。

要改变这种现状，首先要认识艺术的虚拟特征，"现实的影像不是现实，而仅是其影像：我可以坐在一把椅子上，但是，我不能坐在一把椅子的

---

① 《目击者称丹佛枪击案疑犯身穿蝙蝠侠电影角色戏服》，http://ent.ifeng.com/idolnews/special/bfx/zxdt/detail_2012_07/21/16193161_0.shtml。

② "'谬误'不在画家，而在观者：是狗，而不是主人，被主人的错觉欺骗了。猴子可能和画中的猴子干蠢事，但是，要使人像猴子那样，还需要更强大的错觉。"([美]W.J.T.米歇尔：《图像理论》，第310页。)

③ [美]阿什德：《传播生态学：文化的控制范式》，邵志择译，北京：华夏出版社，2003年，第19页。

影像上”。[①] 1994 年的影片《阿甘正传》，已故美国总统肯尼迪竟然面带微笑地与阿甘握手，阿甘与中国乒乓球选手进行同台竞赛，用的是数字技术。[②] 但这仅仅是一个镜头，如果要证明事件的真实性，还必须需要一些文字材料或其他图像资料进行佐证。现实与虚拟艺术不可能分不清，不能像鲍德里亚那样危言耸听，他所说的“海湾战争是一桩发生在天上的媒体事件”，最终成为一句臭名昭著的名言。[③]

不同于语言文本的主体交融，“意义一旦已经被解释出来，符号的必要性就被取消，就是《庄子》说的‘得意忘象，得鱼忘筌’”。[④] 超真实产生的原因，就是因为接受者忘记了这点，而痴迷上了符号能指，忽略了它的意图。而最理想的方式，应该像麦茨所说，把它当作“缺席的在场”来理解：“我必须把被摄对象作为‘缺席’来理解，把它的照片作为‘在场’来理

---

① [法]让·米特里：《影像的美学与心理学》，《世界电影》，1988(3)。

② 姜静楠：《银屏叙事圈：中国电影》，第 30 页。

③ “保罗·德曼曾说：‘历史知识的基础并非经验的事实而是笔写的文本，哪怕这些文本穿了战争与革命的外衣。’鲍德里亚则有一句臭名昭著的话：海湾战争是一桩发生在天上的媒体事件。在后现代的感受性中，没有什么比他们两人的话更冒犯人的了。”([英]柯里：《后现代叙事理论》，宁一中译，北京：北京大学出版社，2003 年，第 99 页。)源自鲍德里亚的观点，阿什德也说“海湾战争是电视的产物”，“战争前的准备有好几个月(从 1990 年 8 月到 1991 年 1 月)。计划稿写好了，情节被演练好了，场景也已准备好了，三维地图制作好了供演播室使用，资料录像也被挖掘出来了，电脑图表和电脑模拟也制作好了；国防部的影片也弄到手了；军事专家特别是武器专家已经与电视网签订了合同；在战前和正式的战争期间，主持人学习了军方的语言和措辞方式；新闻以军方的表述方式报道”。([美]阿什德：《传播生态学：文化的控制范式》，第 190—191 页。)实际上，虚构的东西就是虚构的，实在的东西怎么也不会变成虚构的，“科隆或加利福尼亚州的新纳粹分子也许会对纳粹屠杀犹太人这类事情和我持不同的定义。可是历史事实绝不容易抹杀，它岿然不动，毫发无损。我在此处指的是现实——不可改变的，基于感官经验的、不依靠历史陈述和文化背景而存在的现实”。([美]马克·斯劳卡：《大冲突：赛博空间和高科技对现实的威胁》，黄锫坚译，南昌：江西教育出版社，1999 年，第 18 页。)

④ 赵毅衡：《符号学原理与推演》，第 47 页。

解，把这种‘缺席的在场’作为意义来理解。”[①]并在此基础上寻找象征关系，“观影者必须凭借想象关系（将缺席视为在场）开始看片，而以象征关系（通过虚构概念建构缺席/在场的关系）结束看片”，[②]通过“可见之物”了解“不可见之物”。当然，这种方式不仅仅是对受众一方的要求，而且还需要视觉艺术作者的努力：突破视觉媒介对物质性或虚拟物质性的束缚，开拓视觉艺术的想象空间。

四、结语

在当代文化中，语言与图像是两种地位显赫的艺术符号，它们的表征系统有着各自不同的特征。由于符号本身对物质性或虚拟物质性依赖的程度不同，逐渐形成了语言符号的能指淡化和图像符号的能指膨胀，由此造成文学艺术的意义凸显和视觉艺术的意图取代意义。除此之外，还形成了文学形象的想象显现与视觉形象的实物显现或虚拟实物显现，导致文学接受的完全沉浸其中与视觉艺术接受的艺术行为现实化等极端情况。

语言与图像表征的对比研究，不仅仅在于揭示各自特征，更为重要的是为语言与图像的互文奠定理论基础。正因为语言与图像有不同的特性，才有可能、有必要进行互文。在互文的过程中，文学艺术可以通过一定的艺术手法，获得语言视觉性的审美效果，但是不能为了视觉性效果而放弃对语言本身特性的固守。对于视觉艺术来说，要借鉴文学艺术的特点，突破对物质性或虚拟物质性的媒介束缚，对能指的视觉性追求有所节制，实现意义与意图并重，才能解决传媒时代的图像表征危机。

[《厦门大学学报》（哲学社会科学版）2013 年第 3 期]

① [美]查尔斯·F·阿尔特曼：《精神分析与电影：想象的表述》，见李恒基，杨远婴：《外国电影理论文选》，第 535 页。

② [美]查尔斯·F·阿尔特曼：《精神分析与电影：想象的表述》，见李恒基，杨远婴：《外国电影理论文选》，第 536 页。

图文"战争"背后的"温情"：文学与视觉艺术的互文

自视觉文化盛行以来，有两个现象格外引人注目：一是读图成为当今的文化时尚和习惯，图像入侵文字的战争成为现实，①由此引发学界强烈的文学生存焦虑；二是张艺谋在釜山国际电影节上指出："电影或者电视的发展是离不开文学的，大部分的导演都是要改编作品。"第五代导演之所以获得成功，与当时"发达的文学创作"有极大关系。但对当今的文学现状，张艺谋直率地表示"不满意"！② 文学的重要性，却由著名电影导演提出，不能不令人诧异与欣喜。巴拉兹认为，电影的出现使人类文化转向视觉文化。可以说，电影是视觉文化的典型代表。文学与视觉文化或视觉艺术到底存在什么关系？除了图文"战争"的对抗之外，还有"战争"背后的"温情"联手——文学与视觉艺术的互文。文学与电影互文关系的剖析，对视觉艺术与文学艺术的未来发展与趋势有着重要意义。

一、 感性与精神：视觉艺术对文学的直接依赖

相对文学艺术来说，电影艺术的出现不过一个多世纪，它是一门年轻的艺术形态。电影的繁荣发展不能凭空进行，它脱离不了其他艺术。张

① 周宪：《"读图时代"的图文"战争"》，《文学评论》，2005(6)。

② 张艺谋：《中国好剧本难找》，《山东商报》，2010－10－10。

艺谋认为电影艺术离不开文学，为什么不说是音乐、舞蹈，文学艺术能给电影提供什么独特的东西？回答这个问题，可以从以下感性和精神两个层面进行论述：

（一）感性层面

电影是一门视觉艺术，但是没有好的故事，再华丽的光与影都没有可看性，都不能得到广大观众的认可。电影同时又是一种产业，它的制作需要一定的经济投资，有相当大的风险，许多著名导演或制作人因为一部电影的票房惨淡而破产的例子并不少见。特别是当今个体休闲方式已呈多元化，电影投资风险有增无减。而改编文学作品，选择一部经过读者阅读检验的作品作为电影讲述故事的原本，在一定程度上能规避投资的风险。"改编是影视业的命根子"，"获奥斯卡最佳影片奖的影片有百分之八十五是改编的"。① 很少有导演改编音乐与舞蹈，因为它们不以故事见长。自编自导的天才导演，不能说没有，像奥逊·威尔斯、伍迪、艾伦·鲁道夫、约翰·卡萨维茨和昆廷·塔伦蒂诺等，②但毕竟非常有限。另外，既然是产业，经济效应与时间因素又有关联。如果直接创作，许多导演"大部分经历都耗在了日复一日的剧本讨论中"，③显然不利于产业经济的发展。

文学的影视改编，也是视觉艺术想突破自身媒介限制的所在。不同门类的艺术，都把超越自身媒介达到其他媒介所具有的表现力，作为一种较高的艺术境界与创新追求。比如，诗歌要达到如画的效果，小说要具有视觉逼真感，康拉德就以此为创作目标，他说："我试图完成的任务是用书面语言的力量使你听到、使你感觉到，尤其是使你看到……"④莱辛在《拉奥孔》中提出，绘画是空间艺术，适宜表现静态事物；诗是时间艺术，适宜

① [美]L. 西格尔：《影视艺术改编教程》，苏汶译，《世界文学》，1996(1)。

② [法]多米尼克·帕朗-阿尔捷：《电影剧本的创作》，孟斯译，北京：中国电影出版社，2006 年，第 2 页。

③ 张艺谋：《当代文学环境不繁荣 电影已成无米之炊》，《凤凰网娱乐》，2012-3-16。

④ [美]爱德华·茂莱：《电影化的想象——作家和电影》，邵牧君译，北京：中国电影出版社，1993 年，第 118 页。

表现动态事物。这里的区分不是绝对的,因为绘画可以选择最富有包蕴性的时刻来表现动态对象,诗歌则通过“化美为媚”表现静态对象。现在有了高科技的支撑,视觉艺术比以前更容易突破空间艺术的媒介限制,这也是为什么图像能够大举入侵文字领域的原因。小说中的故事及其叙事魅力,成为电影艺术表现的执着追求,比如《法国中尉的女人》“小说的奇异魅力在于它的叙事方式,在于它于两种话语(维多利亚时代的和现代的)间呈现出的意义张力。这是一个经过双重陈述的爱情故事。将这种张力转译为电影语言,实为一件令人困惑的工作”。① 尽管如此,“它吸引无数电影工作者狂喜地奔向它……”②《法国中尉的女人》改编的困难,还说明只有文学艺术与视觉艺术存在差异才有可能改编,这种差异性是电影令人着迷的原因,也是文学不可能走向没落的原因之一。

另外,如何讲故事与选择故事同等重要。故事本身和叙事技法,都是电影可看的重要内容。电影习惯用镜头讲故事,用蒙太奇组织故事,这是其与文学叙事的基本区别。而其他方面的叙事手法则是共通的。文学有着丰富的叙事经验,它是电影叙事艺术走向成熟必不可少的借鉴。特吕弗非常感慨地说:“亨利·詹姆斯和马塞尔·普鲁斯特以后的小说家都很熟悉从一个‘视角’出发叙述故事的技巧,但电影导演完全把它忽视了,就连那些频频捧得奥斯卡奖的大导演也把它遗忘了。”③可以说,不懂得视角运用的叙事,会使电影叙事魅力逊色不少。除了视角之外,文学叙事还有诸多的叙事要素与技巧,它们在电影中的适当运用,更能凸显电影的视觉优势,并在此基础上提升电影的视觉叙事。不仅仅是叙事,文学的其他艺术手法,也对电影发展起到重要影响,比如“诗电影”就吸取了文学意境塑造的某些方法。

---

① 戴锦华:《镜与世俗神话——影片精读18例》,北京:中国人民大学出版社,2004年,第90页。

② 戴锦华:《镜与世俗神话——影片精读18例》,第90页。

③ [法]弗朗索瓦·特吕弗:《眼之愉悦》,王竹雅译,南京:凤凰出版社,2010年,第114页。

（二）精神层面

有一个较普遍的现象，在看有些电影时，观众沉浸其中，但走出影院之后，却很少有令人回味与思考的东西。其中的原因是多方面的，其一就是电影的精神层面缺失。电影与文学原本是不同的艺术门类，文学是语言艺术，电影则是视觉艺术，“一部电影是否发挥了电影手段的可能性，应以它深入我们眼前世界的程度作为衡量的标准”。① 电影关注的，是对世界的观看。克拉考尔认为：“电影所攫取的是事物的表层。一部影片愈少直接接触内心生活、意识形态和心灵问题，它就愈富于电影性。”②这里，克拉考尔所说的只触及视觉理论的一个侧面。一方面，电影的视觉显现必须从事物的表层开始，而人物的内心活动等却难以通过事物的表层呈现出来。相对文学来说，电影对精神层面的表现是有欠缺的，其原因是在于电影的特性。例如“悲完全是一种在摄影机面前的现实中找不到对应物的精神经验……”③其结果，有可能如法国诗人伐莱里所说，电影容易使观众避开对人生真谛的思考。另一方面，电影表现内心生活、意识形态和心灵问题，并不都需要寻找现实中的对应物，而是可以通过隐喻、象征等手法表现出来。无论是直接寻找现实中的对应物，还是通过隐喻、象征等手法表现，都建立在一定思想的基础之上，因为“所有好电影都以深邃的思想为支撑点，而这些支撑的思想都可以用一两个词来概括：《罗拉·蒙泰斯》是一部有关过度劳累的电影，《艾莱娜和男人们》展示野心和肉欲……”④尽管这么概括思想有失妥当，但是电影没有深邃的思想作为支撑，便难以满足受众的深层需要，只能沦为娱乐至死的注脚。

那么，如何让电影从故事的感性层面上升到精神层面？这要从电影拍摄的个性问题入手。特吕弗认为：“做出的决定涉及创作的层面越多

---

① ［德］齐格弗里德·克拉考尔：《电影的本性：物质现实的复原》，邵牧君译，北京：中国电影出版社，1981 年，第 3 页。

② ［德］齐格弗里德·克拉考尔：《电影的本性：物质现实的复原》，第 5 页。

③ ［德］齐格弗里德·克拉考尔：《电影的本性：物质现实的复原》，第 5 页。

④ ［法］弗朗索瓦·特吕弗：《眼之愉悦》，第 17 页。

(从剧本创作一直到剪辑工作)，影片就越有个性。”[①]那种与个性化创作相反的工业标准化生产，很难保证作品的思想性。法国新浪潮电影，即作者电影，把电影拍摄当作文学写作，以个性风格作为创作目标。尽管新浪潮电影有诸多不足，电影创作与文学创作也不能简单类比，但这种个性化追求值得称道。个性化丧失是电影创作一个令人头痛的问题，因为机器生产代替了过去的手工书写，整齐划一的因素增多了。另外，电影创作需要“复杂的、集体的努力”，[②]导演的主导作用是联合其他演职人员来实现的。特吕弗认为：“只有影片的成功才是最重要的，而影片的成功取决于导演的个性。”[③]这里需要指出的是，影片的成功不能简单地说是导演的个性，在作品中所呈现的个性，不仅是形式的创新，而且是对制度、文化和意识形态等方面的突破。[④]

文学作品，如果没有个性风格便难以广泛持久地流传下去，它不仅直接给电影倾注思想灵魂，而且能激发演职人员对电影的深层思考。特吕弗在这方面颇有经验，不仅其本人“喜欢读书”，[⑤]还要求演员通过读书寻找演出的艺术灵感，“每当需要拍摄男人应该如何对待女人时，……就让其中一位演员读一读奥迪贝蒂的作品，让他受受熏陶”。[⑥] 演员从文学中获得的是其艺术表现方式，而它又是与思想交融在一起的。这不仅仅是一个案，雷诺阿也是一天不搞电影创作，“他就难以忍受，于是他就从写作

① [法]弗朗索瓦·特吕弗：《眼之愉悦》，第367页。

② Linda Costanzo Cahir, *Literature Into Film: Theory and Practical Approaches*. North Carolina: McFarland & Company Inc., 2006, p. 88.

③ [法]弗朗索瓦·特吕弗：《眼之愉悦》，第353页。

④ 这里要指出的是，在巴特和福柯分别写出《作者之死》和《什么是作者》之后，“后结构主义也对电影研究有影响，他们把对作者的关注焦点转向了结构、意识形态、属类、制度、文化等对文本构成作用”。(*Books in Motion: Adaptation, Intertextuality, Authorship*, edited by Mireia Aragay. New York: Rodopi B. V., 2005, p. 28.)所以，作品所呈现的个性，不仅和作者有关，而且还与制度、文化、意识形态等方面有关。

⑤ [法]弗朗索瓦·特吕弗：《眼之愉悦》，第209页。

⑥ [法]弗朗索瓦·特吕弗：《眼之愉悦》，第188页。

中寻找慰藉”。[①] 所以，演职人员进行文学阅读有利于电影思想性的塑造与艺术表达。

文学既直接为电影创作提供题材和艺术借鉴，又能给电影工作者以不可替代的思想熏陶，并为电影文本倾注感性之上的精神要素。文学的这种功能，是音乐、绘画等艺术难以比拟的。所以，在某种程度上说，文学的成功是视觉艺术繁荣发展的前提。

二、双重超越：文学转换为视觉艺术的必要路径

经常听到观众抱怨电影不像原著，尽管观众在观看电影前已经形成了相对稳定的期待视野，但文学改编为电影属于二度创作，视觉的转换必然要超越原著，有一定的独立性，“我们能够不需要依赖原著进行观赏”，[②]把改编作品与原著划等号是不可能的。实际上，文学改编成电影艺术，必须完成对文学和对视觉的双重超越，才能达到比较高的水准。

（一）超越文学

文学改编成电影，变成了另一艺术门类，首先要顾及到电影自身视觉性的特点。张艺谋说：“我认为电影导演这个职业，就是使文学作品形象化。”[③]莎士比亚专家特别指出：“莎士比亚的思维绝对是形象化的，而我的任务就是把作品中的诗意形象变成视觉形象。”[④]从中可以看出，虽然文学与电影都有形象，但两者的形象是不一样的，文学中的诗意形象要靠读者想象，电影中的视觉形象则直接呈现于视觉。文学中的故事改编到

---

① ［法］弗朗索瓦·特吕弗：《眼之愉悦》，第 203 页。

② Linda Costanzo Cahir, *Literature Into Film: Theory and Practical Approaches*. North Carolina：McFarland & Company Inc.，2006，p. 14.

③ 《张艺谋抱怨缺乏好剧本 自称是中国最勤奋导演 》，《中国网·新闻中心》，2010－10－12。

④ ［英］罗吉·曼威尔：《莎士比亚与电影》，史正译，北京：中国电影出版社，1984 年，第 80 页。

电影中，因为视觉性而被超越。改编工作要围绕视觉呈现来进行，如“从场面调度的视角出发对文学作品进行的改编”，①在视觉的基础上安排电影叙事，好莱坞动作片《夺宝奇兵》就是一个成功范例：“其情节发展的紧张度是以其造型手段来维系的：即影片的叙事构成是建筑在造型情节之上的。奇异、怪诞的空间环境与造型因素提供了情节的发展与延宕，同时制造并加强了电影化的戏剧感，或视觉效果。”②

有视觉基础的导演，拍摄电影就得心应手。著名导演希区柯克美术和设计方面的天赋，张艺谋的摄影出身，都对他们摄制电影帮助很大。但是视觉素养，并不是每个导演都具备的。“缺少视觉形象是许多导演的弱点……不善于把文学中细致有趣、形象的东西处理转化为舞台上的形象”。③ 所以，不能以文学作品的结构方式来安排电影，使电影变成文学作品的直接图解。对此，张艺谋深有感触：“有的文学作品中出现的场景，可能并不适合在影视作品中出现，影视创作的过程中就必然对文学作品有所增加或者删减。……有时候遇见一个好故事，如果在形式上不仔细配合它，搞不好这个电影就很难看。”④所以，并不是所有的文学作品都适合改编，也不是文学作品的每一个章节都能改编，改编往往需要“……牺牲抽象的形象以获得具体的形象”。⑤ 这里的视觉转换，让电影有异于原著。

在改编中，最难处理的是人物话语，“虽然银屏也和对话一样富于隐喻，因为它的画面会跳舞，会引诱，会解说；但摄影机毕竟不总像思想那样疾速飞跃”。⑥ 人物话语的节奏，远远超过电影画面的转换节奏。同时，

① ［法］弗朗索瓦·特吕弗：《眼之愉悦》，第350页。

② 戴锦华：《镜与世俗神话——影片精读18例》，第159页。

③ ［苏］格·托夫斯托诺戈夫：《论导演艺术》，杨敏译，北京：文化艺术出版社，1992年，第8页。

④ 刘阳：《张艺谋：要培养观众的热情 为电影拼出个未来》，《人民日报》，2010-9-16。

⑤ ［法］弗朗索瓦·特吕弗：《眼之愉悦》，第27页。

⑥ ［英］罗吉·曼威尔：《莎士比亚与电影》，第33页。

语言的韵味，也难以转化为图像。所以，让所有的话语都转换为电影画面是不可能的。德勒兹把电影分为“影像电影”与“声音电影”，即“看和说”“可见与可说”完全分离的电影。[①] 这种划分是不值得称许的，“可见与可说”不能完全分离，即使是默片也需要字幕的帮助。另外，“可说”的电影也是违背电影视觉本性的。不同于戏剧，“戏剧则靠演员念出来的台词的感染力”，[②]电影却不是这样。爱森斯坦担心有声片会招致大批的“非常高雅的戏剧”，“他生怕说白成为影片的主要含义的传达者，因而也就成为推进动作的主要工具”。[③]爱森斯坦的观点虽然偏激，但他对电影视觉性的坚守是值得肯定的。

电影中不能出现大量的话语，但电影又离不开话语，怎么处理话语与视觉的关系？对于有声片说来，“它们所要表达的主要内容必须要以画面为基础”。[④] 迦勃里尔·马赛尔尖锐批评电影《红与黑》用舞台化对话、用话语说出主人公思想的错误做法，“……指出了把任何一部所描绘的世界超出了摄影机的表现范围的小说改编成影片都将会造成有害的后果”。[⑤]所以，处理话语与视觉关系的关键，在于视觉要占主导地位，话语的出现不能妨碍、取代视觉表达。黑泽明“只在无法用任何其他方式来表达时”才说话，尽量把话语出现的量压到最小程度。“尽管对白能使故事更丰富更具体，电影故事的框架还是必须通过影像才能更好地得以表达”。[⑥] 在视觉占优势的前提下，电影才能达到语言与画面的统一。

---

① [法]吉尔·德勒兹：《福柯褶子》，于奇智、杨洁译，长沙：湖南文艺出版社，2001 年，第 70—72 页。

② [英]罗吉·曼威尔：《莎士比亚与电影》，第 105 页。

③ [德]齐格弗里德·克拉考尔：《电影的本性：物质现实的复原》，第 132 页。

④ [德]齐格弗里德·克拉考尔：《电影的本性：物质现实的复原》，第 131—132 页。

⑤ [德]齐格弗里德·克拉考尔：《电影的本性：物质现实的复原》，第 310 页。

⑥ [美]罗伯特·贝内德蒂：《从概念到银幕：电影与电视制作实战指南》，王琳等译，上海：上海人民出版社，2010 年，第 16—17 页。

(二) 超越视觉

电影无疑是以视觉为本体的，但过分追求视觉效果，推崇动作奇观、场景奇观等，就会让电影失去对意蕴的探寻，走向穷途末路。改变这种现状，除了强化电影叙事性之外，还要注重视觉感性对其精神层面的提升。《易传》载：“书不尽言，言不尽意。”所以“圣人立象以尽意”。据此，我们可以把文学文本分为“言—象—意”三个层次，即“语言—形象—意蕴”三层次。对于“意蕴”，黑格尔认为“意蕴总是比直接显现的形象更为深远的一种东西”，朱光潜的解释是“有所指”“含有用意”。[①] 在此基础上，顾祖钊认为：“文学的意蕴层面，是指本文中所蕴含的思想、情感等，属于文本结构的纵深层次。”[②]总的说来，意蕴是艺术文本通过艺术形象所呈现的精神世界。这里的划分可以作为分析电影的参考，视觉作品也可划分为“画面—形象—意蕴”三个层次。[③] 电影不能在视觉形象上止步不前，也要指向“意蕴”层次。“一个有经验的编剧和导演会创造机会让演员展现潜台词(subtext)，同时让摄影机捕捉其中沉默的语言和意图”。[④] 这里的“沉默的语言和意图”，即是作品的“意蕴”。

在张艺谋看来，《红高粱》的拍摄是基于对“对生活、对电影的思考”，那种“轰轰烈烈、张张扬扬”的画面，实则为“创造的一个理想的精神世界”的需要，[⑤]成功实现了“看”与“思”的双轮革命。[⑥] 所以，进入电影中的生活题材，必须要经过艺术家强烈情感的浸润，并展开丰富的想象赋予其一

① [德]黑格尔：《美学》第1卷，见《朱光潜全集》第13卷，合肥：安徽教育出版社，1990年，第23—24页。

② 顾祖钊：《文学原理新释》，北京：人民文学出版社，2002年，第116页。

③ 对此观点，笔者将有专文进行论述。其中“画面”对应是文学文本中媒介层次的“语言”；电影中的“形象”属于“视觉形象”，对应文学文本的“诗意形象”，前文已经涉及。

④ [美]罗伯特·贝内德蒂：《从概念到银幕：电影与电视制作实战指南》，第19—20页。

⑤ 张明：《与张艺谋对话》，北京：中国电影出版社，2004年，第47页。

⑥ 王一川：《从双轮革命到独轮旋转——第五代电影的内在演变及其影响》，《当代电影》，2005(3)。

定的形式，以达到表现意蕴的需要。莎士比亚可以说是这方面的高手，"过去的主题和题材被赋予了现时意义……这一切都使莎士比亚那些比较成熟的作品成为生动、锋利的文字，不但演员能够把它说得有声有色，观众也会洗耳恭听，心领神会"。① 这就使观众既能享受故事的感性美，同时又能领会其中的意蕴。莎士比亚的做法值得电影导演借鉴。否则，视觉艺术就缺少灵性，缺少灵魂。格·托夫斯托诺戈夫对斯坦尼斯拉夫斯基的做法非常推崇，他说："艺术中的主要东西就是人的精神生活的过程，这永远不会失去时代精神的。"②当然，电影所表现的精神世界，是在文学原著固有意蕴基础上的改造、提升与综合。

有些电影能震撼观众的视觉，却不能震撼观众的心灵，原因就在于电影意蕴的缺失。莎士比亚虽然不排斥"魔力和传奇，服装和音乐，暴力以至施狂（如在声名狼藉的《泰特斯·安德洛尼克斯》中所表现的）"的视觉魅力，③但他是为了表达对人的精神层面深刻揭示的需要。所以特吕弗在总结让·雷诺阿的成功经验时，意味深长地说："让·雷诺阿的一切思考和努力都围绕两点展开：'内在真实与外在真实的重要问题'以及'坚信世界是一'。"④这里的内在真实与外在真实的有机统一，也就是视觉形象与精神世界的有机统一。只有形象与精神相统一，才能构成真实的艺术世界。当然，这里的有机统一不是视觉形象与精神世界的机械对应，而是通过一定的艺术手法作为中介的对应。

总之，超越文学，经过视觉转换，以适应电影的视觉特征。在此基础上，再超越视觉，摆脱媒介的限制，创造性地实践黑格尔"美是理念的感性显现"的思想，⑤完成对原著的改编，而不是简单地回到文学原著上。

---

① ［英］罗吉·曼威尔：《莎士比亚与电影》，第7页。
② ［苏］格·托夫斯托诺戈夫：《论导演艺术》，第65页。
③ ［英］罗吉·曼威尔：《莎士比亚与电影》，第13页。
④ ［法］弗朗索瓦·特吕弗：《眼之愉悦》，第202页。
⑤ 这里注重的是理念与感性之间的辩证关系，而不是拘泥于理念的原本内涵。

三、开放与坚守：图文“战争”中的文学发展

对视觉文化引发的图文“战争”，文艺工作者要保持一种正确的心态。不必视视觉文化为洪水猛兽，视觉文化的持久繁荣，必须要有文学的可见与可思资源作为基础，而不是让文学消亡。对于文学的发展，既要保持一种开放心态，虚心接受视觉文化的到来，学习其长处，还要坚守自身的特色，只有这样才能真正在图文“战争”中有立足之地。在这种开放与坚守统一的心态下，文学要正确处理好电影艺术带来的以下几方面的发展机遇：

（一）艺术形式

电影是一门年轻的视觉艺术，为了获得自身的地位，它努力摆脱戏剧与文学的成规，开拓自身的表现方式与审美空间。虽然电影的繁荣离不开文学，但它却能凭借自身特有的东西与文学抗衡。这些特有的艺术手法与结构方式，同时也丰富了小说的艺术形式。“1922 年而后的小说史，即《尤利西斯》问世后的小说史，在很大程度上是电影化的想象在小说家头脑里发展的历史”。① 电影化的想象在小说中的运用，就是一例。另外，当代小说越来越有一种视觉倾向，大量运用电影中的“蒙太奇、平行剪辑、快速剪接、快速场景变化、声音过渡、特写、叠印”等手法，②给人以新的审美感受，突破了读者的期待视野。除此之外，小说还吸取电影剧本的结构以创新，“表现主义者同意意大利未来主义者 F. T. 马里乃蒂的看法，即认为戏剧作家为求与时代同步，应当用电影剧本的形式来结构他们的作品”。③ 当然，运用电影化的技法，目的是增强小说的表现力与艺术性，并不是单纯为了小说能够在屏幕上展现，因为“一位戏剧作家或小说作家运用了电影技巧，并不保证其话剧或小说必定比一部非电影化结构作品

① [美]爱德华·茂莱：《电影化的想象——作家和电影》，第 5 页。
② [美]爱德华·茂莱：《电影化的想象——作家和电影》，第 4 页。
③ [美]爱德华·茂莱：《电影化的想象——作家和电影》，第 17 页。

更易于在银屏上获得成功。在某些场合，电影化的话剧或小说实际上也许比一部未受电影影响的作品更不适合于改编”。[①] 所以，那种以改编为目的的文学创作，只会削弱文学的独特性与社会地位，反而容易走入歧途。视觉只是人类感觉的一个方面，它与听觉、嗅觉等感觉并存，不能无限制夸大，否则只会降低文学视觉之外的表现力。而且，文学无论怎样视觉化，也不能变成视觉艺术，它还是语言艺术，保持自身的特性必不可少，比如保持展现人物内心与对事物理性剖析等方面的优势。[②]

（二）表现内容

文学可以改编为电影，电影反过来也可以改编为文学。在电影放映之后改编的小说，不同于电影制作之前的电影剧本、原著小说，一般称为电影小说。电影小说的创作，是语言模仿或改编图像，比较出名的电影小说有《手机》等。但是这类电影小说的量甚少，究其原因，图像模仿语言是“顺势”，语言模仿图像则表现为“逆势”，语言符号比图像符号更具强势，就有可能导致语言对图像的解构与放逐。[③] 也就是说，电影改编文学是常态，而小说改编电影却是非常态。为什么是这样？倒不是文学无法描绘电影中的3D效果，各种感觉的逼真性描绘在过去的文学中并不是难题，主要是因为电影表达的视觉内容信息量比较有限，而且它的画面是具体的、当下的，不能像文学语言那样有时空的概括性，有丰富的意蕴，让读者有自由发挥想象的空间，电影艺术的再创造性相对文学来说就小多了。基于此，电影改编成文学的难度不仅很大，而且吸引力远不如把文学改编

① [美]爱德华·茨莱：《电影化的想象——作家和电影》，第23—24页。

② 文学展现人物内心世界的能力，是电影无法比拟的，虽然“电影的再现事物表象的能力是无与伦比的；然而，在需要深入人物复杂心灵时，电影就远远不如意识流小说家施展自如了”。（[美]爱德华·茂莱：《电影化的想象——作家和电影》，第140页。）理性分析也是如此，克拉考尔曾认为，有些东西不适合在电影中表现，比如“……精神的连续的这些特殊的组成元素。……概念上的推理和悲剧性的东西”。（[德]齐格弗里德·克拉考尔：《电影的本性：物质现实的复原》，第333页。）

③ 赵宪章：《语图互仿的顺势与逆势——文学与图像关系新论》，《中国社会科学》，2011(3)。

成电影。另外,由于大部分电影是文学改编,把电影再改编成文学的概率便更小。所以,虽然电影能增加一定的文学表现内容,但是文学的主要题材还是从生活实践中获取的,而不是通过其他艺术形式转换而来的。当然,电影能激发文学作者的灵感与创作的欲望,这又是另一回事。

(三) 传播与接受

许多电影都是由文学著作改编,电影的流行反过来促进了文学的传播,提升了文学原著的知名度。《红高粱》在发表之初,读者有限,但被张艺谋改编成电影播放之后,许多观众才通过电影知悉莫言的作品,影响力大增。莫言能获得诺贝尔文学奖,《红高粱》等电影的传播功不可没。即使是改编之前就有影响的作品,在电影播放之后的传播范围也会相应扩展,许多观众看了《活着》之后,被福贵在命运面前不屈精神所吸引,便会阅读余华的原著。电影《色戒》播放之后,很自然地引发了张爱玲热。这些现象,都不是偶然的个案。可以说,文学的当代传播,是多媒介的文学传播,是纸质传播、网络传播、影视传播等多种传播方式共存。[①] 其中电影传播是较为强劲的传播方式,它具有强烈的视觉冲击力与强大的传播网络,对文学作品间接传播的范围与效果,比纸质的直接传播要广泛得多、有效得多。值得注意的是,电影毕竟是二度创作,它不同于文学创作,两者之间不能划等号。但电影作品与文学原著又具有天生的亲缘性,因此电影自然成为文学著作阅读的最佳参照物。电影作品与文学原著的互文阅读是非常必要,将会成为新时代阅读的新特征。所以,电影的播放,促使了观众对文学原著有了更深入了解的欲望与阐释空间,文学批评与文学理论的建构又多了一个新的视角。

四、结语

视觉文化虽然在当代盛行,但它不可能取代文学等其他艺术类型,也

① 王泽庆:《多媒介的文学传播与互文阅读》,《内蒙古社会科学》(汉文版),2011(1)。

不可能成为所有人唯一的审美方式。图文战争只是问题的一个方面，语言艺术与视觉艺术有着各自优势与不足，它们共荣共生，互为补充，并将长期并存。

无论是电影还是文学，在互文的基础上，都要进一步发挥自己的媒介优势。视觉艺术需要文学，但不能成为文学的图像翻译，而要经过对文学与视觉的双重超越。文学借助电影的艺术手法与传播途径，增强自身的表现力，扩大传播范围，但也不能以视觉化为主要审美范式，文学不能丧失对人类理性的阐释与表现优势。保持文学的特性是文学应对图文“战争”的根本出路。另外，只有语言艺术与图像艺术保持、发扬各自的优势，才有互文的可能性与必要性。

本文写作曾接受顾祖钊教授的指导。

[《内蒙古社会科学》(汉文版)2013 年第 4 期]

方言在电影中的形式与文化意味

方言在影视艺术方面的运用，大概可以追溯到使用四川方言的电影《抓壮丁》。但中国方言电影的红火，方言与电影的亲密接触，应该是在二十世纪九十年代之后，如《秋菊打官司》《小武》和《鬼子来了》等影片中各地方言的运用，都引起了强烈反响。第五、六代导演都垂青方言电影，除了可观的经济收入之外，还有艺术方面的因素。对于方言在电影中的应用，学界褒贬不一。本文拟从形式和文化意味的角度，探讨电影中的方言。

一、 形式的创新

电影艺术发展至今，经济利益和观众需求的推动作用，是不可忽视的。但是作为一门艺术，和其他艺术形式一样，它的生命还在于创新，没有创新就不能够吸引观众的眼球。那么，如何进行创新呢？参照黑格尔的内容与形式的二分法可知，不外乎两个方面：第一是思想主题上的创新，第二是艺术形式的创新。生活是千变万化的，由此带来思想主题的创新以及表达思想主题的形式创新也是无穷无尽的。

在亚里士多德看来，事物的存在，在于质料、形式、动力、目的四种内在原因。质料是事物的潜能，形式是事物的现实；形式作为现实便是将潜在的质料转化为现实的存在。“质料不创造差异”，物种之异“不在质料，而是因为它们在定义上已成为一个对反”,[①]即在形式上的差异。所以,“事物常凭其形式取名,而不凭其物质原料取名”。[②] 由此可见形式的重要性。后来的俄国形式主义进一步将形式规定为文学之所以是文学的“文学性”,那么对电影来说,形式是它之所以是艺术的艺术性所在。

那么如何进行形式的创新呢?首先,我们要看电影的形式具体指什么?罗伯特·考克尔说:“电影的形式可以简化为两个基本要素,每一种要素都能以大量不同的方式来使用。这两个要素就是镜头和剪辑。镜头指所有连续的、没有被剪辑过的电影长度单元。”[③]在他看来,电影形式的基本要素是镜头和剪辑,这的确抓住了电影与其他艺术类型的区别。但是电影形式是一个很宽泛的概念,作为一门可以最大限度吸取其他门类长处的艺术,它的形式内容,不仅仅是镜头和剪辑。创作者无论从电影形式哪一方面突破,都能取得惊人的艺术效果和社会效应。比如电影发展初期的类型不是很丰富,但随着不懈的创新与努力,歌舞片、怪癖喜剧、恐怖电影、强盗影片和黑色影片等类型的出现,给电影艺术带来不可估量的影响。

形式的媒介在电影艺术创新中有何作用?在西方,亚里士多德将媒介作为划分诗学类型的一个基本标准。黑格尔则进一步指出:“艺术作品既然要出现在感性实在里,它就获得了为感觉而存在的定性,所以这些感觉以及艺术作品所借以对象化的而且与这些感觉相对应的物质材料或媒介的定性就必然提供各门艺术分类的标准。”[④]很显然,黑格尔区分了不同感觉引发的媒介所具有的美学可能性。除了触觉之外,黑格尔指出视觉与听觉媒介具有认识性,直接关系到艺术生产。所以,媒介的不同,艺

① [古希腊]亚里士多德:《形而上学》,吴寿彭译,北京:商务印书馆,1959 年,第 206 页。

② [古希腊]亚里士多德:《形而上学》,第 143 页。

③ [美]罗伯特·考克尔《电影的形式与文化》,郭青春译,北京:北京大学出版社,2004 年,第 43 页。

④ [德]黑格尔:《美学》第三卷下,朱光潜译,北京:商务印书馆,1997 年,第 12 页。

术体裁也不同，直接影响到艺术表现。

对电影来说，也不例外。早期电影都是默片，我们都不会忘记卓别林的《他的新职业》等影片的精彩。但是电影中，一旦加入声音的媒介，情况就发生了很大的变化。“媒介本身就是生产力”，①媒介改变了，审美和艺术也随之改变。对此，西方油画发展史可以充分证明这一点。新的媒介手段，不仅会影响到画家的表现意图，而且会产生新画法和新的艺术观念。不仅绘画如此，其他艺术门类也不例外。1926—1927年间，华纳兄弟公司成功地推出了一些加上音乐和声音效果的电影。1929年，全美的电影制片厂都采纳了有声电影的制作，戏院也很快更新了设备。同年，美国的早期有声电影在一些欧洲国家长期上映，受到观众的热烈欢迎。所以，有经验的电影工作者，总是在电影中注入听觉的趣味。电影艺术史的发展有力地证明：声音媒介的加入，使得电影的表现力和风格都发生非常大的变化；同时也启示我们：如果我们在声音媒介上多做文章，电影创作的灵感便不会枯竭的。

方言，作为一种声音媒介、一种有声语言，它与电影中其他形式的结合，必然会发生新变化。《易经·系辞上传》中说：“方以类聚，物以群分，吉凶生矣。在天成象，在地成形，变化见矣。是故刚柔相摩，八卦相荡。”这就告诉我们，创新变化在于不同事物的相互作用。所以，大部分影片都运用普通话时，有些电影却运用方言，必然会引起观众耳目一新的审美感受。再说，中国方言丰富，是电影艺术发展的宝贵资源。在中国古代戏曲中，方言不同的语音语调形成了各地方戏不同的声腔。中国戏曲的地方剧种丰富，有川剧、豫剧、滇剧和越剧等，这些剧种之别都与特定的方言分不开的。方言对电影的影响，不可轻视。在小品中，宋丹丹的一句“那是相当的……”，是那么的有韵味，对电影来说，何尝不是这样？《疯狂的石头》的广东话“顶你个肺”，与影片的传播相得益彰。

---

① 杜书瀛：《论媒介及其对审美-艺术的意义》，《文学评论》，2007(4)。

二、与视觉形象的关系

几年前，张艺谋推出了《十面埋伏》和《英雄》等大片，取得强烈的视觉效果和爆好的商业效益。但人们对张艺谋看好的，却是另一种类型的电影，包括运用了方言的《秋菊打官司》和《一个也不能少》等。为什么说张艺谋已经死了？在这里，我们试从声音与视觉形象的关系出发进行解读，从反面论证方言对电影艺术性的作用。

当今电影艺术有一个转变，就是叙事电影向奇观电影的转变："近几十年来，叙事已经瓦解了，它已被以下电影所取代，这种电影是'由彼此无关的完全不同的事件构成'，……从叙事电影向后现代奇观电影的转变可以从60年代中期以来的某些赢利最多的影片中看到……"[①]这种奇观电影，没有完整的情节，不注重主题的深刻和人物性格的鲜明，也不可能注意到方言在电影中的韵味，而是以动作奇观、身体奇观、速度奇观和场面奇观等因素吸引观众的眼球。

张艺谋没有继续方言电影的艺术路子，他的转变就是顺应叙事电影向奇观电影的转变潮流。张艺谋自豪地谈到电影中的视觉奇观："过两年以后，说你想起哪一部电影，你肯定把整个电影的故事都忘了。但是你永远记住的，可能就是几秒钟的那个画面……在漫天黄叶中，有两个红衣女子在飞舞；在水平如镜的湖面上，有两个男子在以武功交流，在水面上像鸟儿一样的，像蜻蜓一样的。"很显然，在张艺谋的眼中，只有那强烈的视觉形象，而没有考虑到方言等话语因素的作用。

但是，观众是否都认可张艺谋这一类型的电影呢？《满城尽带黄金甲》之后，许多观众对张艺谋的风格提出了质疑：

视觉得到了充分的享受。不禁想起了大跃进时期田里的麦

① 周宪：《视觉文化的转向》，北京：北京大学出版社，2008年，第244页。

子……

除了看场面、看人、看热闹外。我不知道还能从中看到什么？……

一看就知道是做作，一幅真实的画做背景而已……①

观众的批评不是没有道理的，张艺谋为了追求商业利润，注重视觉的快感和刺激，却失去了中国味的东西。从美学上讲，这种奇观电影也是与电影的艺术特征相违背的。周宪认为："电影作为视觉艺术体裁，自身就具有语音和视觉形象两个方面。电影作为一种艺术样式或艺术文本，其语言学方面不仅体现在电影本身具有对白和脚本等语音要素，而且呈现为电影叙事结构的语言学特征。"②显而易见，没有语音因素，电影靠视觉形象跳独舞是不长久的。但在奇观电影中，由于欲望和享乐主义的作祟，把视觉快感和视觉冲击力放在首要和中心位置，而忽略了方言等话语性因素的作用，导致理性原则的丧失，从而仅仅停留在视觉层面上，"固执有强迫力量的画面效果，往往只把观众的注意力扣留在景象的表面，而引起视觉的抗拒后，就难以深入到它的立意"，③即使是参加柏林电影节的《红高粱》，当时德国《晨报》也对它所表达的情感感到迷茫。后来的《英雄》受到大面积的否定，就是犯了艺术家常犯的错误——"很多艺术家都想在作品中制造纯粹符号，却不认同基本上应给这些符号一些暧昧性，一种厚度的滞留"，④堵死了观众审美参与之路。

从哲学上看，奇观电影强调视觉奇观，而忽视方言等语言形式的作用，是视觉形象长期被压抑的反叛。因为语言在表达理论、叙事和形而上学等方面的优势，西方哲学界长期一直是维护语言的霸权而排斥"形象"，

① 孔曦：《张艺谋的"视觉艺术"》，东方网 2006 年 12 月 22 日。

② 周宪：《视觉文化的转向》，第 247 页。

③ 舒可文：《张艺谋视觉逻辑的分析》，http://blog.sina.com.cn/s/blog_4c736cad010008rf.html。

④ 舒可文：《张艺谋视觉逻辑的分析》。

把语言的权力置于形象之上。[①] 视觉文化的到来，视觉形象日益受到青睐。但是奇观电影忽视方言等语言形式的作用，实际上是犯了如早期视觉文化倡导者矫枉过正的错误，为了取得视觉文化的合法性，又进一步把它与文学对立，与语言、词语、文字对立，强调图像、形式和意象的优先性。

所以，方言电影把方言与视觉形象提高到同等重要的地位，可以说不自觉地修正了早期视觉主义抬高形象以压倒语言的观点，正如米歇尔把视觉文化看成是图像与逻各斯的相遇。这也告诉我们，在电影中，视觉形象永远也取代不了语言。

三、文化认同

方言在电影中的意味是多方面的。而观众的文化认同，与方言电影的红火分不开。没有观众的文化认同，方言电影只能是行而不远。而这里的文化认同，主要包括审美认同和身份认同。

方言电影能获得观众的认同，首先是观众能在方言中寻找到自己的期待视野，找到基于自己的审美理想和接受动机在心理上形成的“既成图式”。当审美信息把接受者带到理想的艺术境界时，接受者的审美体验和审美情感也会进入高峰状态。这里的既成图式，既包括语言层面的内容，也包括形象和意蕴等方面，如方言能唤起观众曾经拥有的经历和情感体验。人物方言的运用，自然拉近了与观众之间的距离。对于方言当地的观众来说，观看用家乡话拍的片子，一股亲切感便油然而生。“特别是在城市中的‘新移民’，在陌生的城市中忙忙碌碌之后，来到电影院能够听听家乡方言，听到熟悉的乡音，好比听到家乡父老乡亲的呼唤一样感动，紧张的神经，一下子也就放松了”。[②]

当然，电影既不能与观众的期待视野大相径庭——由此产生的期待

① 蔡长虹：《从语言文字的角度看对视觉文化传播的误读》，《传媒》，2007(7)。

② 肖震宇：《方言电影靠什么“火”》，《生命时报》，2006－11－14。

指向“完全遇挫”会使欣赏活动有随时中断的可能，也不能与观众的期待视野完全一样——这样往往造成审美模式的僵化，这就需要艺术品有与接受者审美心理结构不一致的审美信息，而这些信息有赖于艺术家突破前人的陈规有所创造革新。方言电影红火之前，观众基本上都是以欣赏普通话电影为主。的确，我国地域辽阔、人口很多，推广普通话，是为了克服方言给交际带来的隔阂，是国家统一和民族团结的需要，是关系到国家独立和民族凝聚力的大事。但是，从艺术和审美角度来看，电影千篇一律地运用普通话，并不都能有效表达思想内容，促进艺术的创新。全国政协委员倪萍曾表示，影视作品中的方言运用是文艺创作、表现人物思想的重要艺术手段，影视剧中国家领袖人物，如果说普通话就会欠缺真实感，“还有现在的东北戏，如果赵本山说普通话，可能就没有那么生动、富有感染力了”。①

另外，观众长期接触普通话电影，也造成一定程度的审美疲劳。电影中方言的出现，如运用陕西方言的《秋菊打官司》，以及运用山西方言的《小武》和运用唐山方言的《鬼子来了》，是艺术创新的结果。这些创新信息虽然可以使期待暂时受阻遇挫，但却具有一种能诱使观众进入迷醉的艺术境界的魅力。特别对于方言区之外的人来说，那种审美好奇心的满足是不言而喻的。

除了审美认同之外，观众观看方言电影还会获得一种身份认同。在现代消费社会中，社会变迁的速度比过去更加神速，如马克思所预言的：“一切固定的古老的关系以及与之相适应的素被尊崇的观念和见解都被消除了，一切新形成的关系等不到固定下来就陈旧了。一切固定的东西都烟消云散了。”②人们的缺失感和危机感也与日剧增，而通过观看方言电影可以寻找到自己的家园感和身份认同，因为“语言是民族共同体最为核心的象征符号，同一种语言既把一些人凝聚为一个共同体，又把自己与

① 《倪萍：影视剧中说方言与推广普通话不矛盾》，新华网 2008 年 3 月 9 日。

② ［德］马克思，恩格斯：《共产党宣言》，见《马克思恩格斯选集》第一卷，北京：人民出版社，1972 年，第 254 页。

操其他语言的人分离开来。对每个人来说，母语乃是家园感和文化认同的根源性因素之一”。[1] 方言，是我们的根所在，古代贺知章就有《回乡偶书》“少小离家老大回，乡音无改鬓毛衰”，由此可见一斑。

方言电影中的身份认同，还与电影中所展示的生存状态紧密结合在一起。电影《寻枪》中四川方言的使用，充满原生态生活的味道，观众不难寻觅。充满了黑色幽默的现代城市电影《血战到底》，成都方言的使用，将美食、悠闲、美丽、现代成都的特点都展现了出来。北京电影学院教授杨海婴说：“为什么有的电影会用河南话、山西话，而不用普通话？我认为主要是为了表现出不同的生存状态。”[2]的确，海德格尔将语言作为哲学的核心，提出“语言是存在的家”“语言是场的庇护”，不是没有道理的。

当然，方言在电影中运用，只是艺术创新的一种方式，它还必须与思想内容等方面的要素结合起来。另外，观众的接受程度，是不可忽视的，并不是所有的方言都能入戏。方言与字幕的结合，方言与普通话的结合，都是必须的。方言电影，到底能走多远？主要看创作者的艺术创新力了。

（《福建艺术》2009 年第 1 期）

① 周宪：《全球化与文化认同》，见《中国文学与文化的认同》，北京：北京大学出版社，2008 年版，第 27 页。

② 张艺：《方言电影到底可以走多远？》，《新民晚报》，2007 - 9 - 29。

媒介共舞:奥运会开幕式文艺表演的美学解读

2008年8月8日第29届北京奥运会开幕式如期上演,取得前所未有的成功,国内外媒体好评如潮。虽然开幕式有点冗长松散的瑕疵,但并不能掩盖它的巨大成功。北京奥运会开幕式,也被认为是下届奥运会开幕式难以超越的丰碑。本文拟从媒介共舞的角度,对奥运会开幕式文艺表演进行美学解读,总结它的成功经验和可贵启示,以繁荣当今文艺建设。

一、为何媒介共舞:艺术形式的创新选择

奥运会开幕式是奥运会的一个重要组成部分,历届举办方都为开幕式而绞尽脑汁。对举办国家来说,开幕式是一种展现奥运精神和民族文化必不可少的艺术仪式。而全球的观众,则是通过对开幕式的观赏来接受奥运精神的熏陶,来了解举办国家民族文化特点。文艺表演是开幕式的重头戏,要想取得全球观众的喝彩并不是一件容易的事情。

开幕式文艺表演,如果与上一届雷同,便缺乏艺术魅力,很容易让观众产生审美疲劳。文艺表演取得成功,关键是在于艺术创新,创新是文艺表演的生命力所在。如何进行创新?参照黑格尔的内容与形式的二分法,不外乎两个方面:第一是思想主题上的创新,第二是艺术形式的创新。这一届开幕式主题的创新是有目共睹的,“同一个世界、同一个梦想”的口

号,绿色奥运、科技奥运、人文奥运的理念,都充分表现了奥林匹克文化的本质和中国文化的精髓。

对于开幕式的总导演张艺谋来说,如何通过有创意的艺术形式表现这些主题和内容,一直是他思考的问题。“奥运会开幕式的创意,……花了一两年时间用在寻找好的创意,即使是到了彩排的时刻,我们也仍然没有放弃好的创意。”这是寻求超越上几届文艺表演的关键所在。张艺谋一直感觉到肩上的担子和责任太重,压力太大。“一台节目、一部电影,要想处处都是亮点,太难了,也不可能,那是违反艺术规律的。因为有些好的创意,实现起来,挺不容易的。”为什么会这样?“这主要是奥运会开幕式承载的内容太多、太多。百年奥运、中华圆梦。中国人上百年才办一次奥运会,太不容易了。”①

过去讲“文以载道”,道重于文,但其中的“道”是有一定的历史性的,实际上能在历史上流传下来的作品,恰恰是由于形式上的创新,否则只能博得时人的喝彩。在西方亚里士多德看来,事物的存在,在于质料、形式、动力、目的四种内在原因。由于后两种原因已经包括在“形式”中了,“四因”又被简化为“质料与形式”。其中,质料是事物的潜能,形式是事物的现实;形式作为现实便是将潜在的质料转化为现实的存在。“质料不创造差异”,物种之异“不在质料,而是因为它们在定义上已成为一个对反”,②即在形式上的差异。所以,“事物常凭其形式取名,而不凭其物质原料取名”。③ 由此可见形式的重要性。贺拉斯认为,诗要写得好,除了要具备对艺术所要表现的对象和内容做出正确的判断和思考的“合理”之外,还要“合式”,要“得体”“恰到好处”。俄国形式主义更一步将形式规定为文学之所以是文学的“文学性”,那么对开幕式文艺表演来说,形式是它之所

① 汪涌:《浪漫的中国·梦想的世界——北京奥运会开幕式总导演张艺谋专访》,新华网 2008 年 8 月 9 日。

② [古希腊]亚里士多德:《形而上学》,吴寿彭译,北京:商务印书馆,1959 年,第 206 页。

③ [古希腊]亚里士多德:《形而上学》,第 143 页。

以是艺术的艺术性所在。

那么如何进行形式的创新?首先要看形式中最受艺术史重视的要素在哪?这无疑非媒介莫属。亚里士多德将媒介作为划分诗学类型的一个基本标准。黑格尔在《美学》指出:“艺术作品既然要出现在感性实在里,它就获得了为感觉而存在的定性,所以这些感觉以及艺术作品所借以对象化的而且与这些感觉相对应的物质材料或媒介的定性就必然提供各门艺术分类的标准。”[①]很显然,黑格尔是从艺术创作与艺术接受出发,进一步区分了不同感觉引发的媒介所具有的美学可能性。除了触觉之外,黑格尔指出视觉与听觉媒介具有认识性,渗透了主体性和灵魂因素,直接关系到艺术生产。所以,媒介的不同,艺术体裁也不同,直接影响到艺术表现。可以说,媒介是艺术的首要形式。

怎样通过媒介达到艺术创新?我们有必要把目光转向古代文化典籍《易经》。易经的内容就是卦象,是以卦来象征事物。《易经·系辞上传》:“方以类聚,物以群分,吉凶生矣。在天成象,在地成形,变化见矣。是故刚柔相摩,八卦相荡。”这就告诉我们,事物同类相聚,从而分成属性不同的群体,它们刚柔矛盾对立产生了吉凶。变化来自刚柔两种力量的对比转化,来自八卦所代表的事物、属性的相互作用。所以,《易经》说得很明白,如果产生变化,必须是不同事物的相互作用。孤阴不生,独阳不长。《易经》的这种重新变化思想,可以与康德的哲学思想相佐证。在康德在《纯粹理性批判》中指出,要获得新的知识,不能运用分析判断,因为分析判断是“在其中宾词与主词被设想为凭借同一性而联结在一起的判断”,宾词要表现的性质,是属于主词的一部分,只是说明主词,没有增加新知识,分析判断所以也叫说明的判断。而综合判断,是“在其中宾词与主词被设想为不凭借同一性而联结在一起的判断”,宾词不包括在主词之中,它们能构成新的知识,是故综合判断也叫扩大的判断。[②]《易经》中的创

---

① [德]黑格尔:《美学》第三卷下,朱光潜译,北京:商务印书馆,1997年,第12页。

② [德]康德:《纯粹理性批判》,蓝公武译,北京:商务印书馆,1960年,第35页。

新变化思想,也被越来越多的学者所重视。张岱年先生认为,创新就是把相互差异的诸种不同事物的要素综合起来,“兼赅众异而得其平衡”,使其达到一种新的平衡状态,达到“日新”的目的。①

所以,开幕式文艺表演的创新,在于不同形式要素之间的结合。而其中不同媒介的结合,是首要选择。不同媒介的结合,会产生新的媒介,会突破原有媒介的表现范围。对此,西方油画发展史可以充分证明这一点。新的媒介手段,不仅会影响到画家的表现意图,而且会产生新画法和新的艺术观念。不仅绘画如此,其他艺术门类也不例外。

二、如何媒介共舞:图像、文字、身体……

在名为《美丽的奥林匹克》的奥运会开幕式文艺表演中,中华民族《灿烂文明》和当今中国《辉煌时代》的展现,是离不开图像、文字、身体等媒介的结合,这里拟从以下几个方面探讨媒介共舞。

(一)语-图互文

语-图互文,主要是指图像和文字两种媒介互相渗透。首先是图像离不开文字,这场文艺表演是以视觉形象向全球直播,而这些图像离不开语言文字的画龙点睛,比如用《美丽的奥林匹克》来对文艺表演进行命名,凸显它的美妙绝伦,用《灿烂文明》和《辉煌时代》来结构上下篇,标示中华民族的传统与今天。这些文字都紧扣了开幕式的主题。205 个国家和地区的代表团参加运动员入场,除了第一个入场的希腊体育代表团和最后入场的东道主中国体育代表团,其他代表团的入场顺序是按照 205 个国家和地区代表团名字的简化汉字笔画顺序排列,这是文字引导图像的绝妙之笔!此外,运动员引导牌也与以往不同,中间国家地区的名字则是用毛

① 张岱年:《张岱年文集》第 3 卷,刘鄂培主编,北京:清华大学出版社,1995 年,第 213 页。

笔字体书写其上,尽显中国文化的韵味。

其次是文字的图像化。文字本来是为了阅读的,通过文字来领略其中的含义,古代“得意忘言”之语,不太注重文字的视觉性。而在第五篇章,文字视觉性却得到充分体现,我们欣赏到的“文字”是充分视觉化的文字。在巨幅画卷中间,立体的活字印刷板,魔幻般地出现,如水波涌动。方块汉字,凹凸起伏不断地变化。最精彩的时刻,是活字印刷板中间出现了一个中国古代的“和”字,接着又出现了第二个古体的“和”字,最后是现代字体的“和”。一个“和”字,表达了中国古代“和为贵”的人文理念,彰显出中华民族历史悠久的和谐观。在向世界观众表达我们构建和谐社会的理念的同时,也让他们领略了“和”字荏苒千年的视觉享受,每一个“和”字都是一幅魅力无穷的画。张艺谋对此也满怀信心地说:“这个节目看似机械,其实是 897 个训练有素的演员的表演,是过去我们常用的团体操的一种变异。对中文方块字的这种表现形式全世界都没有见过,很特别。实现了内容和形式创新的统一。”①在第十一篇章“梦想”中,在北京奥运会主题歌优美的旋律中,2008 张灿烂的笑脸如花朵般盛放。它们是“同一个世界、同一个梦想”的视觉表达,消除了肤色、种族、国籍和语言的界限。另外,为了进一步表现“同一个世界、同一个梦想”的主题,开幕式团队中的美术总监、英国的马克·菲舍提出选择“地球”作为表演舞台,也极富有视觉冲击力。

(二)身体媒介的参与

“媒介”最早见于《旧唐书·张行成传》的“观古今用人,必因媒介”,是指双方发生关系的人或事物。在西方,媒介“media”最初的意义也和汉语差不多。所以,麦克卢汉认为,媒介即万物,万物皆媒介。媒介无时不有,无处不在。凡是能使人或事物之间产生联系的物质,都可以称为媒介。

① 汪涌:《浪漫的中国·梦想的世界——北京奥运会开幕式总导演张艺谋专访》。

身体也不例外。对艺术来说,媒介指艺术家在艺术创作过程中用于艺术表现的物质手段,是传达审美信息的物质载体。媒介在整个艺术实践活动系统中起着相当重要的中介作用。身体,也是其中一个重要艺术媒介。如戏剧艺术的表现媒介是语言和外部形体动作,舞蹈艺术的表现媒介是外部形体动作。谷川澈三先生曾在《茶道的美学》一书中将茶道定义为:"以身体动作为媒介而演出的艺术。"虽然格林伯格认为:"每门艺术权限的特有而合适的范围,这与该艺术所特有的媒介特性相一致。"①但身体媒介的特性不是没有发展的,法国摄影家希波利特·巴耶尔曾首次以自己的身体为自拍摄影的媒介,将自己扮成一个投水自尽的死人并付诸影像。

一般来说,绘画是以画布、颜料或纸、墨、炭等为物质材料;舞蹈以人体动作为物质材料等。但在第四篇章"画卷"中,这里的绘画却利用了舞蹈的媒介,用人体做墨迹,让人眼前一亮。我们看到的是一幅跨越时空、意境优美的中国画卷。一袭黑衣的舞蹈演员来到画卷之上,用肢体做墨迹,洁白的画纸上随之出现了起伏回旋的墨色线条。中国水墨画讲求洒脱写意,以形写神,不拘泥形式而讲究神韵。舞蹈演员独特的肢体语言,让全球观众既领略了独特的东方文化,又感受到现代中国的无穷魅力。在第十篇章"自然"中,2008 名太极拳手在场中形成一个巨大的圆,用身体体现了中国文化中的重要精神旨要——天人合一,用身体形象地阐释了中国人的宇宙观和生命情调。开幕式文艺表演中,身体媒介的参与,印证了特纳所言:"身体不是一个消极被动的场所,人有各种社会信息铭刻其上,而是社会本体论的积极要素。……身体是一种感觉性—实践性的行动因子,型塑着文化,生产着文化。"②身体媒介的参与,不仅是艺术形式的创新,同时也有效地展示了中国文化。

(三)时间媒介和空间媒介的综合

在西方美学史上,《拉奥孔》是一部重要文献,它主要探讨诗歌与绘画

① [美]格林伯格:《现代主义绘画》,《世界美术》,1992(3)。

② [英]特纳:《社会理论指南》,李康译,上海:上海人民出版社,2003 年,第 586 页。

的界限。莱辛认为诗歌与绘画虽然都摹仿自然，但二者属于不同的艺术门类——时间艺术与空间艺术，它们有不同的存在方式和运动规律。诗歌属于时间艺术，受时间规律支配，体现为过去、现在、将来时间上的连续性，适宜叙述动作；绘画属空间艺术，受空间规律支配，体现为体积、位置空间的并存性，适宜刻画物体。

但奥运会开幕式的文艺表演中，绘画却综合了时间艺术和空间艺术的特点。文艺演出从一幅中国画卷开始，展现在观众面前的是一幅跨越时空、意境优美的中国画卷，表现了中国历史文化的起源和发展，它讲述着博大厚重、意韵悠远的中国故事。对此，陈丹青很是赞赏，他说："整场表演从画轴展开、变化，是有新意。"①在此，画卷不再受空间艺术的限制。影像中的画卷神奇地出现在了场地中间，这幅长达70米的巨大卷轴缓缓铺陈开来。画卷上墨迹漫卷，流淌变幻，依次呈现出檐画、陶瓷、青铜器等在中国文化起源和发展过程中极具代表性的文化符号。一袭黑衣的舞蹈演员来到画卷之上，用肢体做墨迹，观众眼前呈现的是一幅山峦交错、起伏延绵的水墨画。随后的"文字""戏曲""丝路"等篇章，都在画卷上展现。

在这里，绘画不仅表现了在空间中并列、相对静态的事物，而且涉及到诗人的领域，呈现时间上的延续性，表现前后承续的事物。为什么能这样？绘画不仅使用二维空间中的色彩和线条等空间媒介，而且采用声、光等其他的一些时间媒介。所以，莱辛认为诗歌优越于绘画，绘画则较多受到时空限制的观点，在这里也发生了改变。

三、感受媒介共舞：美轮美奂

北京奥运会开幕式面向世界播放，其观众是全球的，全球有40亿人通过电视观看，而主办国家——中国的观众只是其中的一部分。北京奥运会的开幕式文艺表演要想取得良好的效果，必须征得全球观众的认可。

① 《陈丹青点评开幕式：大就是美》，《南方周末》，2008－8－14。

这一点上,开幕式文艺表演可以说是成功的。法国国家电视台评论员在解说时惊呼:“这是最美的奥运会开幕式!”①国际奥委会主席罗格也盛赞:“这是一场难以忘怀和令人感动的开幕式,是对北京奥运会想象力、创造力和活力的赞美。”《科威特时报》记者贾维德甚至说:“无法用语言来形容,真是美轮美奂。”②正因为开幕式文艺表演取得了巨大成功,所以和《中国青年报》驻日记者一起观看开幕式直播的邻居内村松子很肯定地说:“这给下届奥运会开幕式出了难题,要想超越将非常困难。”③

为什么开幕式文艺表演能获得世界的认同?首先是世界观众能在文艺表演中寻找到自己的期待视野,找到基于自己的审美理想和接受动机在心理上形成的“既成图式”。当审美信息把接受者带到理想的艺术境界时,接受者的审美体验和审美情感也会进入高峰状态,以至于出现艺术迷醉的心理现象,才使得印度驻荷兰大使萨巴瓦尔感叹“美得令人窒息”。这里的“既成图式”,在视觉文化无处不在的今天,首先是指文艺表演的视觉冲击力,比如 BBC 一位记者则对开幕式上画面所表现出的“视觉冲击力”特别在意。他表示,作为电视媒体,画面的冲击力是最重要的。北京奥运会的开幕式给了他很多惊喜:“无论是刚开始的飞天,还是后来的活字印刷术展示都让我感受到强烈的‘视觉冲击’。”④这种视觉冲击力,离不开图像、文字、身体媒介的参与,离不开时间媒介和空间媒介的综合。对此,张艺谋不无骄傲地说:“我们这届开幕式,总的品质让人感觉到很现代、很时尚。即使传递的是古代的信息,我们也采用了现代的手法,通过完美的视听语言来展示。如开局晶莹剔透的画轴,给人梦幻般的感觉。从多媒体短片切进中国古代的文房四宝,开头的这一组镜头奠定了整台

---

① 《外媒赞叹北京奥运:这是最美的奥运会开幕式!》,中国新闻网 2008 年 8 月 9 日。

② 《世界看奥运:奥运开幕式·精彩语录》,新华网 2008 年 8 月 10 日。

③ 《北京奥运开幕式成中国大广告　受外媒好评惊艳世界》,《中国青年报》,2008-8-13。

④ 《著名媒体普遍高度评价:开幕式让世界停转》,http://www.cn99.com/cgi-bin/getmsg/body? listname=heaven&id=756。

节目的风格……古为今用、洋为中用。我们将自己最值得骄傲的灿烂文化,用最现代的视听手段包装。”[①]除这些之外,还有我们开幕式的主题获得了全球的认同,由刘欢和莎拉·布莱曼共同演绎的本届奥运会主题歌《我和你》特别打动人心,展示了和谐的精神。

当然,文艺表演既不能与观众的期待视野大相径庭,也不能与全球观众的期待视野完全一样而往往造成审美模式的僵化,这就需要艺术品有与接受者审美心理结构不一致的审美信息,而这些信息有赖于艺术家突破前人的陈规有所创造革新。创新信息虽然可以使期待暂时受阻遇挫,但却具有一种能诱使全球观众进入迷醉的艺术境界的魅力。在这届开幕式的文艺表演中,通过媒介共舞所表现的中国故事、中国意境、中国美学、中国元素,不断地打破观众的期待习惯,以出其不意的形象,激发观众的想象力,去发现新的美好境界,调整期待视野,以顺应新的审美境界,从而获得一份更高的审美享受。马来西亚《南洋商报》的评论表示:“在 40 亿世人收看下,于后奥运期,预料会有更多人掀起追索古东方文明奥秘,了解中国的热潮,使中华文化艺术、典籍哲理、医药养生、官经兵法,以及武术和汉字等经世不朽之软实力,进一步在全球扩大其影响力。”[②]韩联社的报道说:“中国著名导演张艺谋在实现中国人百年梦想的北京奥运会开幕式上,让神话成为现实,为全世界 65 亿人口完美呈现了‘满汉全席’——单凭观赏就能饱尝艺术之美的杰作。始终围绕着天人合一的主题,色彩的海洋与人融为一体,精彩的表演令人目不暇接。”[③]这里的中华文化艺术、典籍哲理、医药养生等方面与西方的差异,实际上构成了全球

① 汪涌:《浪漫的中国·梦想的世界——北京奥运会开幕式总导演张艺谋专访》。

② 《部分国外媒体这样评论北京奥运开幕式》,http://szbbs.sznews.com/viewthread.php?tid=392994。

③ 《外媒赞叹北京奥运开幕式:中华艺术的“满汉全席”》,中国新闻网 2008 年 8 月 9 日。

观众认同的核心。从社会学角度分析，认同离不开差异。[①]

文艺表演获得全球观众的认同，从艺术作品本身的角度分析，在于它的民族性与世界性的结合，用世界语言讲述中国故事，表现奥运精神和中华文化的精髓。文艺表演的民族性与世界性的结合，对建立世界艺术有着重要启示。马克思和恩格斯曾在《共产党宣言》中描述道："资产阶级，由于开拓了世界市场，使一切国家的生产和消费都成为世界性的了……过去那种地方的和民族的闭关自守和自给自足状态，被各民族的各方面的互相往来和各方面的互相依赖所代替了。物质的生产是如此，精神的生产也是如此。各民族的精神产品成了公共的财产。民族的片面性和局限性日益成为不可能，于是由许多种民族的和地方的文学形成了一种世界的文学。"[②]当然，马、恩这里说的"世界的文学"的思想，实际也适宜对"世界的艺术"的论述。文艺表演的成功表明，尽管将来各民族艺术相互渗透相互融合，世界艺术的整体性会日益突出，但"世界的艺术"不是消泯自己个性的统一化艺术模式，它是富有鲜明特色的民族性和各民族共同重视的世界性的结合。沿着这条文艺道路行走，人类艺术的发展永远也不会出现黑格尔所说的"终结"。

（《大舞台》2009 年第 2 期）

---

① 周宪：《全球化与文化认同》，见《中国文学与文化的认同》，北京：北京大学出版社，2008 年，第 20 页。

② ［德］马克思，恩格斯：《共产党宣言》，见《马克思恩格斯选集》第 1 卷，北京：人民出版社，1995 年，第 276 页。

论戏曲审美空间的开拓

从元明直至二十世纪八十年代，中国戏曲曾经有一段辉煌时期，涌现出大量剧种及一大批著名的艺术家，优秀之作层出不穷。诸多戏曲经典，至今仍是许多人不断回味的对象。但任何艺术都不是一成不变的，戏曲在当代社会无疑要获得新的发展，在影视艺术的冲击下，开拓新的生存空间迫在眉睫，其中审美空间尤为重要。通过程式的再创新、视觉审美空间的挖掘以及戏曲叙事性的加强等，戏曲必将给人耳目一新的审美感受，焕发出新的生命力。

一、 程式的再创新

程式化是戏曲的重要艺术特征，它是艺术家在现实生活的基础上，进行艺术加工的一种写意规范形式。程式，是几代艺人的心血结晶，更与艺术大师的创新分不开，体现了艺术家的天才和独创，同时给戏曲艺术界提供规范，正如康德所言："天才就是给艺术提供规则的才能(察赋)。……天才就是天生的内心素质，通过它自然给艺术提供规则。"[①]这种独创的东西，其新奇性自然会引起观众的审美愉悦。戏曲表演既不能与观众的期待视野大相径庭，从而产生期待指向的"完全遇挫"导致欣赏活动有随

① [德]康德:《判断力批判》，邓晓芒译，北京：人民出版社，2002年，第151页。

时中断的可能,也不能与观众的期待视野完全一样,从而造成审美模式的僵化,因此需要艺术品有与接受者审美心理结构不一致的审美信息,而这些信息是有赖于艺术家突破前人的陈规有所创造革新的。程式中的创新信息,虽然可以使期待暂时受阻遇挫,但却具有一种能诱使观众进入迷醉的艺术境界的魅力。

一般来说,程式引起观众的审美愉悦,其一,是戏曲的思想内容。通过程式,通过对唱、念、做、打的欣赏,借助视听觉引起的想象,观众可以观照自己、认识自己和思考自己,感受生活美,领略艺术家倾注其中的理想美。其二是程式本身的形式美。程式除了传达思想内容外,作为艺术形式本身,又有一种独特的形式视觉美。庄子有言:"荃者所以在鱼,得鱼而忘荃;言者所以在意,得意而忘言。"它深深地影响了中国传统美学,在"得意"之后,便忽略语言等要素的形式美。京剧等戏曲对程式形式美的推崇,是对传统美学理论的一个突破。它充分调动了人的视、听等各种感官功能,通过增加知觉上的刺激程度而让观众获得较强的审美感受。可以说,程式在某种程度上脱离了剧情和现实生活的限制,从而形成一种包含技术含量的审美形式。这种美,离不开艺术大师的形式创新。

但程式一旦得到观众和戏曲界的认可,被演员沿袭使用,就会逐渐走向审美的反面。诚然,程式是演员从小就必须严格训练的基本功,同时也是对前辈学习的一个范本,对戏曲发展的继承性功不可没。但是,把程式作为戏曲表演中一个规范的艺术形式,加以照搬,便与艺术背道而驰。一般说来,形式与内容是有机统一的,让同一程式表现不同语境中的内容,本身就是欠妥的。在表演中,程式甚至有可能脱离内容,成为演员显示其功力的杂耍。

即使是表演同一场戏,程式的韵味也是不可传授的,难以原汁原味地传达给其他演员。在《庄子》中,轮扁曾如此解释自己的绝技不能传授:"得之于手而应于心,口不能言,有数存乎其间。臣不能以喻臣之子,臣之子亦不能受之于臣,是以行年七十而老斫轮。"斫轮如此,戏曲程式的韵味何尝不是这样!明代张岱在《陶庵梦忆》曾说:"余尝见一出好戏,恨不得法锦包裹，传之不朽。尝比之天上一夜好月，与得火候一杯好茶，可供一刻受用，其珍惜之不尽也。桓子野见山水佳处，辄呼‘奈何奈何’，真无可奈何者，口说不出。”可见，艺术的妙处是只可意会不可言传。同时，独创性是一种不可重复的发明。康德认为：“天才与模仿的精神是完全对立的。”[①]另外，程式一旦成为一成不变的规则，就不能再引起审美愉悦。各门艺术发展到一定程度，都有自己的规则，如律诗有严格的平仄和押韵要求，戏曲有自己的程式。这些规则的形成，离不开艺术发展本身的积累，更是艺术发展创新的结果。但是这些这些规则一旦成为一成不变的规则，既对艺术发展有指导意义，又成为以后艺术创新的障碍。

有人认为，程式有严格的规则，定型与规范是一方面，而可塑性、灵活性则是另一方面。“程式的规范性是一种相对的存在，它同程式的可塑性是共生互补的，是同一事物的两面。……既是相对稳定的，又是可以变化的；……从规范性和可塑性的对立统一中把握程式，同中求异，从规范中求变化，是戏曲演员创造舞台形象、发展表演程式的基本经验。”[②]同一程式，因表现内容不同或因表演者不同，还是存在差别的。实际上，传统戏曲所推崇的程式，也就是托马斯·库恩所说的范式。在库恩看来，范式就是一种公认的模型或模式。对于传统戏曲家来说，程式是戏曲界所共同接受的一组假说、理论、准则和方法的总和，它们在心理上形成戏曲界的共同信念，在一定程度内具有公认性，为戏曲界提供了可模仿的成功先例。程式的灵活性和可塑性，并没有导致程式的突破。在库恩看来，只有用新的范式取代旧的范式，才能实现一定的突破。叶秀山也曾指出：“京剧许多表演程式，许多流派的唱腔、唱法，本来已经到了凝固、僵化的地步，只有经过革命的洗礼，它们才能从不同的方面、在不同程度上表现它们的生命力。”[③]

---

① [德]康德：《判断力批判》，第 151、163 页。

② 黄克保：《戏曲表演程式》，《中华戏曲》，1988(1)。

③ 叶秀山：《古中国的歌——叶秀山论京剧》，北京：中国人民大学出版社，2009 年，第 365—366 页。

所以,只有突破原有的程式,紧跟时代创造新的范式,而不是彻底废除程式。经过一定时期的观众欣赏,程式必然被观众新的审美要求所取代,因为新的生活、新的思想需要反映时代的新范式。可见,程式既是审美创新的结果,同时又要被审美创新所突破。戏曲的形式美在于"程式化与反程式化的多样的辩证统一"。① 只有进行程式的再创新,才能实现程式与反程式的辩证统一。

二、视觉审美空间的挖掘

在戏曲中,听是很重要的一个方面,戏剧圈里至今还流传着:"唱戏的是疯子,听戏的是傻子。"京剧大师梅兰芳曾回忆说:"那时观众上戏馆,都称听戏,如果说是看戏,就会有人讥笑他是外行了。"②在叶秀山看来,拘泥于"看戏"或是"听戏"都是不全面的,因为"'听戏'者不能不'看','看戏'者不能不'听'",两者是相辅相成的。两者的区分有一定的历史原因,"听戏"是因为早期剧场的条件与观众的素养所致,而"看戏"则是近代受西方舞台等文化影响才提出的。③

具体来说,中国的戏曲,是听什么呢?是听它的唱词和念白,特别是唱词。从戏曲起源上看,戏曲是礼乐文化的一个重要组成部分。另外,它还与俗乐文化的兴盛密不可分,因为说唱、歌舞、杂技等俗乐文化是相互融合的。法国伏尔泰曾改译《赵氏孤儿》,只留宾白而不取唱词,是没有把握中国戏曲的特征。

这种听的特征,同时又需要一定的视觉外形辅助,"听戏"者不能不"看"。王国维先生认为,中国戏曲是"合歌舞以演故事也"(《戏曲考原》),其中说唱的听与舞蹈的看是相互统一的。演员的手、眼、身、步等程式,以及髯口、翎子、甩发、水袖等技法,还有传统的武术,都是与舞蹈结合在一

① 龚和德:《关注戏曲的现代建设》,《福建艺术》,2005(2)。
② 梅兰芳:《移步不换形》,天津:百花文艺出版社,2008年,第14页。
③ 叶秀山:《古中国的歌——叶秀山论京剧》,第136页。

起的。另外,戏曲的表演,又是在视觉的剧场中进行的,如勾栏瓦肆和歌台庙会等。

但是传统戏曲剧场的构成,从来都不注重对实物的模拟,只以布景或屏风、桌椅等简要实物象征性地代替全部,舞台美术“比较贫乏”,①要么“借词曲以咏之”,②要么配合演唱以动作来表示,所以“唱一段慢板五更天,走一个圆场百十里”,是常有的事。

不同于西方的三一律,中国传统戏曲一般运用虚拟的手法反映生活,从而淡化了时间与空间的物理性质,也就淡化了观众的视觉感受,所谓“三五步行遍天下,六七人百万雄兵”。这里原因是多方面的:其一,中国传统艺术讲求虚实结合、传神写照,戏曲的视觉淡化便是追求神似、写意的结果;其二,是传统舞台空间限制的结果;其三,是为了辅助舞蹈的需要而舍弃了具体的实物;③其四,重视人物造型而轻视环境塑造。

虽然戏曲是唱、说、舞等方面的综合,但从实际情形来看,唱与说的听觉审美比重,远远超过了其视觉审美。中国戏曲对听的倾斜,削弱了戏曲视觉的审美。汪曾祺曾说:“决定一个剧种的特点的,首要的是它的唱。”④施旭升也认为:“戏曲剧场的整体风貌即便是遍及全国数以百计的各地方戏都大体一致,戏曲剧种的区别只在于声腔和流传地域的不同而没有根本的审美原则的差异。”⑤可见,听在传统戏曲中是多么重要。

但社会生活发生了巨大变化,戏曲表现的内容越来越丰富了。旧京剧中,“视觉造型往往更接近雕塑,背景是虚的”,“这种处理方法,在反映比较简单的古代生活、古代人物时,可以经常运用”,但反映丰富复杂的现

① 张庚:《戏曲艺术论》,北京:中国戏剧出版社,1980年,第142页。

② 杨恩寿:《词余丛话》,见陈衍:《中国古代编剧理论初探》,武汉:湖北人民出版社,1984年,第179页。

③ 张庚:《戏曲艺术论》,北京:中国戏剧出版社,1980年,第142页。

④ 汪曾祺:《汪曾祺说戏》,段春娟编,济南:山东画报出版社,2006年,第150页。

⑤ 施旭升:《论中国戏曲的乐本体——兼评“剧诗”说》,《戏剧艺术》,1997(3)。

代生活时不免捉襟见肘。[①] 所以,注重戏曲中的视觉美,根本原因还是时代不同了。

另外,当代社会一个显著的特征,就是图像无处不在。视觉文化竭力脱离理性主义形态,向感性主义形态迈进,从以语言为中心向以形象、影像为中心转变。随着电子媒体和数字媒介的兴盛,图像逐渐"成为主导社会生活的现存模式",[②]形成了所谓的"景象社会"。"当代传媒相互竞争愈演愈烈,这种竞争在相当程度上就是视觉性或视觉资源的竞争"。[③] 艺术突出了自身的影像性质,便淡化甚至弱化话语因素或声音因素,强化视觉效果的冲击力,形成了图像对声音的"暴政"。

虽然视觉文化形成对语言的暴政是不可取的,但视觉文化由于自身的可视性和表演性,吸引着越来越多的观众。在汪曾祺看来,拯救戏曲危机有两种方法,其一是民间文化,其二是外来文化。[④] 所以,我们不能忽视外来的视觉文化在当今时代的位置与意义,不能忽略主流媒介——电视和电影等的视觉要求。为此,有必要将一些场景和道具适当地实景化,或者"发掘景物的抒情性质,与戏曲化的表演相适应","用景物的抒情因素,把歌舞化的表演和实景融合、统一起来",[⑤]用"虚实结合"取代"以虚代实"。也可以把戏曲直接融入到影视当中,如张艺谋《活着》当中的皮影戏,就给观众留下了深刻印象。

尽管这些尝试还不成熟,许多方式不能一概而论,但在时代变迁与视觉文化的影响下,戏曲的发展必须挖掘其中的视觉魅力和视觉空间,才能吸引更多的观众。况且,戏曲中的视觉空间并未得到充分的开发。戏曲并不都是唱,马连良就主张不要多唱,他说:"不该唱而唱,比该唱而不唱,

---

① 叶秀山:《古中国的歌——叶秀山论京剧》,第 354 页。

② [法]居伊·德波:《景象的社会》,见《文化研究》第 3 辑,天津:天津社会科学院出版社,2002 年,第 63 页。

③ 周宪:《传媒文化:做什么与怎么做》,《学术月刊》,2010(3)。

④ 汪曾祺:《汪曾祺说戏》,第 184 页。

⑤ 陈俊:《戏曲与电视联姻前景广阔》,《电视研究》,2000(8)。

还要叫人难受。”[①]同时，我们也要改变一些观念，比如对环境美的轻视，对传统舞台的拘泥，把写实与神韵对立起来。当然，对视觉魅力和视觉空间的挖掘，并不表明用“看”来代替“听”，而是将“看”与“听”有机统一。

三、戏曲叙事性的加强

张庚曾认为“中国的戏曲是诗人写出来的诗”，是“舞台演出的诗”。[②]传统戏曲中，随处可见优美而富于表现力的唱词。所以，王国维在《宋元戏曲考》评元杂剧时说道：“写情则沁人心脾，写景则在人耳目，述事则如出其口，……一言以蔽之，曰：有意境而已矣。”在诗歌、音乐、舞蹈和说唱等众多要素中，诗主导和统帅了戏曲艺术的独特形态，[③]诗的艺术境界——意境也是戏曲所追求的。这与戏曲对听的倾斜是一致的，因为“表演中是歌，写在文本中则是诗”。[④]

戏曲不同于西方传统的话剧，话剧是依靠制造逼真的生活环境来再现生活的原形，重视再现与写实，而戏曲注重对生活的高度提炼与概括，重视神韵与意境。常言道“生书熟戏”，同一场戏，演了多少代，观众听了无数遍，还是百听不厌。有人说传统戏曲重视教化功能，但观众对戏曲的思想内容大多是非常熟悉的，他们每次听戏并不是为了接受戏曲的教化，而是欣赏它的唱腔，[⑤]接受其中诗乐合一的审美熏陶。

有人认为，戏曲不景气的一个重要原因是“戏曲自身的改革跟不上时代的步伐，因而脱离现实生活，脱离青年观众，缺乏时代精神”，[⑥]这是很

---

① 汪曾祺：《汪曾祺说戏》，第112页。

② 朱颖辉：《张庚的“剧诗”说》，《文艺研究》，1984(1)。

③ 谭帆，陆炜：《中国古典戏剧理论史》，上海：华东师范大学出版社，2005年，第19页。

④ 周宁：《比较戏剧学》，上海：上海社会科学院出版社，1993年，第5页。

⑤ 比如京剧，它最吸引人的地方在于唱腔。[王元化：《中国京剧之我见》，《戏剧艺术》，1992(4)。]

⑥ 林辰夫：《发展电视戏曲艺术的几个问题》，《现代传播》，1988(1)。

有道理的。在历史上，明代的杂剧，还有昆曲，衰落的重要原因之一都是脱离生活、脱离群众，其警示不能不铭记。应该说当代不是一个充满诗意的社会，黑格尔早就在《美学》里面提出来“从史诗时代到散文时代”的著名命题，他认为：“需要与工作及兴趣与满足之间的宽广关系已完全发展了，每个人都失去了他的独立自主性而对其他任务发生无数的依存关系。他自己所需要的东西或完全不是他自己工作的产品，或是只有极小一部分是他自己的产品。还不仅如此，他的每种活动并不是活的，不是各人有各人的方式，而是日渐采取按照一般常规的机械方式。”①

散文的时代取代了诗歌的时代，预示着社会的性质从古典转入到现代。在诗歌时代，个人还拥有一定的独立自由；而在散文时代，社会依赖性日益增强，个人便丧失独立自由的主体性。戏曲是“长于‘直取心肝’地表达人们的情感和内心状态”②，是“游”的艺术，在戏曲的审美接受中，观众要具有“心斋”“坐忘”的审美状态，“乘物以游心”的审美胸怀，③需要一种相对缓慢相对松弛的心境，细细咀嚼戏曲咬字、行腔和用气的韵味。在高度紧张的现代生活中，人们很难沉浸在浅吟低唱中。同时，多元式的审美欣赏，产生了更多的审美诱惑，让大众有了更多的审美冲动和审美选择。

比如，新的审美范式——速度奇观就吸引着年轻人的眼球。现代都市生活的快节奏、高速度改变了人们的时间概念，视觉文化开始占主流。传播技术的进步为人们提供了快速观看的客观条件。魏瑞里奥发现，在卫星电视普及的时代，图像的同时性传播（实况转播），远比文字传输更加便捷和具吸引力。电视的霸权地位乃是速度的胜利，是实时对延时的胜利。④ 技术的进步，使得画面可以在一种高速度的节奏中加以表现，“快

---

① 朱光潜：《西方美学史》（下卷），北京：人民文学出版社，1979 年，第 502—503 页。

② 陈多：《戏曲美学》，成都：四川人民出版社，2001 年，第 71 页。

③ 蒋锡武：《京剧精神》，武汉：湖北教育出版社，1997 年，第 13—45 页。

④ James der Derian（ed.），*The Virilio Reader*，Oxford：Blackwell，1998，p. 16.

看”与“看快”成为艺术欣赏的趋势之一。

在这种情形下，我们应该在戏曲本身的叙事性上做文章。王国维认为，戏曲“合歌舞白以演一事”，戏曲的叙事性与抒情性，如同戏曲的视觉审美与听觉审美，都不可忽视。许多戏曲，整体上看叙事性很强，但是具体到每一折中却并不尽然，有的甚至完全是抒情。当然，散文时代并不是不需要戏曲的诗意表达，只是把握现代生活和戏曲诗意表达之间的度，而不是无限地拔高或贬低。所以，加强戏曲每一折中的叙事性，通过叙事性带动抒情性，适当加快其中的叙事节奏，既不违背戏曲的规律，又能兼顾年轻观众的审美习惯，何乐而不为！

梅兰芳、程砚秋和周信芳等大师曾用戏曲的形式反映现代社会的新生活、新思想，或“淘汰而改正”中国古典戏剧的取材，选择“西国近今可惊、可愕、可歌、可泣”的重大历史事件，“一一详其历史，摹其神情，务使须眉活现，千载如生”。[①] 我们要秉承这种思路，扩大戏曲的表现力与影响力，重新考虑戏曲抒情性与叙事性的关系，加强戏曲的叙事性。戏曲的复兴，不是没有希望。

（《贵州社会科学》2012 年第 2 期）

① 箸夫：《论开智普及之法首以改良戏本为先》，见朱德发：《中国五四文学史》，济南：山东文艺出版社，1986 年，第 587 页。

技术复制时代的图像诠释学

视觉文化的到来，跟技术复制时代（或称之为机械复制时代）的产生有很大关系，因为技术复制使得图像艺术的创作和接受发生了巨大的变化。时至今日，我们仍处在技术复制时代。尽管复制技术在不断变化，如出现数字复制技术，但还应属于技术复制时代的范畴。在唐代张彦远看来，绘画是与"衣冠贵胄""逸士高人"紧密联系在一起，"非闾阎鄙贱之所能为也"，属于精英艺术的范畴。大众对绘画艺术的接受，需要通过精英的指导和帮助。总的说来，古代绘画鉴赏与创作属于一个问题的两个层面，不会绘画的人不知画，是很难诠释绘画的。而摄影和电影却走入了寻常百姓家，属于大众艺术的范畴，创作和诠释的难度远低于绘画。视觉文化时代的图像艺术难以摆脱语言媒介的渗入，但相对来说，除了早期的无声电影，源自摄影的电影受语言的渗入更多些。可以说，摄影是复制技术时代的图像艺术代表。在本雅明看来，技术复制时代的艺术作品，其展览价值取代了膜拜价值。在这种情况下，图像的意义是否是无遮蔽地呈现，是否是眼见为实？如何通过瞬间性的图像去揭示事物的存在？作者的语言在图像诠释中占有什么位置？要解决这些问题，就需要大众参与的图像诠释学的出场。在伽达默尔看来，美学是诠释学的一个部分，诠释学可以正确对待艺术经验。技术复制时代的图像诠释学，是诠释学普遍性的一种体现，属于本体论诠释学的实践运用范围。①

一、图像的“厚度”与解蔽

摄影艺术，不仅要追求艺术美，而且还要展现拍摄对象的纪实性，这是其与绘画的最大不同点之一。对此，可以追溯到十九世纪七十年代利兰·斯坦福一次与别人的打赌，他认为马在全速奔跑的时候是四蹄离地的。马在全速奔跑的时候，人的肉眼是很难看清四蹄的运动轨迹，所以斯坦福便请来摄影师迈布里奇。迈布里奇运用了几年时间，在极其简陋的条件下创造性地拍下了马的奔跑过程，证明了斯坦福的判断是正确的。绘画作品中的奔马，前两蹄和后两蹄向相反方向张开离地，而摄影师拍摄到的真实情况是奔马离地时是四蹄向中间并拢。画家遵循的是美的原则，无论是此前的法国席里柯，还是此后的中国徐悲鸿，而摄影在遵循美的原则同时，还要遵循真的原则，真实展示拍摄对象的存在。伽达默尔曾论述镜中之像，认为镜中图像与所表现物有本体上的不可分离性。② 而对于摄影来说，镜中图像要依赖现实中的所表现物，在视觉上要与所表现物看起来是一致的，并留存下来，便于受众在所表现之物不在场时观看。

从根本上说，视觉文化主要是最大限度地满足人们对看的需求。欣赏中国古代文人画，涉及到看的，主要有两方面内容，一是画中之物，如人物、山水、花鸟等；二是绘画的技法，如用笔、用墨等艺术形式。但是绘画的看，在占主流地位的文人画中并非是最重要的，它只是绘画诠释中的一个中间环节，即通过看超越到精神层面，如体验其中的气韵生动。张彦远认为，要区别俗人，“能移其形似而尚其骨气，以形似之外求其画”，还有苏轼提出的“论画以形似，见与儿童邻”，这些都是这种观点的反映。绘画尽管展示了一定的客观世界，但只是为表现人的精神世界服务的。可以说，

① 洪汉鼎：《诠释学与中国》，《文史哲》，2003(1)。

② [德]伽达默尔：《诠释学Ⅰ、Ⅱ：真理与方法》(第一卷)，洪汉鼎译，北京：商务印书馆，2010年，第205页。

古代文人画并没有满足人们对看的需求。曹植有言:“观画者,见三皇五帝,莫不仰戴;见三季异主,莫不悲惋;见篡臣贼嗣,莫不切具……是知存乎鉴戒者,图画也。”其重点是落在接受者的道德提升上,而不是落在他们的认识层面上。观看这些画作,我们无法知道、也不在意过去三皇五帝的真实相貌。流传下来的唐太宗等帝王画像,与实际的相貌相差多远,谁也不知道。画家画帝王像,一般要极力表现其威严和至尊地位,不可能像“无偏见的照相机”所拍下画面那样真实。徐悲鸿的马,也未必就是现实世界的马。虽然陆机说“宣物莫大于言,存形莫善于画”,但是存形的程度是比不上摄影的,特别是在文人画中。所以,绘画只是实现对它所表现之物的“指示功能”,[1]接受者是通过绘画进入到艺术事件中。

西方中世纪以来,画家注重透视原则,强调绘画的认知功能,有的还偷偷地对人体进行解剖,但绘画中的世界,未必就是原初真实的样子。通过画家的画像,接受者是看不出神圣罗马帝国皇帝查理五世的下巴突出的缺陷。[2] 还因为肉眼的功能限制等因素,前文提及绘画中的奔马,就与现实中不一致。立体主义者不满绘画的二维呈现,将事物的不同侧面并置于同一个画面之中,如乔治·布拉克试图将每件事物都还原成为立方体,但是立体主义绘画所表现的物还是带有强烈主观色彩。画家的主观意识,是作品的一个重要组成部分。图像艺术之所以称之为艺术,必然是心灵化的产物。这就产生了矛盾:客观存在物有自身规律和本来面目,而作者却有主观意图和动机。两者不能等同,所以立体主义的绘画未必比二维绘画更接近描绘事物存在的本身。而摄影和电影等艺术,利用了“规范之眼”——凸镜,[3]突破了人眼的限度,其展现对象,在某种程度上排除了人的主观情感渗入和干扰,在不断接近事物的本来面目。有了技术复制,我们看到了平时肉眼看不到的东西。在绘画中,画家是有选择性地画

---

① [德]伽达默尔:《诠释学Ⅰ、Ⅱ:真理与方法》(第一卷),第224页。

② [英]伯克:《图像证史》,杨豫译,北京:北京大学出版社,2008年,第26页。

③ [加]维斯:《光和时间的神话:先锋电影视觉美学》,胡继华等译,成都:四川人民出版社,2006年,第109—110页。

出事物的属性，而在摄影中，事物的各种属性似乎不受摄影师的控制纷纷“涌入”到镜头之中，正如韩丛耀所说：“摄影的空间是无意识的布局、无意识的编织，完全服从于自然、生活的既定性，而画作的空间则是一种有意识的布局、有意识的编织。”[①]而事物的属性越丰富，就越能揭示它们的存在。从这个角度看，摄影应比绘画更接近事物存在。这种突破人的主体性主导地位，让“物性”充分展现的做法，对当代艺术有着重要影响。[②]

特别是全息摄影技术的出现，图像携带的信息达到前所未有的程度。当全息摄影图片被摄影时同样的光照射时，被摄物体反射波的振幅和位相等信息能够全部显现，我们看到和拍摄物体完全相同的三维立体图像。因有全息摄影技术，摄影作品更加接近事物的存在本身，但是它毕竟是静态的。电影比摄影更进一步，它能展现运动中的物体。按照尚杰的说法，电影图像比摄影更加有“厚度”，能较好展示事物的立体感和运动轨迹。从整体上看，技术复制时代的图像媒介厚度的重要性，远远超过了语言文字。同一个所指，在不同语言中的发音不同，书写形状也不同，但“形状与声调的这些厚度因素，在语言理解过程中没有地位”。[③] 所谓的厚度，就是媒介携带的信息量。相对于语言文字，摄影和电影等图像的厚度增加，与揭示事物存在的程度成正比。

技术复制时代的图像，只能说是接近事物存在的本身，不可能等同于这个事物。随着复制技术的不断发展，图像艺术能无限地接近事物存在本身，但无论如何也摆脱不了人工复制品的命运，它并不等同于实际存在之物，就像冈布里奇所说的：“任何形象所能够再现的至多也只不过是其原型的某些方面。否则它就会是一个幽灵，甚至连皮格马利翁都不能创

① 韩丛耀：《图像：一种后符号学的再发现》，南京：南京大学出版社，2008 年，第 348 页。

② 翁再红：《从“主体性”到“物性”的当代陶瓷艺术》，《中国陶艺家》，2017(2)。

③ 尚杰：《图像暨影像哲学研究》，北京：中国社会科学出版社，2016 版，第 100 页。

造出来。”①不仅绘画如此，摄影和电影也是这样。事物存在的完整呈现，在艺术中是不存在的。既然这样，是否就不能把握事物的存在呢？图像艺术的作用就因此而贬低呢？事实并非如此，面对摄影、电影等图像艺术作品，我们可以通过体验、理解和解释等诠释学路径，不断解蔽，把握事物的存在本身。特别要指出的，解蔽，不仅是作者的任务，也是接受者的任务。

二十世纪九十年代初，一组“我要读书”的照片出现在人们的视野中，作者是中国青年报摄影记者解海龙。其中一幅“大眼睛姑娘”苏明娟的照片最引人注目，她趴在课桌上，手里握着铅笔，在作者的语言提示下，我们仿佛看到一双清澈明亮的大眼睛在说“我要读书”！后来，这幅照片被中国青少年发展基金会选为希望工程宣传标识，并被收入相关教材之中，产生了积极广泛的影响，让无数贫困家庭的孩子从希望工程项目中获益。摄影记者无疑是值得推崇和尊敬的，中国青少年发展基金会的选择也体现相关人员的慧眼和见识。但从摄影作品本身来说，此作品还是有瑕疵的。据媒体报道，解海龙到金寨县桃岭乡张湾村一所学校里采访时，苏明娟正在课桌上低头写字，“正巧她一抬头，我发现她那双非常漂亮的眼睛，特别纯真，有一种直抵人心的感染力”，解海龙抓拍到这个画面。这幅照片没有事先拍摄安排和人工修改的痕迹，是真实的。但是把照片冠之以“我要读书”的标题下，是有待斟酌的。对摄影图像的诠释，需要接受者运用身体进入艺术世界进行体验。②“每一个理解某物的人，他就在此物中理解自己”。③作品展现的图景是否真实，要把作品中的人物换成自己，“仿佛被卷进这一世界”，去进行合理的解释。试想一下，在教室里，苏明

① [英]冈布里奇：《艺术与幻觉》，卢晓华译，北京：工人出版社，1988年，第225页。

② 谭善明：《图像修辞与意识形态的超越——罗兰·巴特摄影图像理论论析》，《北方论丛》，2012(2)。

③ [德]伽达默尔，杜特：《解释学　美学　实践哲学：伽达默尔与杜特对谈录》，金惠敏译，北京：商务印书馆，2005年，第19页。

娟当时是在写作业，可能听到什么响动或者眼睛余光看到什么，突然一抬头，估计什么都没有想。若要说她此时的内心发出“我要读书”的呼声，显然与当时的处境不相符，并没有揭示她的存在，只是摄影师主观解释的结果，还不如用第三人称表述的语言，以揭示她处在贫困境况下可能随时辍学的境况。当然，这种善意的误读产生了积极的效果，则是另一回事情。

摄影作品，要求拍摄对象的真实性。这一点不同于一般的艺术作品，比如文学作品，它描述的世界可以是虚构的。虽然是虚构的，但是它却有艺术真实，即通过虚构世界反映了一般的规律性。而摄影艺术是比较特别的，要有双重的真实性，即生活真实和艺术真实并存。曼・雷 1930 年左右拍摄的《泪珠》，照片中女郎脸上的泪珠，并不是真的，而是晶莹剔透的玻璃球。作者并不隐瞒此，这也是一种真实。摄影艺术之所以成为艺术，是需要美，即美的内容和形式，但是美是建立在双重真实基础上的。如果不真，美的价值就大打折扣。所以，我们不能因为美而掩盖了真，否则会发生审美判断异化：“当我们根据一件艺术品的美学特性对它进行审美判断时，一些实际上与我们更为亲近的东西与我们疏远了。当我们离开抓住我们的直接的真实性要求，不再追求这种要求时，总是会发生这种审美判断的异化。”①当代图像艺术虽被本雅明称为具有展览价值，但是它的真实性并非任何时候都是一览无余的，这是当代图像诠释学的难点和任务所在。其原因有很多，包括有作者本人意图和理解的渗入，容易让接受者以为作者的解释就是正确唯一的解释。诠释无止境，永不会终止。具体到某些作品，其解释的突破，可能需要等到相关材料的发现。在法国，著名的摄影作品罗贝尔・杜瓦诺为美国《生活》杂志拍摄的《市政大厅前的吻》，一对恋人就在大庭广众下接吻，被一度认为是巴黎浪漫的真实再现。但是很多年后，因为一场官司，作者才不得不道出摆拍的真相。可以说，照片并不没有完全真实呈现巴黎年轻人的生活状态。

---

① [德]加达默尔：《哲学解释学》，夏镇平、宋建平译，上海：上海译文出版社，2004 年，第 4—5 页。

电影是梦工厂,电影图像(即电影画面)是虚构的,但是这种虚构与文学虚构又不一样,它必须让演员在一定的场景中演绎故事。演员的表演和场景的布置,虽然可以借助特技、数码技术等科技手段,但其故事情境要尽可能保持那个时代的面貌,最起码要“看”起来像真实的,不能违背生活的逻辑。否则的话,会直接影响到电影的艺术价值和文化价值。笔者在读高一的女儿在《中华遗产》2017 年第 12 期中看到乾隆年间的《贾全等绘厅堂婴戏图通景画贴落》,很惊讶地对我说,它竟然多次出现在《康熙王朝》电视剧中,这完全不符合当时的事实,直接影响到观众的观看。这种错误不能出现在电视剧中,同样也不能出现在电影中,这也属于图像诠释学去蔽的对象。

二、图像的瞬间性与诠释的无限任务

摄影作品大多呈现的是生活的瞬间,大致有两种情况:第一是随机抓拍的瞬间,比如在 1957 年 9 月华盛顿唐人街一个商会庆典仪式现场,有个两三岁的男孩从人群中蹒跚走出,警察走过去并俯身跟他说话,小男孩便双手交叉在胸前与警察交谈起来,摄影师威廉斯·C·比尔抓拍到这一幕,并命名为《信仰与自由》;第二是有意识地等待期待的瞬间出现,比如拍黄山日出,摄影者需要起得早,等待那个有意义的日出瞬间出现。当然,摄影师可以连续拍摄,最终选择认为比较满意的作品,但是他认为满意的作品,也是瞬间的。

绘画呈现的可以是瞬间的东西,但更多是超越时间的。绘画跟摄影一样,注重对外部世界的观察,这可以追溯到远古时代:“伏羲氏仰观象于天,俯观法于地,又观鸟兽之文与地之宜,近取诸身,远取诸物。”其观察的目的,不是寻找有意味的瞬间,而是为了更好地了解描绘的对象,让画中的事物成为它本来的样子。《宜和画谱》记载:易元吉“开圃凿池,间以乱石丛篁,梅菊葭苇,多驯养水禽山兽,以伺其动静游息之态,以资画笔之思致,故写动植之状无出其右者”。可以说,画家笔下的事物,侧重呈现它的特征,即神似,超越了时间性,我们看不出徐悲鸿画中马的时间性。同时,在绘画的时候,画家还注重灌注内心的精神因素,其作品是“外师造化”和“中得心源”的结合。可以说,画家是画他想画的东西,而不是画他看到的东西。但摄影作品只能选取生活中有意义的瞬间,只能拍他看到的东西。他看到的东西,某种程度上也是他想看到的东西。

摄影作品是瞬间性的展示,而电影作品其实也是瞬间性的展示,只不过变静态为动态。电影不同镜头,就代表不同的瞬间。即使长镜头,如电影《俄罗斯方舟》整个电影就是一个90分钟的长镜头,算是最长的长镜头之一了,但在生活的时间流中,也只是一个瞬间。另外,从整个电影篇幅来说,电影是不同镜头的组合,即是诸多瞬间的组合。电影图像诠释的基本单位是镜头画面,从这个角度说它的图像是瞬间的。具体到每个镜头,它拍摄的内容必须要有生活中具体对应的瞬间。但相对于图像来说,语言的概括性更强些,如《今日良宴会》有诗句:“人生寄一世,奄忽若飙尘。何不策高足,先据要路津。”诗句把人的一生进行了概括,人生即寄居,如狂风卷起的尘土转瞬即逝。既然人生易逝,何不占据高官要职去积极应对。我们能言说人的一生,主要因为有“人生”这个词。有了“人生”的词,我们才能轻易谈人生,再运用“飙尘”等词,使人生的具体化。但是文学形象的具体化是有限度的,我们用语言来表述一个生活的瞬间,如“他今天早上七点钟出门坐公交去上班”,但仅凭这句话,我们还是无法了解所有的具体事物,比如“公交车”“上班”等。为什么会这样,因为语言本身具有概括性,是事物的符号,而摄影和电影的图像不是,它们是这个世界的视觉直接再现。如果摄影和电影通过图像来概述人的一生,必须借助具体的个体和事件。这也是电影艺术不同于其他艺术的地方,它需要有视觉的可看性。电影图像呈现的故事大多是由当下的演员在一定的场景中去演绎,并表达一定的意蕴。这种当下性,用波德莱尔的话说,就是“暂时的”,他认为:“构成美的一种成分是永恒的、不变的,其多少极难加以确定;另一种成分是相对的、暂时的,可以说它是时代、风尚、道德、情欲,或是其中一种,或是兼容并蓄。”①在图像艺术中,波德莱尔所说的暂时性,也是瞬间性的另一种表述。摄影和电影的瞬间性特点,实际上就是当代图像艺术空间性特点的体现。不同于绘画的空间性特点,绘画的空间性是建立在超时间性基础上的,而摄影和电影则是当下的空间性,或者说是某个时间段的空间性。

图像呈现了具体的瞬间性事物,固然不存在因一般性而抹杀了个体的丰富性和多样性。但是问题出来了,个体在瞬间所呈现的,是否就是它的本性呢?是否能代表这个事物本身?答案是不一定,事物本质的把握还需要从连续性中把握。虽然时间是存在的依据,瞬间只是构成时间的一个部分,过去、现在和未来共同构成了时间序列,只有从时间的连续性中去把握,才能了解事物的存在。电影《搜索》揭示了网络暴力的危害和可怕,网络暴力的可怕主要源于对瞬间性图像的不可靠解释,对图像诠释学有重要启示意义。一个上市企业董事长秘书叶蓝秋在公交车上,拒绝给站在旁边的老大爷让座,不顾别人的提示、要求和辱骂,还拍拍自己的大腿“调戏”老大爷说,要坐就坐在这里!公交车上恰好有个电视台的实习记者在场,她拍摄下这个场景。一个在生活中发生的“真实”视频,主张还原事实真相的《今日事件》主编自然极为看重。节目播出之后,引发了一场对“墨镜姐”叶蓝秋的全民大搜索和讨伐,最终导致叶蓝秋的悲剧结局。实习记者拍摄到的视频,的确是在现实中发生的,没有人工加工的痕迹。但是问题不在视频本身,而是对视频的解释。视频中的事件,只是一个瞬间的故事,要解读这个瞬间,不能仅仅依据这个瞬间,因为这个瞬间发生的故事,它必然有过去,以及未来的走向。特别是过去,有助于解读现在的瞬间。她是被医生告知患了淋巴癌晚期后上了公交车,整个人都懵了,满脑子都是医院的检查情况。如果公交车上的人、媒体人和网民知道这一点,可能会理解一个患了绝症年轻人的过激反应,不会上升到一个

① [法]波德莱尔:《波德莱尔美学论文选》,郭宏安译,北京:人民文学出版社,2008年,第431页。

人的道德层面。伽达默尔认为："只要我们在世界中与艺术品接触，并在个别艺术作品中与世界接触，那么这个他物不会始终是一个我们在刹那间陶醉于其中的陌生宇宙。我们其实是在他物中学会理解我们自己，这就是说，我们是我们所在的连续性中扬弃体验的非连续性瞬间性。"①在伽达默尔看来，艺术作品可以理解为现在与过去交错于其中的事物，接受者要在连续性体验中扬弃瞬间性。可以说，图像的瞬间性，即使是真实发生的，但是未必能反映拍摄对象的本性，这需要在时间的连续性中去诠释图像的瞬间性。

当然，技术复制时代的图像尽管是瞬间性的存在，其价值是毫无疑问的，它是我们了解事物存在状态的重要基点。施莱尔马赫在《1819 年演讲录》中指出："诠释学的任务是一种无限的任务，因为在讲话的瞬间我们想到过去和未来的无限性。"②通过瞬间，我们能推测过去，预想未来，不仅语言艺术如此，图像艺术也是如此。解释学的无限任务，是通过这个瞬间图像作为中间环节来完成的。尤素福·卡什的《温斯顿·丘吉尔先生》，摄影家在这位英国首相不防备的情况下抢夺他嘴上的雪茄烟，才拍摄出了丘吉尔激怒后显示的威严。丘吉尔此刻的表现，虽然有特定瞬间的情境，但却能揭示丘吉尔的性格特点，与在连续性时间中去理解丘吉尔并不矛盾。同时，时间不单独存在，时空是一体的，在时间的连续性中去解释一个对象，必然意味着在更为广阔的空间中去理解，按照狄尔泰的观点，应该是"各种个体的生活，都通过他们与他们的环境、他们与其他人、他们与各种事物的关系，而达到无限的丰富和充实"。③ 对瞬间性图像的合理诠释要求，在技术复制时代显得尤为重要。

诠释学的无限任务，一方面是要判断图像所表现对象是否真实，能否

① [德]帝茨：《伽达默尔》，朱毅译，北京：中国人民大学出版社，2010 年，第 203 页。

② [美]魏因斯海默：《哲学诠释学与文学理论》，郑鹏译，北京：中国人民大学出版社，2011 年，第 3 页。

③ [德]狄尔泰：《历史中的意义》，艾彦译，南京：译林出版社，2014 年，第 18 页。

代表该事物的本性，另一方面还要进一步判断该事物能否代表该类型的事物，即是否具有一般性。在当前海量图像信息存在的情况下，又由于传统眼见为实的心理存在，大众对图像诠释要做到前者已很不容易，更别说后者。对图像所表现事物的一般性要求，是在前者基础上的提升。1984年，北京大学郭庆滨、常生和于宏实等同学随着国庆游行队伍到天安门前时，突然打出“小平您好”的横幅。当时只有两位记者抓拍到此情景，一是《人民日报》的摄影记者王东，二是《中国青年报》的青年记者贺延光。对于这个照片，《人民日报》二版主编保育钧看出了它的一般性意义（历史意义），在《人民日报》二版率先刊登。要说此照片有一般性意义，是因为它不仅仅是北京大学学生对邓小平的感情表达，对改革开放的肯定和赞许，传达了知识分子的心声，更是对全国人民心声的传达。王东也因此获得了当年的“全国新闻摄影作品展览最佳新闻照片奖”和“第六届全国好新闻评选特等奖”。语言是一般性的东西，它必须放在具体的语境中才能获得具体的意义，而图像则相反，它是具体的东西，瞬间的，必须要获得一般的意义。图像诠释学的任务之一就是要发现图像的一般性意义，否则个体的图像，与其他个体没有多大的关系。历史上的许多摄影作品被淹没在历史长河中，跟表现对象缺乏一般性意义不无关系。

三、图像的多义性与诠释的敞开性

伽达默尔家里挂有一幅勃列科夫的画，看了三十年，却觉得无法阐释，认为如果要对它进行阐释的话，首先要回答两个问题，一是“我看到了什么呢”？二是“它到底意味着什么呢”？[①] 其中第一个问题，作品对接受者呈现了什么，应该是第二问题（作品的意义）的基础。单纯注重看到什么，而不探究其意义，也是不完整的图像诠释学。意义是诠释学任务中很

① ［德］伽达默尔，杜特：《解释学　美学　实践哲学：伽达默尔与杜特对谈录》，第58页。

重要的一项内容,对伽达默尔来说:“对艺术的经验就是意义的经验。”[①]对于绘画艺术,其表现对象在生活中的真实性,可能没有在摄影和电影中那么重要。而对于摄影和电影来说,只有在第一层面的真实性基础上,我们才能谈图像所表现的意义。表现对象没有真实性,其蕴含的意义就失去了依据,便不成立。

图像根本上是空间的存在,特别是摄影和电影等现代图像,都是瞬间的产物,相对于文学来说,图像的空间更为重要,它是通过具体事物来表达一定的意义,摄影和电影中的表现对象,都是当下的具体个体。瞬间的具体事物,它的空间性更为凸显,它一般没有集历史长河形成的各种意义于一身。这也决定了图像的意义,要从空间存在的文本本身去寻找,它只提供一种阿瑟·丹托所说的超越历史的“非联想型知识”(non-associative learning)。[②] 由于缺乏时间维度上的意义,图像中的各种形象之间的结合,未必只有一个目的,或者说不一定能按照一个目的进行,形象之间很难有紧密的统一性,图像文本的特点决定了多义性的存在。可以说,图像阐释似乎能提供阿多诺和德里达等人观点的一个例证,因为他们都否定艺术作品具有意义的完整统一性。语言复义或多义性,“基本都是时间上的排列组合产生的”,[③]但图像的多义性则不是这样,它更多是在空间上的多义,而不是时间上不同意义的共存。

图像多义性的存在,还与技术复制有很大关系。在摄影作品中,拍摄对象的诸多细节是不经过作者的主观设置而进入镜头之中的。一般说来,绘画创作一般是从“眼前之竹”到“手中之竹”,中间有个“胸中之竹”环节。但相对于绘画来说,摄影创作是从“眼前之竹”直接到“手中之竹”,胸中之象淡化了。胸中之象的创作环节,实际上就是巴特所说的编码阶段。

---

① [德]伽达默尔,杜特:《解释学 美学 实践哲学:伽达默尔与杜特对谈录》,第 54 页。

② Arthur C Danto. *Seeing and Showing*. The Journal of Aesthetics and Art Criticism (volume 59 number 1), winter 2001.

③ 赵毅衡:《重访新批评》,天津:百花文艺出版社,2009 年,第 154 页。

对摄影来说,“在这个对象与其图像之间,根本不需要安排一个中间环节,也就是一种编码”,可以说它是一种无编码的讯息。[①] 这种讯息被巴特称之为外延的讯息,而照片中主要是这种讯息。可以说,拍摄对象未必完全按照作者的意图而进入作品中,这是多义性存在的客观条件。阿恩海姆说:“意象愈具体,它展示出的特征也就愈多。”[②]因为复制技术的介入,摄影对象比绘画的形象更为具体,图像的厚度远超过绘画,图像本身携带的信息越来越多,其意义就越来越多。

虽然对象的细节特征往往不受控制,但是创作者对对象的选择等主观意图还是存在的。无论是摄影,还是电影,图像作品中的作者意图存在都是客观事实,图像“能指是在创作者的运作下对于图像的某种‘处理’(traitement),而它的或是审美的,或是意识形态的所指,则是接受这种讯息的社会的某种‘文化’”,[③]这被巴特称为是结构上的反常现象。图像信息因为有了复制技术和创作者意图,呈现出一种矛盾性:既是自然的,又是文化的。而且创作者意图本身,往往也不是单一的,而是多义的。相对于摄影,电影拍摄更多的是一项集体活动,导演在电影中的主导作用需要通过演员、编剧、音响师和摄影师等其他演职人员来实现。虽说有导演的意图,但是不能排除编剧、演员、摄影师等人有自己的创新,导演也未必能完全根据自己的分工实现意图。电影拍摄是断断续续地进行,一个场景看似是连续的,实际并不是如此。一个跳楼动作,都要拍摄几次。由于前后的时间间隔,创作者的意图体现也不一定是统一的。特别是演员有着双重身份,他们既是电影所表现的艺术形象,也是承担形象表演的载体,能独立于图像文本而受到观众的关注和追捧。他们既是电影中的一个角色,又是一个现实的人,在表演过程中有意无意地显示出自己的现实属性,不一定就是为图像文本服务。

---

① [法]罗兰·巴特:《显义与晦义》,怀宇译,天津:百花文艺出版社,2005年,第5页。

② [美]鲁道夫·阿恩海姆:《视觉思维:审美直觉心理学》,滕守尧译,成都:四川人民出版社,1998年,第187页。

③ [法]罗兰·巴特:《显义与晦义》,第5页。

创作者的意图，往往表现为对图像的语言诠释。在巴特看来，所有的图像之中都有语言学讯息，比如题目、文字说明等。在实际的观看过程中，一般接受者也必须结合这些语言信息，才能“较快”并“较准”理解图像文本。巴特把语言的这种功能，称作与“接替”（连接上下文）并列的“锚固”。对于“锚固”，巴特是这样解释的：“锚固是一种检查，它面对外在形象的投射能力对于讯息的使用具有一种责任；与图像的那些所指的自由性相比，文本具有一种抑制价值，而且我们理解，正是这个层次上，尤其具有一个社会的道德规范和意识形态。”①图像所指的自由性，即图像多义性。对于图像的多义性，作者的策略是运用语言，从而使得接受者的接受和诠释有一定的指向，能在作者的轨道上行进。正如赵毅衡所说：“物不需要全面被感知才携带意义。让物的过多品质参与携带意义，反而成为表意的累赘。‘被感知’并不能使符号回归物自身，恰恰相反，符号因为要携带意义，迫使接收者对物的感知‘片面化’，使感知成为意义的‘简写本’承载。”②即使是图像上标明“无题”，也是语言信息提示，是作者不愿直接透露自己的意指，让接受者徘徊在文本解读之中。

在这里，作者有双重的身份，第一是图像的创作者，第二是图像最初的诠释者。作者面对拍摄对象所作的诠释，是图像诠释的一个部分，但不是唯一部分，它不排除有片面化的缺陷。但是认为作者的诠释都是“意图谬误”，又走向另一个极端。我们需要正确地对待作者的语言信息，它可能是接受者诠释图像的参考路径，在巴特看来，对于一幅摄影图像，接受者接收信息包括视觉感知信息和文化信息。视觉感知信息好把握，难的是图像的文化信息，特别是表现外民族内容的图像。在这种情况下，图像的标题等语言信息，有助于我们更好地诠释图像的文化内容和意识形态内涵。③ 当然，接受者在诠释过程中，会超越作者的语言提示而有自己的

① ［法］罗兰·巴特：《显义与晦义》，第29页。

② 赵毅衡：《符号学原理与推演》，南京：南京大学出版社，2011年，第20页。

③ ［斯］阿莱斯·艾尔雅维茨：《图像时代》，胡菊云、张云鹏译，长春：吉林人民出版社，2003年，第123页。

诠释。按照伽达默尔的观点，与文本的真理相比，作者的确信和意图相对来说并不那么重要。作者的意图到底重要不重要，是根据图像文本的真理来判断的。

面对图像的多义性，接受者的解释应该是敞开的。“意义的定格化”，只会使文本诠释失去活力。① 每一个诠释者会根据自己的前见，结合作者本身的诠释，再对图像文本进行诠释。其解释在某个时期都有可能是合理的，都是图像诠释学的一个部分。诠释者囿于自己的文化背景和接受动机，不可能穷尽图像的所有解释。图像诠释需要多人的参与，需要在不同时期的持续参与。从这个角度上看，图像诠释是永远没有结束的。巴特说：“任何图像都是多义性的，它潜在于其能指下面，包含着一种‘浮动’的所指‘链条’，它的读者可以选择其中某些，而不理睬另一些。”②一个人选择其中某些所指，另一个人有可能选择其他的所指，这是不得已而为之。在赵毅衡看来，在诗歌，特别是现代诗歌中，充塞着大量“无能含混”，这从来就不是真正的复义。真正的复义或多义，应该是相互补充的，是一个有机统一的整体。如果不是相互补充的意义，便是现代批评家所说的“不诚实朦胧”，应该在语境允许的范围内进行剔除。③ 实际上，在解构主义看来，文学文本都是不确定的，都存在内部的矛盾和不连贯性。④只不过，图像文本多义性之间的不连贯性，比文学文本更为明显。从图像诠释学角度上看，链条上的所指没有一个是多余的，它们都能够让接受者更好地了解图像所表现之物的存在。

（《河南社会科学》2018 年第 8 期）

① 张伟：《视觉批评何以可能——图像时代文学阐释的视觉转向与审美创构》，《河南社会科学》，2017(3)。

② [法]罗兰·巴特：《显义与晦义》，第 28 页。

③ 赵毅衡：《重访新批评》，第 154 页。

④ 王敏：《解构主义误读理论批判》，《安徽大学学报》(哲学社会科学版)，2010(4)。

下　篇

科学精神与人文精神的结合

——胡适文学思想中的跨学科视角

在中国现代史上，胡适是个绕不过去的人物。无论是在哲学、文学、史学领域，还是在政治、宗教、道德、教育等领域，胡适都播下了现代的种子。在中国现代思想史上，胡适思想占有极其重要的地位，正如朱学勤先生所认为的："真正能够平衡鲁迅，在鲁迅之外树立另一价值坐标，同时也不辱没鲁迅的是胡适。"[①]就文学而言，近年来国内对胡适关注的程度仅次于鲁迅。[②] 胡适文学思想中的关键问题，就是科学与文学的问题。学界对此方面的研究，[③]取得了一定的成果，但往往是就事论事，没有提升到跨学科研究的角度，没有从研究范式的角度探讨它的普遍意义。本文拟把胡适文学思想放在胡适思想的哲学背景中，从整体上把握胡适文学思想，探讨胡适文学思想中的跨学科研究视角。

---

① 朱学勤：《想起了鲁迅、胡适与钱穆》，见谢泳：《胡适还是鲁迅》，北京：中国工人出版社，2003年，第293页。

② 赵宪章、苏新宁：《基于CSSCI的中国文学研究主题词分析（二〇〇〇—二〇〇四）》，《当代作家评论》，2006(6)。

③ 汤伟丽：《启蒙与述学之间：胡适科学主义思想述评》，《求索》，2008(2)。黄克剑，吴小龙：《胡适"科学的人生观"的得与失》，《天津社会科学》，1991(6)。李建国，龚秀勇：《胡适之科学精神及其文化渊源》，《社会科学研究》，2002(3)，等等。

一、实用主义哲学的中国文学演绎

分析胡适文学思想中的跨学科研究视角，需要探讨胡适思想的特点，以及胡适文学思想与胡适哲学思想之间的关系。

（一）胡适思想的整体性特点

胡适思想是个庞大的体系，文学思想是其中的一个方面。胡适自己毫不讳言受杜威哲学的影响，他说："我写《先秦名学史》《中国哲学史大纲》，都是受那一派思想的指导。我的文学革命主张也是实验主义的一种表现；《尝试集》的题名就是一个证据。"①不仅如此，胡适还运用他的科学方法，对《红楼梦》进行多方考证，终于得出"自叙说"的结论："《红楼梦》是一部隐去真事的自叙：里面的甄、贾两宝玉，即是曹雪芹自己的化身；甄、贾两府即是当日曹家的影子。"②"自叙说"，是区别新旧红学的一个根本标准。胡适推翻了索隐派的穿凿附会之说，推进了传统学术的现代化。因此，胡适文学思想可以说是他实验主义思想的一种表现而已，是实验主义思想的有机组成部分。

胡适思想呈现整体性的特点，与其师杜威的影响是分不开的。实验主义大师杜威，曾经是黑格尔的信徒。虽然他后来摆脱了黑格尔的影响，转向皮尔士、詹姆士的实用主义，但是杜威思想的许多方面，还有黑格尔的痕迹。关于黑格尔哲学在自己思想中所占的分量，杜威后来曾说："黑格尔关于主观与客观、物质与精神、神与人的综合……起着一种巨大的调节和解放的作用。黑格尔关于人类文化、社会制度和艺术的论述，包括种种僵硬的界限的消除，对我有着特殊的吸引力。"他还说："与黑格尔的结识在我自己的思想中留下了一种不可磨灭的痕迹。……如果我可能成为

---

① 胡适：《胡适留学日记》，合肥：安徽教育出版社，1999年，自序第8—9页。

② 胡适：《〈红楼梦〉考证》（改定稿），见欧阳哲生：《胡适文集》（第2册），北京：北京大学出版社，1998年，第458页。

任何一种思想体系的信徒的话，我将仍然相信，在黑格尔那里比其他任何一个有体系的哲学家那里，有着更加多的财富和更加多样化的见识。”① 从杜威的话中可以看出，杜威继承了黑格尔思想体系的某些特点。在黑格尔那里，其美学、艺术思想是属于哲学体系的一部分。黑格尔思想体系这种特点，必然在杜威美学中得到体现。正如舒斯特曼所说：“杜威的美学，在它的整体主义、历史主义和机体主义方面，显然是黑格尔的，对他的一些实用主义的追随者来说，甚至是太黑格尔了。它甚至可以比作克罗齐的美学，一种与黑格尔的唯心主义连在一起、成为对‘唯心主义美学’的分析批评的焦点的美学。”②

早在胡适留学时期，杜威的艺术思想就开始酝酿，杜威艺术代表作《作为经验的艺术》（又译为《艺术即经验》）许多观点就在这个时期萌发，这个事实被杜威传记作者详细地记载：大约在一九一五年时，宾夕法尼亚州莫里昂的阿伯特·C·巴恩斯博士，由于他的思想与杜威在《民主主义与教育》中所阐述的那些思想相似，所以参加了杜威的一个专题讨论会。他们在这个讨论会上相识，并建立起亲密的友谊。与巴恩斯基金会的联系，给杜威以前有点凌乱的艺术思想提供了一定的哲学形式。巴恩斯把他写的《绘画艺术》一书献给杜威，杜威则把自己的《作为经验的艺术》一书献给巴恩斯。这两本书是他们在学术上合作的证明。③ 我们可以说，杜威思想整体性等方面的特点，以及由此引发的美学和艺术观点，在胡适身上有深深的烙印。

胡适思想的整体性特点，当代学者许纪霖先生认识得很清楚：“当我们今天来反省‘五四’以来中国思想界形成的新传统时，的确会发现法国革命的自由解放和德国黑格尔的思辨真理作为两种‘宏伟叙事’，长久地占据了中国知识分子思想的主流……”④而胡适可以说是这种特点的代

① ［美］杜威：《杜威传》，单中惠编译，合肥：安徽教育出版社，1987 年，第 63—65 页。
② ［美］舒斯特曼：《实用主义美学》，彭锋译，北京：商务印书馆，2002 年，第 19 页。
③ ［美］杜威：《杜威传》，第 45—46 页。
④ 许纪霖：《另一种启蒙》，广州：花城出版社，1999 年，第 187 页。

表人物。

(二) 跨学科的研究方式

梅光迪曾向胡适建议:“治哲学者尤当治文学。泰西哲人之书,多艰涩难读,而文学与哲学有息息相关之处。”①胡适自己也说:“读书以哲学为中坚。而以政治、宗教、文学、科学辅焉。主客既明,轻重自别。毋反客为主,须擒贼擒王。”②这种跨学科研究,当时已经成为胡适治学的自觉追求。

胡适的跨学科研究,集中表现为科学精神与人文精神的结合。这也要从他的老师杜威说起,杜威是极力反对将现代社会生活分裂开来,并主张把这一思想贯穿到他的教育思想中。弗雷德里克·李尔奇曾指出:“这些古典人文主义和基督教伦理思想今天还有信徒。但是在杜威看来,这些思想是过去的包袱和偏见,结果是把现代社会生活分裂而不是统一起来。……但对杜威说来,这些字眼的‘灵的’(inner)和‘精神上的’(spiritual),只意味着和其他事物缺乏关联和交流。”③受黑格尔反对分裂思想的影响,杜威指出:“我想,在我身上所产生的分裂和分离的观念,作为新英格兰文化传统的一种结果,是通过自我与世界的隔离、灵魂与肉体的隔离、自然界与上帝的隔离的形式而表现出来的。它带来了一种痛苦的压抑,或者更确切地说,在精神上存在着一种创伤。……黑格尔关于主观和客观、物质与精神、神与人的综合,并不是纯粹的智力公式;它是作为一种巨大的释放、一种解放而起作用的。黑格尔关于人类文化、社会制度和艺术的论述,同样也包括关于取消一些牢固的分隔墙的论述,对我有着特殊

---

① 胡适:《胡适论学往来书信选》,杜春和等编,石家庄:河北人民出版社,1998年,第1190页。

② 胡适:《胡适日记全编》(第2册),曹伯言整理,合肥:安徽教育出版社,2001年,第61页。

③ 弗雷德里克·李尔奇:《杜威的教育思想和社会思想回顾》,见[美]杜威:《杜威传》,第185—186页。

的吸引力。”[①]所以，杜威极力主张自然科学对人文领域的渗透，这对胡适的影响是深远的。

二、以科学精神实现文学的人生主张

在当时，科学与民主已经成为时代的潮流，但是具体到文学思想上，从跨学科的角度，未必都能用科学精神与人文精神的结合来概括。在新文化运动的同仁中，鲁迅认为：“举世惟知识之崇，人生必大归于枯寂，如是既久，则美上之感情漓，明敏之思想失，所谓科学，亦同趣于无有矣。”[②]在鲁迅看来，牛顿是需要的，莎士比亚也是不可缺少的，文学艺术有科学不可取代的价值，科学与文学艺术的并立，共同构成了人类的需要。而陈独秀把科学与文学作了区分，认为科学不同于想象，而“宗教美文，皆想象时代之产物”。[③] 他在强调文学启蒙作用时，又认为“美感与伎俩”是“所谓文学、美术自身独立存在之价值”。[④] 李大钊更注重强调文学“救人救世”的社会作用，[⑤]而对科学与文学的结合方面，则很少涉及。

与同时代的人相比，科学精神与人文精神的结合，的确是胡适文学思想的特色所在，无论在贯彻的力度、取得的成效上，还是在开风气之先上。胡适文学思想是科学精神与人文精神的结合，在这种跨学科研究视角中，胡适文学思想呈现出一定的内在逻辑关系：以“活的文学”观、“人的文学”观和从著者、时代和版本出发的古典文学批评观等为主要内容；以其一辈子大力提倡的科学方法论为基础；以中西思想为理论资源进行整合。作

① ［美］杜威：《杜威传》，第 63 页。

② 鲁迅：《科学史教篇》，见《鲁迅全集》第 1 卷，北京：人民文学出版社，1981 年，第 35 页。

③ 陈独秀：《敬告青年》，1915 年 9 月 15 日《青年杂志》第 1 卷第 1 号。

④ 陈独秀：《答胡适之(文学革命)》，1916 年 10 月 1 日《新青年》第 2 卷第 2 号。

⑤ 李大钊：《俄罗斯文学与革命》，见中国李大钊研究会：《李大钊文集》第 2 卷，北京：人民出版社，1999 年，第 225 页。

为新文化运动、文学革命的领军人物，胡适的这种结合，其实质就是以科学精神要求文学，以实现文学为人生的主张。

（一）从科学精神出发

胡适认为，“科学的根本精神在于求真理”，[①]再具体地说，“科学精神便是尊重事实，寻找证据，证据走向那儿，我们就跟到那儿”。[②] 这种科学精神，也就是胡适宣扬的科学方法，他说：“一种科学的精神全在他的方法。方法是活的，是普遍的。我们学一种科学，若单学得一些书本里的知识，不能拿到怎样求得这些知识的方法，是没有用的，是死的。”[③]一般来说，科学向非科学的延伸，包括科学知识和科学方法，但关键还是以科学方法为基点。皮亚杰把“方法的交换”作为科学与人文的一个重要“衔接区”。[④] 方法上的双向互用确实构成了两种文化交融的重要方式。当然，皮亚杰科学方法的具体内容与胡适又有所不同。

胡适所指的科学方法，包括大胆怀疑、重视假设、讲究证据、文学的历史观等方面内容，胡适目的是“把科学方法——尤其是科学实验室的态度——应用到文史和社会科学方面”。[⑤] 胡适反对古文的有力武器就是科学，而林琴南缺少的就是这种科学理性精神。林琴南在《论古文不当废》中不能指出古文不当废的原因，不能进行明确的理性分析，找不出证据，只是说“吾识其理，乃不能道其所以然”。[⑥] 胡适认为他文学上的主张，首先是一种假设，必须要有科学上实验的证明。白话是否能用于诗歌

---

① 胡适：《我们对于西洋近代文明的态度》，1926 年 7 月 10 日《现代评论》第 4 卷第 83 期。

② 胡适：《胡适口述自传》，见欧阳哲生：《胡适文集》（第 1 册），第 357 页。

③ 胡适：《国语文法概论》，1921 年 7 月 1 日至 8 月 1 日《新青年》第 9 卷第 3、4 号。

④ [瑞士]皮亚杰：《人文科学认识论》，郑文彬译，北京：中央编译出版社，1999 年，第 54—55 页。

⑤ 胡适：《治学方法》，见《胡适的声音》，桂林：广西师范大学出版社，2005 年，第 115 页。

⑥ 胡适：《寄陈独秀》，1917 年 5 月 1 日《新青年》第 3 卷第 3 号。

创作，这不是单纯地靠理论推演，必须实地试验。根据进化论思想，胡适提出文学的历史观，提出“一时代有一时代之文学”。①

在当时，封建迷信名声扫地，科学取而代之，成为一种新的宗教信仰形式。② 胡适对这种新宗教发表了他的看法：“所以这个新宗教的第一特色是他的理智化。……人类的能力的发展使他渐渐增加对于自己的信仰心，渐渐把向来信天安命的心理变成信任人类自己的心理。所以这个新宗教的第二特色是他的人化。智识的发达不但抬高了人的能力，并且扩大了他的眼界……遂产生了一个空前的社会化的新道德，所以这个新宗教的第三特色就是他的社会化的道德。”③由此可知，科学的理智化是与近代科学发展密切相关的，另外，这种新宗教的“人化”，是不可忽视的一点。通过科学发展，提高人的地位，与以人为中心的人文精神是相通的。

科学作为一种信仰，必然要提升到无所不能的地位上，胡适说：“我们也许不轻易信仰上帝的万能了，我们却信仰科学的方法是万能的，人的将来是不可限量的。我们也许不信灵魂的不灭了，我们却信人格是神圣的，人权是神圣的。这是近世宗教的‘人化’。”④这里，科学是万能的，会不会让人产生一种武断的感觉呢？就胡适而言，他所理解的科学精神不是一种武断的教条，更多的是一种假设，要重视试验证明。胡适对科学的着眼点，不同于实证主义的某些观点，比如孔德只是“承认一个科学规律就是一个数据、一个事实”，不承认“一个假说就是一个数据”。⑤ 量子力学等现代科学的发展证明，科学越来越重视变化、演化，有机论和生物学模式越来越重要，这些都有力地佐证了胡适对科学的认识。

---

① 胡适：《文学改良刍议》，1917 年 1 月 1 日《新青年》第 2 卷第 5 号。

② 科学与宗教并非是不相容的，爱因斯坦曾指出：“你很难在造诣较深的科学家中间找到一个没有自己的宗教感情的人。”（爱因斯坦：《科学的宗教精神》，见许良英，王瑞智：《走近爱因斯坦》，沈阳：辽宁教育出版社，2005 年，第 117 页。）

③ 胡适：《我们对于西洋近代文明的态度》，1926 年 7 月 10 日《现代评论》第 4 卷第 83 期。

④ 胡适：《我们对于西洋近代文明的态度》。

⑤ [法]马里埃蒂：《实证主义》，管震湖译，北京：商务印书馆，2001 年，第 121 页。

(二) 以人文精神为旨归

理解胡适文学思想中的人文精神，首先要看其文学思想来源——实验主义的特点。实验主义是皮尔士提出来的，后来詹姆士把这个思想方法应用到宗教经验上，并加以心理、哲学的升华。到席勒(又译作舍勒)又把范围扩大到真理论和实在论的"人本主义"领域。随着实验主义应用范围的扩大，影响也就相应地增加。杜威则认为这样做太偏重个体事物和"意志"了，故把它界定在"工具主义"或称为"应用主义"的范畴。

尽管杜威和席勒的看法不同，席勒认为"人本主义是实用主义的精神"，①还是有一定道理的。杜威的实用主义就是人本主义的，著名学者格里德就持这样的看法："杜威的实用主义也具有如下的特点，即它是人本主义的、具有社会导向的、以取源于进化论的变化观点为基础的，而且主要是为了这样一种信念服务的，即经验可给人们以洞察其本质的能力，并可通过对原因与效果(或用更典型的实用主义的术语说，前提与推论)的理解，把它转化成富有创造力的意图。"②美国学者宾克莱说："注意到约翰·杜威是一个人本主义者，这是至关重要的。"他还说："读杜威的著作时，谁都会立刻发现这一事实，即杜威的实用主义只有在人本主义的背景下才能行得通。"③席勒对人本主义的看法，与杜威也有诸多相似之处。席勒主张人的整体性，反对对人的心灵进行简单的分裂，④这与杜威不无相通之处。

胡适继承了杜威的看法，在《五十年来之世界哲学》一文中，胡适赞同杜威的看法："如果哲学变成解决'人的问题'的哲学方法了，那时候便是

---

① [英]F. C. S. 席勒：《人本主义研究》，麻乔志译，上海：上海人民出版社，1966年，第1页。

② [美]格里德：《胡适与中国的文艺复兴》，鲁奇译，南京：江苏人民出版社，1996年，第54页。

③ [美]宾克莱：《理想的冲突——西方社会中变化着的价值观念》，马元德等译，北京：商务印书馆，1983年，第28—29页。

④ [英]F. C. S. 席勒：《人本主义研究》，第12—13页。

哲学光复的日子到了。"[①]胡适在《中国古代哲学史》导言中指出:"凡研究人生切要的问题,从根本上着想,要寻一个根本的解决:这种学问叫做哲学。"[②]这种人本主义的哲学观,是胡适文学思想中人文精神的哲学基础。在文学上,这种人文精神的集中体现,就是"人的文学"观。胡适认为:"古文学的共同缺点就是不能与一般的人生出交涉。大凡文学有两个主要分子:一是'要有我',二是'要有人'。有我就是表现著作人的性情见解,有人就是要与一般的人发生交涉。"[③]

胡适的"要有我",就是要突出个性主义,还要求感情的真。[④] "要有人",也就是与社会产生关联。对于文学革命,胡适认为是为大多数人争取公共权力,因为"向来教育是少数'读书人'的特权利,于大多数是无关系的,故文字的艰深不成问题。近代教育成为全国人的公共权利,人人知道普及教育不是可少的,故渐渐的有人知道文言在教育上实在不适用,于是文言白话就成为问题了"。[⑤] 文学革命就要为大多数人争取权利,提倡国语文学,为国人教育提供便利。

而这些"要有我"与"要有人"的文学主张实现,又离不开科学精神的指导。

三、 对现代专业分工的反拨

(一) 去分化的历史需求

前文提到,胡适读书以哲学为中坚,以政治、宗教、文学和科学为辅,

① 胡适:《五十年来之世界哲学》,1923 年 2 月《申报》五十周年纪念刊《最近之五十年》。

② 欧阳哲生:《胡适文集》第 6 册,第 163 页。

③ 胡适:《五十年来中国之文学》。

④ 文学研究会的郑振铎所疾呼的"缺乏个性,与思想单调,实是现在作者的通病"。(郑振铎:《平凡与织巧》,《小说月报》第 12 卷第 7 期。)

⑤ 胡适:《新思潮的意义》,1919 年 12 月 1 日《新青年》第 7 卷第 1 号。

这种跨学科研究视角也是与当时英语世界的发展趋势相符合的。在 19 世纪末 20 世纪初,由于不同的复合型人才(generalist)培养传统,总体文化理想在英语系和现代语言系都得到支持。① 这种特点在他的文学思想中也有反映,也就是科学精神与人文精神相结合。现代性发展的必然结果就是分化,分化无疑是社会进步的一个重要标志,有着它积极的一面。在韦伯看来,西方社会从传统形态向现代形态的转变,分化是其中的一个标志,也就是从宗教—形而上学世界观分化出来许多价值领域:经济领域、政治领域、审美领域、性爱领域、知识领域等。但是,有分化必然导致差异,有差异必然形成矛盾,由分化导致的冲突在所难免。②

价值领域的分化,艺术和科学、道德取得了自主地位,但是各个领域之间的对立也越来越明显。价值领域的分化所导致的对立和冲突,是现代性的危机。面对这种危机,没有人不感到忧虑,人们都能感到其中带来的不良后果。"艺术与科学的分离是不自然的,对双方都有害。因为若是这样科学就成了僵化的、无想象力的纯粹的方法论、学究知识或盲目的实验,艺术则成了随意性和随心所欲的主观想象力——这种想象力不再趋近普遍性——的游乐场。科学如果没有艺术想象就会落入纯粹的演绎、统计数字的汇集或无想象力的动物实验"。③

专业分工越厉害,冲突就越明显,相互联系的要求就越强烈。对跨学科、相互联系的重视,有多方面的因素,实用主义是其中一个重要因素。④ 正是在杜威思想的影响下,胡适才形成了科学精神和人文精神相结合的跨学科研究视角。在现代文学思想史上,胡适文学思想可以说是科学精神和人文精神结合的典范。

---

① [美]克莱恩:《跨越边界》,姜智芹译,南京:南京大学出版社,2005 年,第 126 页。

② 周宪:《审美现代性批判》,北京:商务印书馆,2005 年,第 126 页。

③ [德]彼得·科斯洛夫斯基:《后现代文化——技术发展的社会文化后果》,毛怡红译,北京:中央编译出版社,1999 年,第 159 页。

④ [美]克莱恩:《跨越边界》,第 36 页。

(二)跨学科研究的现代意义

科学精神和人文精神相结合的文学思想,在今天仍有重要意义。研究胡适文学思想的跨学科视角,必然涉及到新文化运动、文学革命等现代历史。历史和思想之间的密切关系,我们可以从柯林武德“一切历史都是思想史”的命题看出,柯林武德说:“历史的过程不是单纯事件的过程而是行动的过程,它有一个由思想的过程所构成的内在方面;而历史学家所要寻求的正是这些思想过程。一切历史都是思想史。”[①]我们从当下性研究胡适文学思想中的科学精神与人文精神的结合,并不是说抛弃当时的语境,更多的是注意胡适文学思想对当代的普遍性,当代性是一切历史的特性。[②] 所以,当代史的另一个特征是普遍性。也就是在这个意义上说,一切真历史都是当代史。

专业分工仍在继续,专业分工的发展,直接导致了片面的教育、文化上的分裂和对峙,形成了英国学者斯诺所说的科学知识分子与文学知识分子的“互相藐视”,造成一种智力上的人类性内耗,也形成片面发展的人和“单向度的人”。科学与人文之间的隔离,已经到了不可忽视的地步,正如卢嘉锡先生所说的:“在所有的由专业分工带来的隔阂中,人文与科技的隔阂是最深的。搞理工的不知道莎士比亚,搞文的不知道牛顿,在当今之世,并非无稽之谈。”[③] 20 世纪 90 年代出现了发端于美国并波及世界的“科学战争”,[④]使两种文化又出现了新形式的分裂:即部分科学家对人文学者的“科学研究”(或“科学的社会研究”)采取了强烈的否定态度,也展示了科学与人文之间在涉足更深层关系时涌现出来的新问题。由此可

---

① [英]柯林武德:《历史的观念》,何兆武、张文杰译,北京:商务印书馆,1997 年,第 301—303 页。

② [意]克罗齐:《历史学的理论和实际》,傅任敢译,北京:商务印书馆,1997 年,第 3 页。

③ 肖峰:《论科学与人文的当代融通》,南京:江苏人民出版社,2001 年,第 4 页。

④ 索卡尔等:《“索卡尔事件”与科学大战》,蔡仲等译,南京:南京大学出版社,2002 年。

见，这是一个有着历史渊源的现代话题，是众多民族国家关注的一个人类性问题。

探讨胡适跨学科研究的成功与失败，对当今文学的发展和文学理论的建构有着重要的启示意义。胡适将科学方法与文学结合起来，是根据因果律的普遍性，的确在一定程度上解决了科学与文学结合的理论难题。文学艺术与科学，都是以精神活动的整体形式出现的，直觉和逻辑并非截然对立，文学艺术创作和鉴赏如此，文学艺术研究也是如此。我们不可能从单一的文学美学的视角看问题，科学可以作为文学的对象，同时文学也可以作为科学的对象。正如汪晖所说："历史、语言、文学、思想和社会在科学的方法论视野中普遍地具有它们的对象性。这种对象性可以转化为具体学科领域的安排，从而被置于认知者（主体）与认知对象（客体）的单一关系之中。语言、历史、文学、思想、社会等等因此而被组织成为具有'对象性'的领域。胡适的多重'身份'也因此可以被看作他的科学方法的具体的'展现方式'。"[①]在当时宣扬科学不是万能的，并以此来反对科学运用于文学，是没有道理的。胡适科学方法论的宣扬，在当时是对中国古代那种建立于道家直观、佛家妙悟学说基础上的经验方法论的一个重要转型，这也是他在新文化运动、文学革命中取得成功的原因。

但胡适没有了解到科学与文学的结合，是不能忽略各自特性的。运

① 汪晖：《现代中国思想的兴起》（下卷第2部），北京：生活·读书·新知三联书店，2004年，第1236页。我们今天的"文艺学"这个学科据说就是从俄国传入的，在俄文中的原意是"文学学"，而根据T. H. 波斯彼洛夫的解释，俄文中这个名词是由相应的德语名称"Literarur-Wissenschaft"而来的，而德语"Literarur-Wissenschaft"就是由"文艺"和"科学"两个词组合起来的。（[苏]波斯彼洛夫：《文艺学引论》，邱榆若等译，长沙：湖南文艺出版社，1987年，第1页。）韦勒克也从一般性和特殊性角度，谈论文学研究科学化的可能，他指出"否认文学研究是一门科学，坚持文学的'理解'带有个人色彩，并强调每一文学作品的'个性'，甚至认为它具有'独一无二'的性质"是错误的，韦勒克认为任何作品不可能完全是"独一无二"的，否则就不会有人能欣赏了，"每一个文学作品都兼具一般性和特殊性"，文学研究就是研究文学作品的"一般性"。（[美]韦勒克，沃伦：《文学理论》，刘象愚等译，北京：生活·读书·新知三联书店，1984年，第5页。）

用科学的法则来审视文学,并不是忽略文学的特性,诸如直觉的特点。这一点,胡适在当时不曾考虑到,让人感觉有将科学与文学同化的危险。实际上,人文科学和自然科学既有统一性,又有相异性。正如卡西尔所告诫的,不能否认人文科学和自然科学之间的区别。[①] "精神诸能力之分化,不再被单纯看作是原始统一性之衰败和一种所谓知识之堕入罪恶;相反,这种分化获得了正面意义和价值。真正的统一性正是假定这种分离,并通过这种分离而回到自身的统一性。一切具体的精神历程,一切真正的'历史',都不过是这一持续不断地更新过程的映像,亦即'收缩'和'扩张'、分裂和重新整合的历程之映像。"[②]所以,只有在肯定分化有一定合理性的基础上,才能做到更好的统一。当然,那种在方法论上将人文学科与自然科学对立起来的认识也是错误的。[③] 由于没有顾及直觉在文学中应有的地位,所以才出现了胡适自己"提倡有心,创造无力"的感叹,导致胡适对《红楼梦》的艺术性缺乏认识,这不是说胡适没有文学创作与欣赏的才气和能力,而是他对文学特质的认识不够。另外,胡适还因强调按照逻辑思维的标准要求文学的语言,而导致对文学语言属性没有更全面的认识。

胡适的这些成功与失败,无疑是现代思想史和文学史上一笔宝贵的财富。

[《安徽大学学报》(哲学社会科学版)2010 年第 6 期]

① [德]卡西尔:《人文科学的逻辑》,沉晖等译,北京:中国人民大学出版社,1991 年,第 151 页。

② [德]卡西尔:《人文科学的逻辑》,第 45 页。

③ 比如哈贝马斯曾批评伽达默尔在方法上错误地将解释学的经验同科学方法论的认识相对立,即把关于人文科学中的真实性、真理性与自然科学的经验分析方法相对立。见[德]哈贝马斯:《评伽达默尔的〈真理与方法〉一书》,高地等译,《哲学译丛》,1986(3)。

新旧文化之间的胡适与黑格尔辩证法

作为新文化运动领军人物的胡适，他主张过“全盘西化”，但由此就认为他是传统文化的罪人，彻底否定了传统文化，是没有根据的。胡适接受新思想的同时，非常注重挖掘与西方思想类似或对应的中国传统。但说他完全肯定传统，就走向了另一个极端，也是站不住脚的。“胡适对中国人宣传美国文化，对美国人讲中国文化”。① 胡适去世之后，蒋中正作“新文化中旧道德的楷模，旧伦理中新思想的师表”的挽联。实际上，不仅仅是道德伦理领域，在其他文化领域中，胡适的一生都注重新旧思想的交融。胡适思想及其理论来源的复杂性，仍需要学界进一步探讨。我们研究胡适如何处理西方思想和传统文化的关系，除了考虑他受传统中庸等思想影响外，②也不能忽略他与黑格尔辩证法之间的联系。③

---

① 欧阳哲生：《胡适与司徒雷登：两个跨文化人的历史命运》，《史学月刊》，2014(1)。

② 高全喜：《胡适：新旧之“中庸”》，http://history.sina.com.cn/his/zl/2014-02-10/094681790.shtml。

③ 目前许多关于黑格尔哲学在中国接受方面的论文，还没有探讨胡适对黑格尔哲学的接受情况，如张仲民的《黑格尔哲学在清末中国的容受》(《学术月刊》2013年第5期)等。

一、黑格尔辩证法与解决新旧文化冲突的方法论

胡适主张“全盘西化”,①是基于我们要敢于承认现实,敢于睁开眼睛看世界,看自己,“我们如果还想把这个国家整顿起来,如果还希望这个民族在世界上占一个地位,——只有一条生路,就是我们自己要认错。我们必须承认我们自己百事不如人……”②胡适主张“全盘西化”也是一种策略,因为传统惰性太大,即使是全盘西化,也不会抛弃得了传统,他说:“肯认错了,方才肯死心塌地的去学人家。不要怕模仿,因为模仿是创造的必要预备工夫。不要怕丧失我们自己的民族文化,因为绝大多数人的惰性已尽够保守那旧文化了,用不着你们少年人去担心。”③所以胡适呼吁:“请大家认清我们当前的紧急问题。我们的问题是救国,救这衰病的民族,救这半死的文化。”④虽然胡适的“全盘西化”有矫枉过正的嫌疑,但其目的是救我们民族“半死的文化”,而不是把传统文化完全摈弃,他深知大多数人的惰性能够保守旧文化。

胡适处理西方思想与传统文化的关系,“既保持民族性也充分世界化”,⑤并非是用非此即彼的方法。这一点符合黑格尔辩证法思想:“有生

---

① 后来,胡适把“全盘西化”改为“充分世界化”,说:“我赞成‘全盘西化’,原意只是因为这个口号最近于我十几年来‘充分’世界化的主张;我一时忘了潘光旦先生在几年前指出我用字的疏忽,所以我不曾特别声明‘全盘’的意义不过是‘充分’而已,不应该拘泥作百分之百的数量的解释。所以我现在很诚恳的向各位文化讨论者提议:为免除许多无谓的文字上或名词上的争论起见,与其说‘全盘西化’,不如说‘充分世界化’。‘充分’在数量上即是‘尽量’的意思,在精神上即是‘用全力’的意思。”(胡适:《充分世界化与全盘西化》,《大公报·星期论文》,1935-6-26。)

② 胡适:《介绍我自己的思想》,见欧阳哲生:《胡适文集》(第5册),北京:北京大学出版社,1998年,第515页。

③ 胡适:《介绍我自己的思想》,见欧阳哲生:《胡适文集》(第5册),第515页。

④ 胡适:《介绍我自己的思想》,见欧阳哲生:《胡适文集》(第5册),第515页。

⑤ 胡明:《把胡适放到中国现代思想文化的合理坐标上》,《中国文物报》,2012-1-11。

活阅历的人绝不容许陷于抽象的非此即彼,而保持其自身于具体事物中。”[①]为什么这么说?我们知道胡适对世界哲学史的发展是非常熟悉的,他就指出:“无论以中国历史或西洋历史来看,哲学是新旧思想冲突的结果。而我们研究哲学,是要教哲学当成应付冲突的机关。”[②]胡适思想,是以其哲学思想为根基的。他的思想,也可以说是新旧思想冲突的结果,而不是简单的以新代旧或以旧抵新。如何解决这个冲突?我们先看他导师杜威思想的来源。实验主义大师杜威,曾经是黑格尔的信徒,特别是莫里斯教授的课程把杜威引导到黑格尔那里,使杜威在日后的十几年中成为新黑格尔主义的信徒。虽然他后来摆脱了黑格尔的影响,转向皮尔士、詹姆士的实用主义,但是杜威思想的许多方面,还有黑格尔的痕迹。关于黑格尔哲学在其思想中所占的分量,杜威后来曾表述说:“黑格尔关于主观与客观、物质与精神、神与人的综合……起着一种巨大的调节和解放的作用。黑格尔关于人类文化、社会制度和艺术的论述,包括种种僵硬的界限的消除,对我有着特殊的吸引力。”他还说:“与黑格尔的结识在我自己的思想中留下了一种不可磨灭的痕迹。”[③]黑格尔对主观与客观、物质与精神、神与人的综合,消除了“僵硬的界限”或截然的对立,无疑是其辩证法思想的体现。

胡适从康乃尔大学到哥伦比亚大学,目的是想摆脱黑格尔唯心论的影响,以学习杜威的实验主义。但是,正如他的导师杜威一样,也有“永远的黑格尔的沉淀”,表现在他的哲学史和方法论上,终其一生。[④] 胡适在著作中多次提到黑格尔(旧译为海智尔,Hegel),如在《实验主义》一文中,他说:“这种进化的观念,自从达尔文以来,各种学问都受了他的影响。但

① [德]黑格尔:《小逻辑》,贺麟译,北京:商务印书馆,1980年,第176页。

② 胡适:《从历史上看哲学是什么》,《国闻周报》第2卷第20期,1925-5-31。

③ [美]杜威:《杜威传》,单中惠编译,合肥:安徽教育出版社,1987年,第63—65页。

④ 江勇振:《舍我其谁:胡适》(第一部:璞玉成璧,1891—1917),北京:新星出版社,2012年,第274页。

是哲学是最守旧的东西，这六十年来，哲学家所用的'进化'观念仍旧是海智尔（Hegel）的进化观念，不是达尔文的《物种由来》的进化观念。"[①]胡适推崇的进化观念和历史观念，注重事物的发生、变化，其实是把黑格尔的辩证法"科学化"了，[②]从唯心层次上升到杜威的经验层次。但是达尔文的进化论，是不能代替黑格尔的辩证法的。达尔文的进化论，是基于生物学研究基础上的推论；而黑格尔的辩证法思想，则不局限于此。胡适对待西方思想与传统文化的冲突，靠达尔文的进化论是不能完全解决问题的，还是要结合黑格尔的辩证法，因为"辩证法是现实世界中一切运动、一切生命、一切事业的推动原则"。[③] 恩格斯也告诫说："蔑视辩证法是不能不受惩罚的。"胡适自己在研究中也在运用黑格尔辩证法，他认为庄子名学和人生哲学中有进化论，其依据就是黑格尔的辩证法："这个变化进化的道德观念和是非观念，有些和德国的海智尔相似。"[④]我们看看胡适的老师、黑格尔唯心论代表康乃尔大学克雷登教授所说的——哲学的真精神是一种具有积极与消极两层意义的批判精神。它敬慎地综合、珍惜历史的传承[⑤]——我们就知道胡适在接受新思想时候，为什么不能舍弃传统文化。就上述胡适与黑格尔的关系而言，我们完全有必要从辩证法的角度阐述胡适的思想，这是阐述它的重要维度。

美国学者勒文森指出，近代知识分子在理智上接受、认同西方现代文明，而在感情上又无法完全割舍中国传统。[⑥] 对于传统，胡适不仅仅是出于情感上的无法割舍，而且也有他对黑格尔辩证法自觉不自觉运用的原

① 胡适：《实验主义》，《新青年》第6卷第4号，1919-4-15。

② 黑格尔曾这样论述事物的变化："一切有限之物并不是坚定不移，究竟至极的，而毋宁是变化、消逝的。而有限事物的变化消逝不外是有限事物的辩证法。"（[德]黑格尔：《小逻辑》，第179—180页。）

③ [德]黑格尔：《小逻辑》，第177页。

④ 胡适：《中国古代哲学史》，见欧阳哲生：《胡适文集》（第6册），第337页。

⑤ 江勇振：《舍我其谁：胡适》（第一部：璞玉成璧，1891—1917），第280页。

⑥ [美]勒文森：《梁启超与中国近代思想》，刘伟等译，成都：四川人民出版社，1986年，第4页。

因,他明确指出:“如果对新文化的接受不是有组织的吸收的形式,而是采取突然替换的形式,因而引起旧文化的消亡,这确实是全人类的一个重大损失。因此,真正的问题可以这样说:我们应该怎样才能以最有效的方式吸收现代文化,使它能同我们的固有文化相一致、协调和继续发展?”①为什么不能直接用新文化直接代替旧文化?黑格尔认为:“凡有限之物都是自相矛盾的,并且由于自相矛盾而自己扬弃自己。”②我们不能只看到旧文化衰亡的因子(其内在矛盾的否定方面),而忽略了它仍有生命力的部分(其内在矛盾的肯定方面)。所以胡适认为,中国文艺复兴的“目标和前途就是一个古老民族和古老文明的再生”。③ 当然,这种“再生”需要现代文明新鲜血液的注入,是在古老文明基体上的“再生”。胡适特别指出其领导者必须谙熟传统与现代历史,“由那些懂得他们的文化遗产而且试图用新的现代历史批评和探索的方法来研究这个遗产的人来领导的”。④只有谙熟传统与现代历史者,才能解决不同文化之间的冲突,使旧文化出现新的活力与生机。

运用黑格尔辩证法思想,我们更容易理解许多传统与创新关系的论述,如库恩认为:“富有创造性的科学家也必须是个传统主义者,他很乐于用已有规则玩复杂的游戏,以便成为一个可以发现用来玩游戏的新规则和新棋子的成功的革新家。”⑤众所周知,库恩的论述也适用于人文学科。由此说来,胡适不仅是一位传统主义者,而是一位发现游戏新规则的革新家。新规则不仅受新思想、新方法的启发和激活,而且受传统的制约和影响。对于新规则,我们更多看到的是事物内在矛盾的肯定方面,但它仍有矛盾的否定方面。而对于传统,它也是黑格尔所说的有限之物,但我们更

① 欧阳哲生:《胡适文集》(第6册),第10页。

② [德]黑格尔:《小逻辑》,第178页。

③ [美]格里德:《胡适与中国的文艺复兴》,鲁奇译,南京:江苏人民出版社,1996年,第337页。

④ [美]格里德:《胡适与中国的文艺复兴》,第337页。

⑤ [美]库恩:《必要的张力》,范岱年等译,北京:北京大学出版社,2004年,第233页。

多看到的是矛盾的否定方面，忽略了矛盾的肯定方面。真正做到创新，在倡导新规则的同时，还需要吸取传统的肯定方面。

胡适认为在中国传统中，能够找到移植西方哲学和科学的合适土壤。“新中国的责任是借鉴和借助于现代西方哲学去研究这些久已被忽略了的本国的学派。如果用现代哲学去重新解释中国古代哲学，又用中国固有的哲学去解释现代哲学”①，这种方法避免了外在形式的强加，不仅不致产生陌生感与异己感，而且能够更好地结合传统与现代的肯定方面。陈寅恪认为：“必须一方面吸收输入外来之学说，一方面不忘本来民族之地位。此二种相反而适相成之态度，乃道教之真精神，新儒家之旧途径，而二千年吾民族与他民族思想接触史之所昭示者也。”②需要指出的是，这种态度不仅符合儒道精神，也符合黑格尔辩证法的精神。

二、 胡适对西方新思想的接受

格里德曾经指出：“在美国作学生的时候，胡适满怀热情欣然接受的，是那些他的早期教育已为他奠定下根柢的思想，而且，他只是吸收了与他到美国之前虽未坚定于心却也显露端倪的观点最为合拍的那些当代西方思想。”③格里德所言是符合实情的，胡适对西方思想的接受的确是有选择性的，也就是黑格尔所说的“扬弃”。在胡适那里，是根据传统文化对西方思想进行扬弃。当然，这种扬弃需要一个长期的过程。胡适这样做，是有一定道理的，因为符合中国传统文化的西方思想，更具有普遍性。在胡适的时代，西方思想是层出不穷的，而最让胡适服膺的是人文精神（即人本主义思想）与科学精神（即胡适所谓的“理智主义”），与当时崇尚“民主”

① 胡适：《先秦名学史》，见欧阳哲生：《胡适文集》（第 6 册），第 11 页。

② 陈寅恪：《冯有兰中国哲学史下册审查报告》，见《陈寅恪史学论文选集》，上海：上海古籍出版社，1992 年，第 512 页。

③ ［美］格里德：《胡适与中国的文艺复兴》，鲁奇译，南京：江苏人民出版社，1996 年，第 44 页。

与“科学”之风气相一致，主要内容包括西方近世思潮中的进化论、易卜生主义、杜威的实验主义等，[①]而不是其他的思潮，这是他以是否符合传统文化为标准来选择的。

(一) 对人本主义思想的接受

胡适在《中国古代哲学史》导言中指出：“凡研究人生切要的问题，从根本上着想，要寻一个根本的解决：这种学问叫做哲学。”[②]后来在一篇演讲中他又将哲学重新下了一个定义：“哲学是研究人生切要的问题，从意义上着想，去找一个比较可普遍适用的意义。”[③]胡适论说的依据，就是杜威的实验主义，他赞同杜威的看法：“如果哲学变成解决‘人的问题’的哲学方法了，那时候便是哲学光复的日子到了。”[④]胡适提出“健全的个人主义”等思想，从哲学上看，都源于此。

人本主义是人文主义发展的一个阶段，人文主义传统最重要和始终不变的是在于：以人为中心，每个人都有人的尊严，重视思想等。[⑤] 杜威的实用主义也是人本主义的，格里德就持这样的看法：“杜威的实用主义也具有如下的特点，即它是人本主义的、具有社会导向的、以取源于进化论的变化观点为基础的，而且主要是为了这样一种信念服务的，即经验可给人们以洞察其本质的能力，并可通过对原因与效果(或用更典型的实用

---

① 欧阳哲生：《胡适与西方近世思潮》，《安徽大学学报》(哲学社会科学版)，2012(2)。

② 欧阳哲生：《胡适文集》(第6册)，第163页。

③ 胡适：《哲学与人生》，《东方杂志》第20卷第23期，1923-12-10。哲学的任务在于研究人生的切要问题，的确是哲学研究的一个方向，在当时问题重重的中国是很有影响力的。但是，胡适将世界本质之类久而未决的问题，一律斥之为“玄学”，不免矫枉过正。

④ 胡适：《五十年来之世界哲学》，《申报》五十周年纪念刊《最近之五十年》，1923年2月。

⑤ [英]阿伦·布洛克：《西方人文主义传统》，董乐山译，北京：生活·读书·新知三联书店，1997年，第233—235页。

主义的术语说，前提与推论）的理解，把它转化成富有创造力的意图。”①美国学者宾克莱说：“注意到约翰·杜威是一个人本主义者，这是至关重要的。”他还说：“读杜威的著作时，谁都会立刻发现这一事实，即杜威的实用主义只有在人本主义的背景下才能行得通。”②

胡适接受杜威的人本主义哲学思想，是有《学为人诗》等诗文中反映的儒家理性人本主义传统基础的。特别是《学为人诗》，是胡适小时候接触到的第一部作品，是他父亲亲自编写的：“为人之道，在率其性。子臣弟友，循理之正。谨乎庸言，勉乎庸行。以学为人，以期作圣。凡为人子，以孝为职。善体亲心，能竭其力。守身为大，辱亲是戚。战战兢兢，渊冰日惕。凡为人臣，夙夜靖共。敬事后食，尽瘁鞠躬……”胡传编此诗的目的，主要是让儿子胡适了解“为人之道”，包括人臣、人子、兄弟、夫妻、朋友之道等方面，不外乎是儒家仁礼思想的体现。尽管儒家的人本主义与西方有着诸多不同，但是由于儒家仁爱思想的存在，③才让胡适对西方思想进行了选择，让他推崇杜威的人本主义。

需要说明的是，“一切现实之物都包含有相反的规定于自身”，它们都是矛盾的统一体。④ 胡适根据传统文化对西方思想进行扬弃，其中的“传统文化”，主要是指他熟悉的传统文化的肯定方面，而不包括其否定方面。他推崇儒家的仁爱思想，并不代表他就不反对在文化上的“尊孔”“祭孔”。他认为“儿子孝顺父亲，也是做人的一种信条”，但他同时却强烈反对盲目

---

① [美]格里德：《胡适与中国的文艺复兴》，第 51 页。

② [美]宾克莱：《理想的冲突——西方社会中变化着的价值观念》，马元德译，北京：商务印书馆，1983 年，第 28—29 页。

③ 胡适从小就接触传统文化和传统经典，他曾在《四十自述》中说，他在家乡未到上海求学的时候，就阅读了包括他父亲著作的《学为人诗》《原学》在内的许多经典：《诗经》《孝经》《论语》《孟子》《大学》与《礼记》等（胡适：《四十自述》，见欧阳哲生：《胡适文集》第 1 册，第 46—47 页）。对传统的关注，胡适在留学时期也不例外。与现在人们的想象不一样，胡适曾对中国学生不知道祖国的文明历史感到痛心，他说：“吾国之学子，有几人能道李杜之诗，左迁之史，韩柳欧苏之文乎？可耻也。”[胡适：《胡适日记全编》（第 2 册），曹伯言整理，合肥：安徽教育出版社，2001 年，第 206 页。]

④ [德]黑格尔：《小逻辑》，第 132 页。

而虚伪的孝道。[①] 所以，胡适文中提及孔子、朱熹等人时，我们不能忽略他考虑问题的辩证思维方式。

(二) 对西方科学精神的接受

胡适对科学精神的接受，体现在他倡导所谓的新思潮上。他认为新思潮在根本意义上是一种评判的态度，即敢于怀疑的态度，他说："据我个人的观察，新思潮的根本意义只是一种新态度。这种新态度可叫做'评判的态度'。……尼采说现今时代是一个'重新估定一切价值'(Transvaluation of All Values)的时代。'重新估定一切价值'八个字便是评判的态度的最好解释。"[②]这种"重新估定一切价值"的评判态度，体现在各种问题和各种学理上。在认识过程中，怀疑方法就转换成问题概念。胡适在《多研究些问题，少谈些主义》中，特别点出问题在认识过程中的关键地位。[③] 相关论述在后来写的几篇文章，如《三论问题与主义》和《介绍我自己的思想》中被一再重复引用，可见其重视程度。

胡适接受西方科学精神，是由儒家怀疑传统作为基础的。胡适指出，从孔子、王充到朱熹，再到顾炎武、钱大昕等人，在这个儒家传统里，有一种很可注意的特点，那就是"有意奖励独立思想，鼓励怀疑"。[④] 例如，程颐和朱熹等人提倡"大胆的疑古，小心的考证"，就是一种"严刻的理智态

---

① 欧阳哲生：《胡适对传统人生观的批判》，《衡阳师专学报》(社会科学版)，1994(3)。

② 胡适：《新思潮的意义》，《新青年》第 7 卷第 5 号，1920－4－1。

③ 胡适说："凡是有价值的思想，都是从这个那个具体的问题下手的。先研究了问题的种种方面的种种的事实，看看究竟病在何处，这是思想的第一步工夫。然后根据于一生经验学问，提出种种解决的方法，提出种种医病的丹方，这是思想的第二步工夫。然后用一生的经验学问，加上想象的能力，推想每一种假定的解决法，该有甚么样的效果，推想这种效果是否真能解决眼前这个困难问题。推想的结果，拣定一种假定的解决，认为我的主张，这是思想的第三步工夫。凡是有价值的主张，都是先经过这三步工夫来的。"(胡适：《问题与主义》，《每周评论》第 31 号，1919－7－20。)

④ 胡适：《中国哲学里的科学精神与方法》，见欧阳哲生：《胡适文集》(第 12 册)，第 402 页。

度，走科学的路”。[①] 特别要指出的是，程朱理学既有摧残人性的“存天理，灭人欲”的禁欲主义信条，也有值得肯定的怀疑精神，胡适显然是站在程朱理学的肯定方面去对接西方科学精神。他曾赞叹：“以怀疑态度研究一切：实事求是，莫作调人。这就是那些中国思想家的精神，他们曾使中国理智自由的火炬，永远不息。”[②]从这一论述中可看出，儒家的怀疑传统，为胡适接受西方的科学精神与方法提供了传统依据。

如何找到引进西方现代思想的传统基础，一直是胡适关心的问题，他曾提出：“我们在哪里能找到可以有机地联系现代欧美思想体系的合适的基础，使我们能在新旧文化内在调和的新的基础上建立我们自己的科学和哲学？”[③]胡适关注的，实际上就是用传统文化矛盾的肯定方面支撑欧美新思想。这在当时是很有代表性的，鲁迅先生思考新文化的重构时，也提出“外之既不后于世界之思潮，内之仍弗失固有之血脉，取今复古，别立新宗”的观点。[④] 在传统的基础上建立新文化，这两者并不矛盾，是符合黑格尔辩证法的，正如希尔斯所说：“那些接受传统的人不必把它叫做传统；对他们来说，接受这种传统是不言而喻的。这一传统与他们的任何其它行动和信仰一样生动富有生命力。它是现在的过去，但它又与任何新事物一样，是现在的一部分。”[⑤]

一直到晚年，胡适仍坚持认为中国文化保留着它所特有的“中国根底”，即“人本主义”与“理智主义”，[⑥]再次表明他是以此接受西方人本主义与科学精神的。

---

① 胡适：《读梁漱冥先生的〈东西文化及其哲学〉》，见欧阳哲生：《胡适文集》（第3册），第195页。

② 胡适：《中国思想史纲要》，见欧阳哲生：《胡适文集》（第10册），第419页。

③ 胡适：《先秦名学史》，见欧阳哲生：《胡适文集》（第6册），第10页。

④ 鲁迅：《坟·文化偏至论》，见《鲁迅全集》（第1卷），北京：人民文学出版社，1981年，第56页。

⑤ [美]希尔斯：《论传统》，傅铿等译，上海：上海人民出版社，1991年，第16页。

⑥ 胡适说：“我相信‘人本主义与理智主义的中国’的传统，并未被毁灭，且在所有情况下不能被毁灭。”

三、胡适对传统文化的扬弃

（一）评判中国传统的标准

黑格尔认为："一切有限之物并不是坚定不移，究竟至极的，而毋宁是变化、消逝的。而有限事物的变化消逝不外是有限事物的辩证法。有限事物，本来意他物为其自身，由于内在的矛盾而被迫超出当下的存在，因而转化到它的反面。"①传统文化经过千年的演变，由于自身的惰性，必然会走到它的反面。为此，我们需要抛弃传统文化自身矛盾的否定方面，去凸显它的肯定方面。如何找出肯定方面，胡适是以西方新思想为参照。他给传统融入了新的血液、新的思想，让西方新思想给传统中比较进步的一面以合法的基础，给人们以信心。尽管胡适在中国传统中找到引进西方现代思想的基础，但是现代性与传统在彼此融合过程中是互相制约的，他对传统思想的取舍又是以现代思想为尺度的。即按照西方思想寻找传统文化的肯定方面，而舍弃其否定方面。

李慎之曾将胡适与鲁迅进行了比较，他指出："鲁迅和胡适的身世背景，其实可以说是差不多的，他们在近代史上初露头角的时候更是如此。他们最大的不同也许在于：鲁迅是明治维新后建立了极不成熟的'民主制度'的日本留学生，他在那里接受的现代化思想天然是有残缺的，后来又接受了半西方半东方的俄国的社会革命思想。而胡适则是在被马克思称做'天生的现代国家'的美国的留学生，又一贯关心政治和法律，因此他天然地站在历史的制高点上。"②李慎之认为，胡适与鲁迅的接受新思想的文化背景不同，导致了他们现代化思想的不同。尽管有点简单化之嫌，但还是有一定道理的。胡适这种文化背景，也直接影响了他如何去评判中

① [德]黑格尔：《小逻辑》，第180页。

② 李慎之：《回归"五四"学习民主》，见谢泳：《胡适还是鲁迅》，北京：中国工人出版社，2003年，第30页。

国传统文化。

季羡林先生也评价过胡适与国民党的关系:“他从来就不是国民党员。他对国民党并非一味地顺从。他服膺的是美国的实验主义,他崇拜的是美国的所谓民主制度。只要不符合这两个尺度,他就挑点小毛病,闹着独立性。”[①]季羡林认为,胡适是以实验主义和美国的民主制度作为标准来评价国民党的。实际上,胡适不仅以此来评价党派,也用此来评价传统文化。一般认为,实验主义是美国民主制度的产物,美国独立之后,出现诸如竞争、务实、科学等思想观点,为实验主义思想的形成创造了条件。同时,达尔文进化论等思想也充实了实验主义的内容。美国民主制度,对当时灾难深重的中国不无进步意义。但是我们也应该看到,胡适将其理想化、美化的一面,因为“每一肯定的存在物,在逐步演变过程中,都要过渡到它的否定物,然后,这个否定物又必然要为新的肯定的结果让路”。[②]

实验主义等西方思想这把尺子,胡适不仅用来衡量政治,而且还用来衡量哲学、文学等。胡适认为,“新文化运动”的目的是让中国古老的文化重新生长,这一运动有时也叫作“新思想运动”,那是着重于当代西洋新思想、新观念和新潮流的介绍,[③]实际上是以新思想来衡量中国古老的文化。

如果没有西方自然科学的巨大进步,以及西方自由主义的现实制度与生活,特别是胡适接触到的美国的一切,即欧阳哲生所说的“美国经验”,[④]胡适是无法使古老文化再生的。美国文明通过学校、教会和基督徒家庭,对胡适产生了广泛影响。有穆德这样的美国人告诉他,受美国教育的地方不限于课堂、实验室和图书馆等处,更重要的和更基本的还是在美国的生活方式和文化方面去深入体会。1915 年发生了美国妇女争取

---

① 季羡林:《为胡适说几句话》,见谢泳:《胡适还是鲁迅》,第 106 页。

② [英]鲍桑葵:《美学史》,张今译,北京:商务印书馆,1985 年,第 432 页。

③ 胡适:《胡适口述自传》,见欧阳哲生:《胡适文集》(第 1 册),第 339—440 页。

④ 欧阳哲生:《胡适与西方近世思潮》,《安徽大学学报》(哲学社会科学版),2012(2)。

选举权的大游行，约翰·杜威夫妇等人就参加了此次游行，杜威教授还当众演说。胡适业师克雷敦教授曾代表民主党参加辩论。教授们直接参与政事，让胡适刻骨铭心，他就指出："我可以说，由这些集会引起我的兴趣也一直影响了我以后一生的生活。"①

（二）对传统的重新发现与超越

可以说，胡适推崇的传统，是依据西方新思想"发现"或"创造"的。如柏格森就认为，现在除了显示过去被遮蔽的方面之外，还产生过去从未存在过的某些东西，也就是说，现在不仅发现过去，而且创造过去。② 还如浪漫主义的出现，使得古典主义中所包含的浪漫主义充分被人们发现。③马克思也提出"现时对于过去的逆向规定"的观点，他在《资本论》中指出："对人类生活形式的思索，从而对它的科学分析，总是采取同实际发展相反的道路。这种思索是从事后开始的，就是说，是从发展过程的完成的结果开始的。"④即使胡适所说的"文艺复兴"，在某种程度上也是创造，正如卡西尔所说："历史上的以往文化的每一次'复兴'都足以证明这一点，任何名副其实的'复兴'，都不是某种单纯的接受，也不是历史文化的单纯的延伸。"⑤所以，胡适对传统的揭示，不是现成的，而是按照现在的标准对过去的一种发现，是一种创造，虽然这种创造与发现也不乏比附的成分。

---

① 胡适：《胡适口述自传》，见欧阳哲生：《胡适文集》（第1册），第207页。

② [法]柏格森：《思想和运动》，见[匈牙利]阿诺德·豪泽尔：《艺术史的哲学》，陈超南等译，北京：中国社会科学出版社，1992年，第239页。

③ 姚文放《当代性与文学传统的重建》，北京：人民文学出版社，2004年，第161页。

④ [德]马克思：《资本论》，见《马克思恩格斯全集》（第23卷），北京：人民出版社，1972年，第92页。

⑤ [德]卡西尔：《人文科学的逻辑》，沉晖等译，北京：中国人民大学出版社，1991年，第169页。

比如自由主义，胡适后来也发现中国传统文化中也有此思想。[1] 在胡适看来，老子、孔子和孟子都可以说是自由主义者。老子说："民不畏死，奈何以死惧之？"老子代表的"无为政治"，反对政府干涉人民，让人民自然发展，这与孔子所代表的思想都是自由主义者。孔子说："三军可夺帅也，匹夫不可夺志也。"孔子当时提出"有教无类"，可解释为"有了教育就没有阶级，没有界限"。这与后来的科举制度，都能说明"教育的平等"。这种意见，可以说是一种自由主义者思想的体现。此处的孔子，不能等同于胡适批评孔教时所说的"孔丘"。孟子说"民为贵，君为轻"，"富贵不能淫，贫贱不能移，威武不能屈"，在胡适看来，也是一种自由主义精神。[2] 尽管自由主义是一个现代概念，说几千年之前的老子、孔子和孟子是自由主义者未免有些不妥，但是胡适能用新视角挖掘出传统思想中的肯定方面，让其在现代社会中发挥新的作用，从而达到文艺复兴的目的，这是值得称许的。

通过选举对美国民主的透视，通过对美国议会程序的观察和实践，感受到美国政治上的民主精神和公民的言论自由，以及对政治的热情介入，使胡适一生与政治有着千丝万缕的关系。虽然胡适除了一任四年的战时驻美大使之外，很少参与实际政治，但他始终对政治采取了一种不感兴趣的兴趣，并认为"这种兴趣是一个知识分子对社会应有的责任"。[3] 对政治不感兴趣的兴趣，胡适是想通过思想文化来实现自己的政治理想。对胡适来说，这是传统"立德、立功、立言"思想的现代演绎。《左传》云："太上有立德，其次有立功，其次有立言。"它的最高价值取向是"立德"，

---

① 关于自由主义的传统基础，对后代学人很有启示。殷海光一直认为自由主义与中国传统处于对立紧张的关系，传统中没有自由的因子，但是他在晚年却改变了这一看法："中国的传统与西方的自由主义要如何沟通？这个问题很值得我们深思。如果我的病能好，我要对这问题下一点功夫去研究。"（徐复观：《儒家政治思想与民主自由人权》，台北：台湾学生书局，1988 年，第 336 页。）

② 胡适：《中国文化里的自由传统》，台湾《新生报》，1949－3－28。

③ 胡适：《胡适口述自传》，见欧阳哲生：《胡适文集》（第 1 册），第 210 页。

最后才是“立言”，但它们之间并不是毫无联系的，而是“立言”以“德”和“功”为导向，同时又能促进它们。胡适曾说，“旧文学，旧政治，旧伦理，本是一家眷属”，这里“立德”“立功”和“立言”的浑然一体对胡适影响至深。① 但是这里的“德”“功”“言”已经换了现代内容，已不是儒家那种老套立场。

虽然实验主义等西方新思想并非尽善尽美，但对旧中国的思想启蒙功不可没。这种思想启蒙之功，主要体现在两个方面：第一，依据它们寻找中国传统文化中的肯定方面，彰显其合法性和活力。第二，依据它们揭示中国传统文化中的否定方面，并给予批判或改良。胡适就指出了中国传统自由主义的不足，在于没有抓住政治自由的重要性：“东方自由主义运动始终没有抓住政治自由的特殊重要性，所以始终没有走上建设民主政治的路子。”②还有，我国古代虽然明白时代变迁，文学也随之发生变迁，但是对文学时代性的认识，只是对文学发展规律性的经验性认识。而胡适主张的文学进化观点，不光是对文学规律的认识，更是以自然科学发展的根基，是实验主义服膺的达尔文进化论在文学领域的应用。这样，文学进化的观点，更多了一份说服力。③ 胡适虽然梳理了白话文学史，但是他的“白话”显然超越了中国古代白话。首先他吸取了西方语言系统的语法，这种白话明显有了科学化的要求；其次，“科学”“民主”“理性”“自由”“人权”“哲学”“文化”等词语的出现与使用，大大丰富了现代白话文的词汇。这些词汇所包容的现代思想，又是古代白话所没有的。

四、结语

胡适是对西方文化进行有选择的吸取，这一特点曾受到罗素的赞扬：“谈到中国现存人物中具有必要的才智者，就我亲自接触到的而论，我愿

---

① 王泽庆：《论胡适的学术与政治关系》，《青海社会科学》，2011(2)。

② 胡适：《自由主义》，北平《世界日报》，1948-9-5。

③ 胡适：《胡适口述自传》，见欧阳哲生：《胡适文集》(第1册)，第331页。

意举胡适博士为例。他具有广博的学识，充沛的精力，对于致力中国之改革则抱着无畏的热望。他所写的白话文鼓舞着中国进步分子的热情。他故意吸收西方文化中的一切优点，但是他却不是西方文化之盲目的崇拜者。"[①]胡适判断西方文化中的优点，主要是以是否有中国传统的基础为标准，注重它们的普遍有效性或者说是耿云志所指的"人类文化的同一性"。[②] 可以说，他寻找西方文化中的肯定方面，必须要有一个外在的参照物。同理，他发掘中国传统文化的肯定方面，也离不开西方文化的参照物。

胡适的这种方法，有一定的历史作用，如在传播新思想的同时，注重新思想接受的传统基础，激活了许多沉睡的传统，并对传统有一定的超越，使人们重新认识了传统。但是胡适所倡导的"新文化"，不可避免有浓厚的西方痕迹，在把"两个相互矛盾方面的共存、斗争和融合成一个新范畴"方面还做得不够。[③] 真正做到中西文化的有机融合还待后人去完成。胡适对事物矛盾的认识并不全面深刻，当时摆在他面前的实际上有三种矛盾：一是中国传统文化自身的矛盾，二是西方思想自身的矛盾，三是中国传统文化与西方思想的矛盾，而他关注的重心是在中国传统文化自身矛盾上。通过传统文化与西方思想互为参照物，去揭示各自的矛盾，其效用是有限度的，有时不免有简单比附和循环论证之嫌。这也造成了胡适对传统文化和西方文化两者自身矛盾认识不足。如没有注意到文言的审美作用，没有清醒认识到他所认可的西方思想也有不足之处，没有真正做到对进化论、易卜生主义、杜威的实验主义等思想的扬弃。究其原因，除了时代的局限性之外，还与胡适对黑格尔哲学思想的暧昧态度有一定的

---

① 殷海光：《胡适思想与中国前途》，见谢泳：《胡适还是鲁迅》，第 6 页。

② 耿云志：《胡适思想的现代意义》，《学术探索》，2006(2)。

③ 马克思曾说："两个相互矛盾方面的共存、斗争和融合成一个新范畴，就是辩证运动。"(《马克思恩格斯选集》第 1 卷，北京：人民出版社，1995 年，第 144 页。)

关系,[①]他没有更深入地理解与运用黑格尔的辩证法思想,也没有对其进行合理的改造。

[《安徽大学学报》(哲学社会科学版)2015 年第 2 期]

① 胡适对黑格尔辩证法的暧昧态度,主要是因为其"不科学"而用达尔文进化论代替,但实质上还是自觉不自觉地运用。一直到晚年,胡适仍指出:"达尔文的进化论,不同于马克思的辩证法。马克思的辩证法是根据黑格尔的辩证法;这种辩证法与天然演进的科学方法是不符合的。"

胡适的语言观念谱系

胡适声称文学革命的目的是要替中国创造一种活的文学，而“活的文学”最重要的是从“文的形式”入手，“文的形式”包括语言、文体等方面的内容。在胡适看来，形式上的革命，必然会导致内容的解放；从工具论与本体论的角度突破语言的约定俗成性，重新界定语言，自然会引发权力重新分配的社会革命。

一、从工具论的角度进行语言的科学化

胡适多次将文学革命的成功归结于文学工具的革新，其核心理论就是建立“活的文学”和“人的文学”，前者涉及文字工具的革新，后者涉及文学内容的革新，概括地说就是运用“白话作诗作文”。[①] 胡适把白话文作为文学革命的突破口，对语言工具作用的认识，是有一个渐进过程的。

胡适最初提出的“八事”，提到“言之有物”，“不摹仿古人”，“不作无病之呻吟”，都是文学内容的问题，未明确提出语言问题。陈独秀提出的三大主义——推倒贵族文学、建设国民文学；推倒古典文学，建设写实文学；推倒山林文学，建设社会文学，以及钱玄同的响应，并没有把内容和形式

---

① 胡适：《中国新文学运动小史》，见欧阳哲生：《胡适文集》（第 1 册），北京：北京大学出版社，1998 年，第 124 页。

分开。随着新文化运动的逐步推进，胡适才认识到文学革命的目标实际上只有一个，即“用白话来作一切文学的工具”。①

1916 年 7 月，胡适用死的语言和活的语言来区分文言与白话，认为半死的语言——文言产生不了“第一流的文学”，而“活的语言”，它是“可读，可听，可歌，可讲，可记的言语……”，能够成为当时的国语，并产生第一流的文学。② 在《文学改良刍议》中白话作为文学工具的主张，得到具体阐发。而这些主张，在胡适看来，是他和在美国几个留学同学在一起讨论很长时间的结果，是过去读书人未曾想到过的。运用白话创作文学，用活的语言取代“滥调套语”，可以避免传统旧文学一味拟古、好用骈偶、滥用典故等诸多不足。③

众所周知，语言工具论是比较传统的观点，也并非是一无是处，但是胡适为什么说是“新发明”？这不能不联系到他美国导师杜威的实验主义哲学。在詹姆士的理论框架内，以有用释真理，把真理视作个人情绪的满足或获取私人利益的工具。在杜威看来，这就不成其为真理。他对此作了两方面的修正：第一，真理作为一种满足时，不能被看成是纯粹个人需求的满足，满足不仅仅是个人情绪性的，还包括“公众的和客观的条件”，不能为个人癖好所束缚。第二，真理就是效用，不仅仅是为了纯粹私人性的利益，把真理作为满足私欲的工具，还包括改造和重组经验等用处。④总的看来，詹姆士以有用释真理，而杜威是以工具释真理。在胡适看来，文言只是少数人能懂的，为特权阶级服务，不能作为一种真理，只有跳出这个有限的圈子，“施诸讲坛舞台而皆可，诵之村妪妇孺皆可懂”，这样的语言，才能充当文学的工具，才能产生第一流的文学，才是真理。

---

① 胡适：《中国新文学运动小史》，见欧阳哲生：《胡适文集》（第 1 册），第 124 页。

② 胡适：《逼上梁山》，《东方杂志》第 3 卷第 1 期，1934 年 1 月。

③ 胡适：《中国新文学运动小史》，见欧阳哲生：《胡适文集》（第 1 册），第 125 页。

④ [美]杜威：《哲学的改造》，许崇清译，北京：商务印书馆，1958 年，第 85 页。

为了达到文学的工具作用，必须要进行语言的科学改造。对此，白话文运动的先驱们，大力推崇西方语言的符号系统。值得注意的是，对这种令国人耳目一新的符号系统及其理论进行全面推介，是科学类刊物——《科学》月刊，而非是人文类刊物。为了对旧的语言进行科学改造，形成新的科学语言，他们做了多方面的工作，诸如审定科学名词、介绍新的文法系统和标点符号。经过此番改造，语言和文学自然呈现了新的特点，正如汪晖所指出的："从胡适等人的讨论来看，这种科学语言又应当是日常语言和新的文学语言的典范。对于'五四'新文化运动的参与者而言，评价现代语言、进而现代文学的尺度显然是：恰当、精确和真实。"[①]胡适一再要求文学要写得明白，让人懂，这里的明白，主要也就是清晰、精确、严密，白话文所具有的这些特点，正是现代思维方式所要求的，与西方意象派诗人的主张多有相似。[②] 意象派运动旨在复活诗歌艺术，它在1908年形成于英国哲学家和美学家T. E. 休姆（1883—1917）在伦敦创立的一个文学俱乐部。柏格森和雷米·德·古尔蒙曾十分强调思维过程的感情内容和感觉与意象在逻辑思维中的功能，休姆追随他们的思想，起而反对浪漫派的艺术和哲学及其分支流派，要求诗歌像逻辑应有的情况那样达到明晰、确凿、精确。[③]

这种语言的明白、准确和严密，离不开文法等方面的要求。胡适很早就注意到语言文法对教育普及的重要性，他在1912年写成的《〈诗经〉言字解》中说："以近日趋势言之，似吾国文法之学，决不能免。他日欲求教育之普及，非有系统之文法，则事倍功半，自可断言。"（1913年1月《留美学生年报》）1916年4月19日，胡适又在他的日记中写了《作文不讲文法

① 汪晖：《现代中国思想的兴起》（下卷第二部），北京：生活·读书·新知三联书店，2004年，第1142页。

② 胡适：《胡适日记全编》（第2册），曹伯言整理，合肥：安徽教育出版社，2001年，第521—522页。

③ 黄晋凯等：《象征主义·意象派》，北京：中国人民大学出版社，1998年，第720页。

之害》一文，阐述文法对文学创作的重要性。[①] 文法也是胡适反对古文家的一个有力武器，胡适曾针对白话文运动的“劲敌”——林纾发表在上海《民国日报》(1917 年 2 月 8 日)上的《论古文之不宜废》一文，指出它的致命缺陷：此文中“而方姚卒不之踣”一句，“之”字不通。[②]

除了重视文法之外，胡适还重视文字符号的作用，进一步推进语言的科学化。1916 年，《新青年》杂志还没有发动白话文运动，胡适就推出了一年前写成的几篇重量级文章：《论句读及文字符号》《论无引语符号之害》和《论第十一种符号(破号)》(《科学》月刊第 2 卷第 2 期)，这三篇文章都是运用横排方式，采用新式标点，胡适在自己文章的形式与编排上率先实践自己的理论主张，是富有深意的。其中《论句读及文字符号》一文，在这三篇文章中最为重要，它全面介绍了十种符号，并论述了文字符号缺失的弊端：“一是意义不能确定，容易误解，二为无以表示文法上的关系，三为教育不能普及。”另外，胡适在 1916 年 4 月 23 日又写了《论文字符号杂记四则》，对文字符号知识和理论进一步阐述。[③] 这些文章的发表，为现代语言的科学化作出了一定的贡献，并为语言工具作用的实现提供了切实可行的措施。

二、从本体的角度进行语言的审美化

本体论在古希腊被认为是一种探寻世界的本原和始基的学问，[④]但

---

① 胡适：《胡适日记全编》(第 2 册)，第 380 页。

② 胡适：《胡适日记全编》(第 2 册)，第 568 页。

③ 胡适：《胡适日记全编》(第 2 册)，第 382 页。

④ 《不列颠百科全书》(第 15 版)中的“本体论”条目是：关于“是”本身，即关于一切实在的基本性质的理论或研究。(译文参考俞宣孟：《本体论研究》，上海：上海人民出版社，2005 年，第 23 页。)本体或本体论还有本质与天然的联系，本质最初使用于亚里士多德的著作中，在《形而上学》Z 卷(即卷七)中，亚里士多德是它作为本体的四个主要意义(即本质、普遍、种、基质)之一提出的。(汪子嵩：《希腊哲学史》第 3 卷下第十三章，北京：人民出版社，2003 年，第 732 页。)

是文学上的“本体”或“本体论”不同于哲学意义上的本体或本体论。[①] 文学上的本体或本体论，是哲学上的本体或本体论意义的借鉴，但不是通过文学研讨或表现世界的本原或始基，而是探讨文学的本原或始基，即文学之所以成为文学的本原，“本体论意味着在‘作为存在的存在’（亚里士多德）的识度去看事物，那么文学本体论就是在这个识度去思考文学之为文学的本原”。[②]

胡适对语言为文学的本体地位的揭示，主要可以从以下两段话中看出：为什么死文字不能产生活文学呢？这都由于文学的性质。一切语言文字的作用在于达意表情，达意达得妙，表情表得好，便是文学。[③] 因为文学不过是最能尽职的语言文字，因为文学的基本作用（职务）还是“达意表情”，故第一个条件是要把情或意，明白清楚地表出达出，使人懂得，使人容易懂得，使人决不会误解。[④] 由上可以看出，语言是文学的本体：文学实际上就是语言，语言是文学赖以存在的要素，是文学的构成性因素，不仅仅是文学的工具，这主要表现在两个方面：第一是从功能上，文学的基本作用是达意表情，语言文字的作用也是达意表情；第二是程度上，文学的要求是使人明白清楚，语言文字尽职在于达意妙、表情好。这里的“妙”“好”，就是胡适说的“明白清楚”“有力能动人”和“美”。[⑤] 当然，在其他的人类活动中，可能也具备这一点要求，但这种语言要求未必是根本要求，或占有根本位置。正如韦勒克所言，那些“美感作用占主导地位的作品”才能叫文学，而科学论文、哲学论文以及政治宣传等文章，虽不以审美为主要目的，但也可以具有“诸如风格和章法等美学因素”，却不能认为是

① 赵宪章：《文艺学方法通论》，杭州：浙江大学出版社，2006 年，第 336 页。
② 王乾坤：《文学的承诺》，北京：生活·读书·新知三联书店，2005 年，第 3 页。
③ 胡适：《建设的文学革命论》，1918 年 4 月 15 日《新青年》第 4 卷第 4 号。
④ 胡适：《什么是文学》，见欧阳哲生：《胡适文集》（第 2 册），第 149 页。
⑤ 胡适：《什么是文学》，见欧阳哲生：《胡适文集》（第 2 册），第 149 页。

文学。[①] 可以看出,美或美感是区分是否是文学的关键因素。

胡适关于语言是文学的本体,和20世纪初的克罗齐的观点很有相似之处。克罗齐说:“如果语言学真是一种与美学不同的科学,它的研究对象就不会是表现。表现在本质上是审美的事实;说语言学不同于美学,就无异于否认语言为表现。但是发出声音如果不表现什么,那就不是语言。语言是声音为着表现才连贯、限定和组织起来的。”[②]不过克罗齐与胡适只是语言功能上论述有相似,至于程度上,克罗齐并没有论述,这一点也被朱光潜先生所批评。[③] 另外,克罗齐为强调语言的表现功能,否定利用规范语言来写作,[④]这与胡适明显不同,胡适倒是注重语言的语法规范。胡适的语言本体地位是和语言工具论交织在一起的,他晚年在一次演讲中提到:“说话是文字的根本,文字是文学的根本,也是一切文学的工具。”当然,语言是文学的本体,只是问题的一个方面,语言本体论与语言工具论相结合,才能更好地说明语言与文学的关系。

胡适的高明之处在于,不但提出了语言是文学的本体,还提出了文学是语言的本体。胡适在《建设的文学革命论》开篇指出“国语的文学——文学的国语”,表明了文学和国语的一致性,详尽地论述它们的辩证关系,在当时是振聋发聩。他认为:文学革命的目的,是为了落后的中国制造出一种急需的“国语的文学”,有了“国语的文学”,才能有“文学的国语”;”有了“文学的国语”,国语才能有生命与价值,才能谈得上是“真正国语”。[⑤]

① [美]韦勒克,沃伦:《文学理论》,刘象愚等译,北京:生活·读书·新知三联书店,1984年,第13页。

② [意]克罗齐:《美学原理·美学纲要》,朱光潜等译,北京:外国文学出版社,1983年,第153—154页。

③ 朱光潜在他的《西方美学史》中指责克罗齐的表现说没有程度之分,他说:“克罗齐还认为不成功的表现就不算是表现,所以美就是表现。成功的表现没有多寡与优劣的分别,所以美是一种绝对价值。”(朱光潜:《朱光潜全集》第7卷,合肥:安徽教育出版社,1991年,第307页。)

④ [意]克罗齐:《美学原理·美学纲要》,朱光潜等译,第61页。

⑤ 胡适:《建设的文学革命论》。

这里,胡适讲了两层意思:第一,要活文学,必须用国语。"'死文言决不能产出活文学'。中国若想有活文学,必须用白话,必须用国语,必须做国语的文学"。[①] 第二,要获得真正的国语,必须提出文学的国语。胡适提出文学的国语,是注意到语言的文学性或审美特殊性的问题。在贾祖麟先生看来,胡适的这种新提法,实质上是对语言工具论的补充与突破:"由最初胡适既注重文学的改良又顾到文字之适于大众了解,但决不是只适于作大众教育工具用的文字而已。若打算把在粗通文墨与精通文墨的两种人之间的鸿沟予以打通,必须有一种既富有活力又富有艺术美的文字,其文学性必须够充分才可以。所以他提议'国语的文学,文学的国语'。"[②]

在康奈尔大学,胡适随林肯·伯尔学习历史比较语言学、考古学和校勘学,[③]他对语言学研究历史与现状应该是比较了解的。对于文学是语言的本体,胡适援引了意大利、英国等国的国语发展作为历史证据。在意大利,意大利的国语成立,离不开但丁用本国俗语创作的"神圣喜剧",以及在他之后的白话文学。在英国,是通过 14 世纪乔叟的中古英语创作和 16、17 世纪莎士比亚戏剧的发展,以及其他人的文学创作,英国的标准国语才逐渐成熟起来。可以看出,"语言与文学的关系是一种辩证的关系",文学离不开语言的表情达意,但文学反过来也能促进语言的革新与发展,

① 胡适:《建设的文学革命论》。在这里,胡适只是指出了活的文字是活的文学的必要条件。胡适还补充说:"读者不要误会;我并不曾说凡是用白话做的书都是有价值有生命的。我说的是:用死了的文言决不能做出有生命价值的文学来。"

② [美]贾祖麟:《胡适之评传》,张振玉译,海口:南海出版公司,1992 年,第 73 页。

③ [美]格里德:《胡适与中国的文艺复兴》,鲁奇译,南京:江苏人民出版社,1996 年,第 50 页。18 世纪末 19 世纪初,在生物进化学说和比较解剖学等自然科学的影响下,欧洲学者通过比较发现了古老的梵语和欧洲语言之间的密切联系,建立了语音对应规律,为历史比较学的建立奠定了基础。19 世纪初至 19 世纪六七十年代,在自然主义语言观的影响下,语言学家把语言看作自然有机体,并采用比较的方法,建立语音亲属关系的"谱系树"(family tree)理论以及相关的语言发生学分类,形成了历史比较语言学的经典模式,标志着历史比较语言学的建立。(王远新:《语言理论与语言学方法论》,北京:教育科学出版社,2006 年,第 13—14 页。)

新古典文学对现代法语和现代英语的形成功不可没,没有歌德、路德等浪漫主义文学的影响,就没有今天的德语。[①] 可以说,胡适关于语言本体论的观点,是历史经验的总结与发挥,对文学革命的成功有着至关重要的作用。

三、从权力的角度嫁接社会革命

如果胡适的语言观,只局限在语言工具论、语言与文学互为本体等思想上,那么文学革命就不可能成功。在格里德看来,胡适等人领导的文学革命,不仅仅是"对一种文学风格的破坏",因为落后的文言工具背后,是落后的封建思想,所以文学革命摧毁的是文言竭力拥护者的"社会价值体系"及其"文化与社会遗产"。[②] 格里德说得非常有道理,文学革命的确从语言上撼动了守旧者的社会价值体系,实现了社会的转型。这里又涉及胡适语言谱系中的另一精彩之处:语言与权力的关系。[③]

胡适早在留学的时候,便注意到文学与人事之间的关系,反对文学不应该成为"少数文人之私产",成为少数人持有的特权,而应该和最大多数人的人事相关,他说:"凡世界有永久价值之文学,皆尝有大影响于世道人心者也。(此说宜从其极广义言之,如《水浒》,如《儒林外史》,如李白、杜甫、白居易,如今之易卜生(Ibsen)、萧伯纳(Shaw)、梅脱林(Maeterlinck),皆吾所谓'有功世道人心'之文学也。若从其狭义言之,则语必称孔孟,人必学忠臣孝子,此乃高头讲章之流,文学云乎哉?"[④]胡适坚持这

① [美]韦勒克,沃伦:《文学理论》,第 187 页。

② [美]格里德:《胡适与中国的文艺复兴》,第 85 页。

③ 早在胡适之前,王国维在 1905 年就认识到了语言与思想的关系,他说:"夫言语者,代表国民之思想者也,思想之精粗广狭,视言语之精粗广狭以为准,观其言语,而其国民之思想可知矣。"(王国维:《论新学语之输入》,见《王国维文集》第 3 卷,北京:中国文史出版社,1997 年,第 40 页。)但是,认识到语言与权力的关系,还是胡适。而语言与权力的关系,应该是语言与思想关系的核心。

④ 胡适:《胡适日记全编》(第 2 册),第 427—428 页。

种看法，是为了中国的大多数人着想，不在乎梅光迪说他是 Utilitarian（功利主义）或者偷得 Tolstoi（托尔斯泰）之绪余。

当时的严复、林纾、梁启超、章炳麟、章士钊等人，还不肯抛弃那种完全为绝少数人赏玩的文学工具，还妄想用那种久已僵死的文字，充当一个新时代达意表情说理的工具，胡适对此提出了尖锐的批评。胡适认为，他们是延续古代社会不好的传统：最大多数人是和文字没交涉的。做文章的人，高的只求绝少数的“知音”的欣赏，低的只求能“中试官”的口味。所以他们心目中从来没有“最大多数人”的观念。所以凡最大多数人都能欣赏的文学杰作，如《水浒传》，如《西游记》，都算不得文学……[①]在这个不好的传统中，劳乃宣最能说明一种“两面心理”，他说：字之为用，所以存其言之迹焉尔。……其体之繁简难易，……各有所宜。欲其高深渊雅，则不厌繁难；取其便利敏捷，则必求简易。（《中国速记字谱序》）

这些人的心理基础是把社会分作“我们”和“他们”两个阶级：即“士大夫”和“齐氓细民”。这两个阶级之间是对立的，天生聪慧的“士大夫”们，可以经过数十年的寒窗苦读，去学习“万国莫有能逮及之”的文言文；而愚蠢的“齐氓细民”，则天生资质不如人，识字仅千余，他们只适宜拼音文字这些简易法门。“我们”不厌繁难，而“他们”必求简易。“我们”“他们”之分，是很早以前就有的，我们看古典戏曲，戏台上的老爷、太太、小姐、相公，讲话就是用文言，而一些下人，包括丫环、农夫、士卒、盗贼，都是说白话。

由于这种两面心理，音标文字运动是必然失败的，旧的文学依然存在，新的文学却始终不能占据主导地位。胡适清楚地认识到，文言的尊严并没有受到丝毫撼动，拼音文字只不过是文言的小小补充，是士大夫们对“齐氓细民”的一点施舍。士大夫们仍然热衷于“死的”文言，他们提倡拼音文字自然不可能全力以赴。正因为文言的地位依然如故，学习文言的

① 胡适：《中国新文学运动小史》，见欧阳哲生：《胡适文集》（第 1 册），第 110—111 页。

人高高在上，一般的老百姓从心底也不会对拼音文字有多热心，因为“将相本无种，男儿当自强”，他们需要子弟学习文言，能够做八股文，参加科举考试，将来挤入状元宰相的行列。① 音标文字运动，既没有让士大夫的“身先士卒”，也没有让老百姓心悦诚服，其结果只能是不了了之。

在这种情况下，对于大多数人来说，语言便像尼采所说的“语言到处都生病了”，“语言到处成为一种自为的暴力”，“在语言的衰落中，人们也成了词的奴隶”。② 旧的语言使用地位不可动摇，大多数人的利益便得不到维护。胡适在谈到新思潮的评判态度时，就引用了尼采“重新估定一切价值”的名言。在《五十年来之世界哲学》一长文中，胡适还盛赞“重新估定一切价值”的功劳。自称是“尼采主义者”的福柯也提出，在有话语(discource)的地方就有权力，权力是话语运作的无所不在的支配力量。③由此可以看出，语言与权力是紧密结合的。抛弃文言，必然要抛弃旧的思想价值体系，建立新的思想价值体系，不是单纯的工具问题。王一川认为：“……‘文学革命’‘文体解放’等决不只是语言的变动，而是同时意味着政治、哲学、社会或历史的变革，从根柢里讲，是权力运行的结果，如此，我们怎能简单地相信语言乌托邦之说呢？由此看来，巴尔特的‘语言法西斯’告诫并不是多余的。”④周策纵也认为，五四的成就在于意识形态的改变，传统的一切皆已动摇，而新的意识形态方兴未艾。⑤

所以，胡适主张文学革命，用白话取代文言，就是要打破“向来教育是

---

① 胡适：《中国新文学运动小史》，见欧阳哲生：《胡适文集》(第1册)，第116—117页。

② [德]尼采：《悲剧的诞生》，周国平编译，太原：北岳文艺出版社，2004年，第124—125页。

③ 福柯的权力话语理论，与接受尼采思想有很大关系。福柯是一个彻底的怀疑主义者，这一点是与尼采重估一切价值的思想分不开的，福柯曾经宣扬“我是一个尼采主义者”。(福柯：《权力的眼睛》，严锋译，上海：上海人民出版社，1996年，第117页。)尼采的怀疑精神与对权力意志的研究，是有内在联系的。

④ 王一川：《语言乌托邦》，昆明：云南人民出版社，1994年，第245页。

⑤ 周阳山：《五四与中国》，台北：时报企业文化出版公司，1979年，第235页。

少数‘读书人’的特权利”这一旧传统，以适应“近代教育成为全国人的公共权利”这一新潮，极力主张：“古文不但不配做教育的工具，并且不配做文学的利器；若要提倡国语的教育，必须提倡国语的文学。”[①]白话对于旧世界来说是一种力量的体现，运用叔本华的理论进行剖析可知，我们所在的世界是“意志与表象”的世界，新的语言代替旧的语言，就意味着打碎旧世界的表象，而重新建立世界的表象。因为世界的表象，不仅是心理学意义和文学意义上的，而且是政治意义上的。布尔迪厄由此指出，社会各界为争夺词语而展开斗争，词语是具有暴力的，因为它能够在很大程度上制造事物。如果改变了词语，也就是改变了事物，改变了表象。“政治从本质上说是一个事关词语的问题”，许多斗争都是从词语的争夺开始的。[②]所以打破少数人的特权，必然要从反对文言、提倡白话入手。

四、结语

文学革命，不单纯是文学的革命，而是通过文学革命来反对少数人的特权，以争取大多数人在文化上的权益。无论是胡适的语言工具论，还是他的语言权力论，其目的都是这样。一种社会制度要保持一定的稳定性，不仅需要权力的支撑，还需要文化的维护。语言的约定俗成性，是这种文化维护的重要方面。突破语言的约定俗成性，引发的不仅仅是语言革命与文学革命，而且是社会革命。

在文学工具论中，胡适对文学语言的特殊属性认识还不够，更多是将逻辑思维标准来要求文学语言的属性。在当时特殊的历史环境中，也能取得积极的效果，但也留下许多对文学语言发展不利的方面。因此，胡适又提出语言本体论的重要思想，以文学性或审美特殊性来补充语言科学属性的不足。通过这种科学性与审美性的结合，完成语言的时代改造，改

① 胡适：《新思潮的意义》，1919年12月《新青年》第7卷第1号。

② [法]布尔迪厄：《文化资本与社会炼金术》，包亚明译，上海：上海人民出版社，1997年，第136—137页。

变语言的约定俗成性，为社会革命的嫁接奠定了基础。

虽然胡适的语言观，只是就文言文与白话文展开的，没有上升到一般的语言理论层面上，但缺乏理论的系统性与成熟性，并没有阻碍他对语言约定俗成性的挑战成功。在索绪尔看来，语言是最不适宜创制的，从这个角度上看，胡适所领导语言革命的历史价值不可否认。

（《北方论丛》2013 年第 3 期）

论胡适的学术与政治关系

学术与政治，是萦绕在知识分子心头挥之不去的话题。作为现代史上的知识分子领袖，胡适的一生陷于学术与政治之间，季羡林先生对此感到非常诧异："他一生处在一个矛盾中，一个怪圈中：一方面是学术研究，一方面是政治活动和社会活动。他一生忙忙碌碌，倥偬奔波，作为一个'过河卒子'，勇往直前。我不知道，他自己是否意识到身陷怪圈。"①在这里，季老对其学术与政治的有机联系没有充分认识，所以才产生"怪圈"的论断。本文拟对胡适学术与政治的关系给予新颖而全面的解释与评价。

一、"三立"经世致用情结

现代学术的发展与民族传统有着千丝万缕的联系。胡适关于学术与政治关系的思想，可以从他对"三立"的态度上看出："当我初认草书时，我认出来这张书札开头引用的就是立德、立功、立言的三不朽论。五十年匆匆地过去了，但是我第一次发现这些不朽的话的深刻印象却一直没有毁灭。"②

---

① 季羡林：《为胡适说几句话》，见谢泳：《胡适还是鲁迅》，北京：中国工人出版社，2003 年，第 115 页。

② 胡适：《中国人思想中的不朽观念》，见欧阳哲生：《胡适文集》（第 12 册），北京：北京大学出版社，1998 年，第 357 页。

五十年过去了，胡适对“三立”观，也就是他说的“三不朽论”，还是记忆犹新，“三不朽论”一直是胡适的一个指导思想。当然，他认为“三不朽论”在当今时代需要重新阐释，需要民主化或社会化。针对“三不朽论”的缺点，胡适提出了他的“社会的不朽论”：“冠绝古今的道德功业固可以不朽”，“生他的父母，生他父母的父母祖宗，以及生育训练那些工人商人的父母祖宗，以及他以前和同时的社会……都永远不朽”。[①] 也就是说，除了“德”“功”和“言”之外，一切都不朽，体现平民的伟大。这篇文章是胡适在母亲死后写的，有着特殊的用意，但是他并没有否定“德”“功”和“言”的不朽，而这三者的不朽正是胡适一生的追求目标。《左传》云：“太上有立德，其次有立功，其次有立言。”它的最高价值取向是“立德”，最后才是“立言”，但它们之间并非毫无联系，而是“立言”以“德”和“功”为导向，同时又能促进它们。胡适曾说“旧文学，旧政治，旧伦理，本是一家眷属”，[②]这里“立德”“立功”和“立言”的浑然一体对胡适影响至深。

就胡适的文学研究来看，他的文学观念服务他的政治理想。胡适曾在《答伯秋与傅斯稜两先生》一文中，对自己如今谈政治的行为、文艺在政治中的地位作了解释：“我们当日不谈政治，正是要想从思想文艺的方面替中国政治建筑一个非政治的基础。现在我们虽然因时势的需要，不能不谈政治问题，但我们本来的主张仍旧不当抛弃的，我们仍旧要兼顾到思想与文化的方面的。”[③]所以，胡适在钟情学术之外，他还说自己是“一个注意政治的人”，认为“关心政治是知识分子的责任”。即使说“二十年不谈政治，二十年不干政治”，但是还屡屡卷入政治中。

胡适难以割舍政治的学术研究行为，在当时中国很有代表性。胡适做了不同于周作人的选择，历史最终证明周作人的选择错误：“企图完全超脱政治而沉溺于艺术或学术之中，在严酷的阶级斗争民族斗争现实面

① 胡适：《不朽》，1919 年 2 月 15 日《新青年》第 6 卷第 2 号。

② 与陈独秀联合发表对易宗夔《论〈新青年〉之主张》一信的答复，1918 年 10 月 15 日《新青年》第 5 卷第 4 号。

③ 胡适：《胡适全集》第 2 卷，合肥：安徽教育出版社，2003 年，第 475 页。

前,常常只是一厢情愿的幻想。”[①]实际上,文学与政治相联系,并不是文学的堕落,“文学关心政治、干预政治并不是文学的耻辱和污点,而是文学的勇气和力量所在”。[②] 当然,文学与政治相关联,关键还要看是与什么样的政治相关联,这里还必须联系胡适的政治理想,即现代自由主义。这种自由主义思想在胡适文学思想中的表现,就是主张在“要有我”同时“要有人”。自由主义的基本观点虽然几经调整和改造,但是坚持个人主义是自由主义的根本立场。胡适主张文学中“要有我”是典型的个性主义体现。他赞赏易卜生的个性主义,他认为这个世界的基础是由个人组成的,解放个人,便是解放这个社会,“为我主义”便是“利人主义”。胡适不同意脱离社会的新村生活,即片面强调个人的发展。主张“要有人”,不仅是从个人与社会的关系出发,更是对自由主义的全面要求。胡适的观点,在当时也不无一定的进步意义,是“三立”经世致用情结的现代体现。

二、 实用主义经验论哲学根源

除了传统的影响之外,胡适自己还毫不讳言受杜威哲学的影响:“我写《先秦名学史》《中国哲学史大纲》,都是受那一派思想的指导。我的文学革命主张也是实验主义的一种表现;《尝试集》的题名就是一个证据。”[③]可以说,胡适的思想实际上是他实用主义思想的一种表现而已。

胡适主张学术与社会的关联,主张与思想政治的关联,反对脱离社会的精英文化,与实用主义经验论紧密相关。实用主义经验论不同于传统经验论,传统经验是一种与理性相对立的认识方式,属于知识论范畴。而实用主义经验,是人与自然的和社会的环境所发生的一种相互作用或交涉。经验首先不是静态的知识,而是动作和遭受的方法及其历程。“经验

① 胡有清:《二三十年代周作人文学思想论析》,《南京大学学报》(哲学·人文·社会科学),1997(2)。

② 赵宪章:《文体与形式》,北京:人民文学出版社,2004 年,第 226 页。

③ 胡适:《胡适留学日记》,合肥:安徽教育出版社,1999 年,自序第 8—9 页。

变成首先是做的事情”。活的有机体(人)决不会徒然站着,不做事。“它按照自己的机体构造的繁简向着环境动作。结果,环境所产生的变化又反映到这个有机体和它的活动上去。这个生物经历和感受它自己的行动的结果。这个动作和感受(或经历)的密切关系就形成我们所谓经验”。①

从艺术的产生之日起,艺术作品是既作为对象,又作为经验,它们栖息于生活的世界和功用之中。希腊戏剧经典,旨在通过重述共同体的神话以及在节日中与体育竞赛一道表演,而巩固社会的统一和公民的自豪感。在古代雅典文化中,艺术的确整合在日常生活和它的民族精神之中。绘画和雕塑不是为纯粹的视觉愉快而放在博物馆里,而是服务于(像建筑一样)一定的宗教、社会和政治目的。音乐和歌曲是人民的宗教仪式和市民的典礼中的一部分。虽然当时缺乏现代的艺术自律观念,但这种缺乏并不剥夺它的审美力量。② 作为实验主义的信徒,胡适是沿着杜威的经验论路线,将文学与整个社会与政治联系起来。

胡适曾大声疾呼:“人生的大病根在于不肯睁开眼睛来看世间的真实现状。明明是男盗女娼的社会,我们偏说是圣贤礼仪之邦;明明是赃官污吏的政治,我们偏要歌功颂德;明明是不可救药的大病,我们偏说一点病都没有! 却不知道:若要病好,须先认有病;若要政治好,须先认现今的政治实在不好;若要改良社会,须先知道现今的社会实在是男盗女娼的社会!”③这种说法,和其师杜威是多么相似。一旦艺术脱离现实,脱离现实政治,会导致什么样的结果呢? 用杜威最有讽刺意味的话来说,艺术变成了“文明的美丽会客室”,用一个华丽的审美外表,覆盖着它那丑恶的恐怖和残忍。④ 因为在艺术中所建构的虚幻世界,往往无视于残酷的现实性和时代性,人们在虚幻中求满足,丧失了对现实的批判性和革命性,在某

---

① [美]杜威:《哲学的改造》,许崇清译,北京:商务印书馆,1958年,第46页。

② [美]舒斯特曼:《实用主义美学》,彭锋译,北京:商务印书馆,2002年,第258页。

③ 胡适:《易卜生主义》,1918年6月15日《新青年》第4卷第6号。

④ [美]舒斯特曼:《实用主义美学》,第38页。

种程度上是肯定了现实。①

胡适的观点即使在当代,仍然有振聋发聩的效果。王蒙先生在谈到苏联文学弊端时也说了类似的话:“不敢正视、有意无意地回避人性当中、人生当中、现实当中也包括理念当中那些有缺陷的东西,那些通向假恶丑或者使假恶丑与真善美混成一锅粥的东西,这种闭上自己的一只眼或一只半眼的对于‘光明’的确认,如果不是虚伪和懦弱,最好的情况下也只是天真和幼稚。”②巴金晚年痛定思痛,极力提倡说真话,文学的质地在于正视人性和现实的弱点,要对灵魂进行拷问。这些,对许多当代作家来说,无疑是一种最中肯的忠告。

三、学术独立的身份认同

既然胡适将学术与政治紧密联系在一起,那会不会导致学术被政治吞没呢?实际上,胡适对政治是采取不感兴趣的兴趣,在坚持学术自身独立性的基础上,将学术与政治结合起来。胡适曾回忆说:“幼时在里,观族人祭祀,习闻赞礼者唱曰:‘执事者各司其事’,此七字救国金丹也。”③他后来还是坚持这种各有分工的社会职责:“我所希望的,只是一点思想言论自由,使我们能够公开的替国家思想,替人民说说话。我对于政治的兴趣,不过如此而已。我从来不想参加实际的政治。这并非鄙薄实际政治,只是人各有能有不能,我自有我自己的工作,为己为人都比较有益,故不愿意抛弃我自己的工作来干实际的政治。此次华北政务委员会似是一种

① [美]马尔库塞:《审美之维:马尔库塞美学论著集》,李小兵译,桂林:广西师范大学出版社,2001年,第9页。

② 王蒙:《苏联文学的光明梦》,见林建法,乔阳:《中国当代作家面面观——汉语写作与世界文学》,沈阳:春风文艺出版社,2006年,第64页。

③ 胡适:《胡适日记全编》(第2册),曹伯言整理,合肥:安徽教育出版社,2001年,第64页。

委员会制的行政组织，我自信最不适宜，所以不愿加入。”①把握这一点，我们才能理解胡适在政治上为什么是有所为有所不为。

时至今日，我们不能不被胡适的思想所叹服。特别是1948年南京中央研究院进行第一届院士选举，人文组经过5轮选举，从55名候选人最后选出28位院士，郭沫若始终榜上有名。郭沫若的当选，与胡适等人的努力争取分不开，这也是胡适坚持学术独立性的有力证明。而没有一种独立的学术身份，最终会因政治造成学术的沦丧。比如40年代后期，左翼文人将沈从文在政治上打入另册，冯乃超的《略评沈从文的〈芷江县的熊公馆〉》、郭沫若的《斥反动文艺》分别给沈从文扣上“地主阶级的弄臣”“当代文素臣”和“桃红色作家”等吓人的帽子，“一直是有意识的作为反动派而活动着”。这种非学术性的“定论”，在很大程度上决定了沈从文以后的命运。

但是在学术独立性的基础上，通过学术影响政治，胡适是否能够实现他的初衷呢？胡适的挚友丁文江，对此持否定态度的：“要认定了政治是我们唯一的目的，改良政治是我们唯一的义务。不要再上人家的当，说改良政治要从实业教育着手。”②并坦诚告诉胡适：“你的主张是一种妄想：你们的文学革命，思想改革，文化建设，都禁不起腐败政治的摧残。良好的政治是一切和平的社会改善的必要条件。”③丁文江还告诫周围的朋友：“不要上胡适之的当，说改良政治要从思想文艺下手。”④在这里，丁文江实际上是告诉我们，政治与文艺不是一个道上的，政治问题只能通过政治来解决。

的确，政治与文艺是两个不同的价值领域，它们的轴心原则是不一样的。在贝尔看来，在技术—经济领域起轴心支配作用的原则是“经济效益”，在政治领域是“平等权力”，包括法律平等、公民权力平等方面，在文

① 胡适：《致李煜瀛》，见《胡适全集》第24卷，第119页。
② 胡适：《丁文江的传记》，见《胡适全集》第19卷，第434页。
③ 胡适：《丁文江的传记》，见《胡适全集》第19卷，第434页。
④ 胡适：《丁文江的传记》，见《胡适全集》第19卷，第434页。

化领域则是“自我表达和自我满足”。[①] 在韦伯看来，不同于学术，“政治的决定性手段是暴力”。[②] 如此看来，丁文江的话不能不令人深思，文艺虽能影响政治，但政治的问题，最终还是政治的原则起作用。

四、结语

由于传统文化与现代西方思想的双重影响，胡适的学术与政治关系有着别具一格的特征，即以学术独立为基础，以服务政治为目的。它打破了学术是政治附庸的思想桎梏，也不同于传统学人政治失意而投身学术的无奈选择。虽然政治的原则是解决政治问题的根本途径，但是政治问题的解决还需要其他方面的合力作用，我们不能否定政治原则之外的原则。在新文化运动、文学革命中，胡适提出了一系列文学主张，打破文言的特权地位，倡导大众的权利，为打破封建特权而进行启蒙的要求，对中国政治的变革功不可没。没有“思想文化”上的新因，能产生政治上革新的结果吗？政治的进步离不开学术的引导。同时，学术与政治联系在一起，也利于开拓学术的发展空间，增强学术的社会影响力，这是学术发展的一个重要方向。当然，由于坚持自身的独立性，学术对政治的影响是在一定的限度内，学术不能取代政治。这是独立知识分子的力量与悲剧所在。

（《青海社会科学》2011 年第 2 期）

---

① ［美］丹尼尔·贝尔：《资本主义文化矛盾》，赵一凡等译，北京：生活·读书·新知三联书店，1989 年，第 26 页。

② ［德］马克斯·韦伯：《学术与政治》，冯克利译，北京：生活·读书·新知三联书店，1998 年，第 108 页。